*Oma Gerdas zweiter Fall*

W0076828

# WASABI-
# KARPFEN

*Ein fränkischer Comedy-Krimi*

Wasabikarpfen von Oma Gerdas zweiter Fall
Henrietta Hartl
© 2024 Verlag Nürnberger Presse Druckhaus Nürnberg GmbH & Co. KG

Umschlag: Hersbrucker Zeitung GmbH Verlag und Medienservice
Midjourney AI
Satz und Druck: ScandinavianBook
Lektorat: Yvonne Durmann

ISBN: 9783931683740

Die Gerda waafd Frängisch. Da gibt es sehr viele verschiedene Varianten. Außerdem wirkt es auf Papier manchmal komisch. Trotzdem haben wir uns bemüht, Gerdas Sprache direkt so hinzuschreiben, dass man sich vorstellen kann, wie sie spricht.

*Alle Personen und Ereignisse in diesem Buch sind erfunden!*

# Inhaltsverzeichnis

# *Weiherschocks*

Flora steht am Niedlasreuther Weiher.

Sie hatte sich diesen Ort sehr viel romantischer vorgestellt: als einen malerischen kleinen See mit sanft geschwungenen Buchten und überhängenden Weiden am Ufer ...

Aber die Realität sieht, wie meistens, dann doch ziemlich anders aus als der hoffnungsvolle Hochglanzprospekt im Kopf.

Der Weiher ist ziemlich groß und liegt inmitten von flachem Grasland. An dieser Stelle wachsen nur ein paar struppige Büsche am langweilig gerade verlaufenden Ufer. Nicht sonderlich malerisch. Aber immerhin scheint die Sonne.

Flora versucht, die makabren Gedanken aus ihrem Kopf zu vertreiben. Gestern hatten sie diese absurde Diskussion, ob Kleider eigentlich eine Leiche auf den Grund eines Weihers ziehen würden oder ob sie die Leiche vielmehr hochtreiben würden. Sie hat keine Ahnung, was davon stimmt, und es ist ja eigentlich auch egal. Aber irgendwie geht ihr die Sache jetzt nicht aus dem Kopf – was würde mit einer Leiche in so einem Weiher passieren?

Sie schüttelt sich energisch, um diese dummen Gedanken loszuwerden. Es ist doch so schön friedlich hier.

An einem frühen Montagnachmittag Ende September treibt sich hier kein Mensch außer ihr herum. Es ist gar nicht weit entfernt von Niedlasreuth, aber man fühlt sich wie in einer anderen Welt, weit weg von allen anderen Menschen.

Und sie als Hamburgerin in Franken ist glücklich, dass sie wenigstens mal wieder am Wasser steht.

Gedankenversunken blickt Flora auf die glitzernde Wasseroberfläche – und stutzt.

Da treibt doch etwas – in ungefähr fünfzig Metern Entfernung, das sieht wie ein Körper aus – oder ein Kleiderbündel – aber ein ganz schön großes Kleiderbündel …

Und geschockt erkennt sie: Das ist ein Mensch! Eine menschliche Gestalt, die da bewegungslos treibt! Auf dem Rücken liegend, soweit sie das aus der Entfernung erkennen kann.

Das kann doch nicht sein, nicht schon wieder eine Leiche, das darf nicht sein!

Entsetzt starrte sie die bewegungslos dahintreibende Gestalt an. Ein Toter im Wasser?

Was soll sie jetzt tun?!

Da ertönt ein lautes: „Puh!" Ein Zittern läuft durch die Gestalt – und der Mensch bewegt sich planschend, dreht sich um auf den Bauch.

Die Gestalt schwimmt nun auf Flora zu, und sie erkennt: Es ist eine ältere Dame mit faltigem Gesicht und einer riesigen hellblauen Bademütze.

„Des Wasser ist fei scho verdammt kalt", ruft sie Flora zwischen prustenden Atemzügen zu. „Da muss man sich mehr bewegen als im Sommer, sonst friert man echt."

Erleichtert lacht Flora auf. „Sie sind ja gar keine Leiche!", entschlüpft es ihr.

Die Frau, die nun schon deutlich näher ist, stoppt ihre Schwimmbewegungen verblüfft: „Eine Leiche? Wieso sollte ich denn eine Leiche sein?"

„Das ist nur so – meine düstere Fantasie", murmelt Flora verlegen.

Dann wird ihr bewusst, dass die Schwimmerin sie ja gar nicht richtig hören kann, wenn sie so vor sich hin murmelt. Aber die Dame ruft nun fröhlich: „Des ist sehr gesund, des Schwimmen so in der Natur! Nur jetzt im September ist das Wasser halt schon ziemlich frisch geworden. Aber außer mir schwimmt hier ja eh kaum jemand, das ist ja das Schöne."

„Das ist also kein Badeweiher?", fragt Flora und schaut über die große Wasserfläche.

„Scho auch, aber vor allem ist des ein Karpfenteich. Den hat dem Freddie sein Vater vor sechzig Jahren angelegt, damit wir hier auch ein paar Karpfen haben. Ansonsten gibt's die ja mehr drüben im Aischgrund. Aber hier halt auch. Und es ist ja jetzt wieder voll Karpfen-Saison!"

Die Schwimmerin strahlt Flora an. Sie lächelt höflich zurück, aber so richtig viel kann sie als Hamburgerin mit „Karpfen-Saison" nicht anfangen. Zu Silvester oder auch manchmal zu Weihnachten macht ihre Mutter Karpfen blau. Aber dafür ist es jetzt ja eigentlich noch zu früh im Jahr.

Die Schwimmerin sagt nun laut: „Obwohl, wenn ich hier draußen bin, und die schwimmen so munter und lebendig im Weiher um mich herum, die Karpfen, da mag ich sie dann gar nicht essen ...."

Nüchtern ergänzt sie: „Deswegen gehe ich dann immer ein paar Tage lang nicht schwimmen, bevor wir in Freddies Fischküche oder nach Aisch oder nach Möhrendorf zum Karpfenessen gehen."

Ein eher kurzer vegetarischer Impuls, denkt sich Flora.

Plötzlich schreit die Schwimmerin laut auf. Erschrocken starrt Flora sie an, aber die alte Dame lacht schon wieder und wedelt entschuldigend mit der Hand: „Tut mir leid, aber ich erschrecke halt doch immer wieder, obwohl ich ja weiß, dass hier lauter Karpfen rumschwimmen. Aber wenn mich dann einer plötzlich anstupst, so am Bein oder am Arm, dann ist das immer wieder eine Schrecksekunde. Ich weiß ja, dass die nicht wirklich beißen, aber – ihhh!"

Wieder kreischt sie auf. Dann ruft sie fröhlich: „Ich glaube, ich schwimme lieber nochmal in tieferes Wasser, da hat man weniger solche Karpfenkontakte."

Flora nickt ihr zu: „Sorry, ich wollte Sie nicht aufhalten. Noch viel Spaß beim Schwimmen!"

Sie winkt der Frau noch kurz zu, dreht sich dann um und geht. Eigentlich ja auch ein bisschen absurd, da vom Ufer aufs Wasser zu schreien und umgekehrt. Aber die Franken sind viel netter und gesprächsfreudiger, als sie sich das in Hamburg vorgestellt hatte.

Vielleicht sollte sie auch mal in dem Weiher schwimmen gehen, überlegt Flora. Kaltes Wasser ist sie durchaus gewöhnt. Und dieser Weiher ist so schön ruhig und abgelegen – die Frau hatte ja gesagt, dass außer ihr kaum einer hier schwimmt. In den öffentlichen Bädern ist es immer so voll und laut, und das gechlorte Wasser beißt ihr in den Augen. In diesem ruhigen, abgelegenen Weiher zu schwimmen, im weichen, natürlichen Wasser, das hätte dagegen schon was …

Hinter ihr ertönt ein gellender Schrei. Flora schüttelt belustigt den Kopf. Vermutlich hat die Frau schon wieder einen Karpfenstupser abgekriegt. Aber sie selbst würde das eigentlich nicht stören. Karpfen haben ja keine Zähne, soweit sie weiß. Jedenfalls sind sie nicht gefährlich.

Und während Flora weiter den Weg zu Gerdas Bauernhof läuft, wo sie ihr Auto geparkt hat, nimmt sie sich fest vor: Morgen komme ich auch mal zum Schwimmen hierher.

# Dschiggn ohne Naggeds

Flora biegt hintenrum in Gerdas Hof ein. Sie hatte sich schon vorher verabschiedet und will jetzt nicht mehr stören, nur schnell ihr Auto holen und wieder nach Erlangen zurückfahren.

Daher bleibt sie stehen, als sie Stimmen im Hof hört. Neugierig späht sie um die Ecke.

Neben dem Hühnerstall sieht sie Gerdas große, hagere Gestalt, eine Basecap auf den kurzgeschnittenen weißen Haaren. Den einen Ärmel ihres schwarzen Arbeitsoveralls hat sie hochgekrempelt – dort sitzt noch der Verband, der an die Geschehnisse der letzten Woche erinnert ...

In der Mitte des Hofs hat ein riesiges silberfarbenes SUV geparkt, und zwar so, dass es Floras alten Kombi voll blockiert. Eine schlanke, blonde junge Frau in einer teuren Outdoorjacke ist gerade ausgestiegen und befreit nun ihre etwa fünfjährige Tochter aus dem Kindersitz.

Über ihre Schulter fragt sie Gerda: „Hier gibt es doch frische Eier zu kaufen, oder?"

Gerda zuckt die Achseln: „Scho, manchmal, a boa. Aber edserd sin grad kane mehr do. Erschd morgn widder."

Während die Kleine aus dem Auto springt und sich neugierig umschaut, sagt die Frau vorwurfsvoll zu Gerda: „Da bin ich extra hier raus gefahren, und dann soll das jetzt umsonst gewesen sein?!"

„Umsonsd ned", erwidert Gerda ungerührt, „des Bendsin had's ja auf jeden Fall kosd."

„Eben!", schnaubt die Frau ärgerlich. „So viel zu dem, Geheimtipp', den die Cindy gepostet hat!"

Gerda meint nur: „Wenn's ana bousded hod, nacherd is' ja eh nimmer gheim." Sie schüttelt den Kopf: „Wenn edsd a boa Dausend Leud hier Gaggerla kaafn wolln, des gehd eh ned. Ich hab hald ned so viele Henna. Wenn ich mehr hädd, müssd ich die Gaggerla auf Lager leng, und dann wärns im Zweifelsfall aa nimmer frisch."

Die Kleine tanzt inzwischen um Gerda herum und fragt neugierig: „Was isn das da, was du da hast?"

Ein hoher, spitzer Schrei der Frau ertönt, entsetzt versucht sie, das Mädchen von Gerda wegzuziehen.

Jetzt sieht Flora es auch: Was Gerda da in der Hand hält, im Schatten zwischen ihr und dem Hühnerstall, ist ein totes Huhn. Schlaff hängt der Kopf herunter.

„Das Tier ist ja tot!"

Gerda nickt gelassen. „Den Giecher hab ich grad gschlachd, ja, der is sauber dood!"

„Nicht hinschauen, Sarah-Annette!", quietscht die Frau. Dann fährt sie Gerda an: „Tun Sie gefälligst das – Tier da weg! Das kann man einem Kind doch nicht zumuten!"

Mittlerweile hat Sarah-Annette das Huhn längst gründlich beäugt und stupst es nun vorsichtig mit dem Finger an.

Mit einem entsetzten Schnauben reißt die Frau die Kleine weg. Die sträubt sich und fragt Gerda nun: „Das Huhn floppt so, ist das aus Gummi?"

„Naa, des is – aus Huhn."

Zufrieden nickt die Kleine.

Die Frau regt sich auf: „Wie können Sie zulassen, dass mein Kind dieses arme, frisch getötete Tier ansehen muss? Das ist – barbarisch!"

„Des is ned barbarisch, des is nadürlich", erklärt Gerda. Dann sieht sie die Frau an: „Sind Sie a Vegedarier?"

„Man muss ja nicht gleich übertreiben", meint die Frau verteidigend. „Wir essen schon manchmal Fleisch, aber sowas –", angewidert gestikuliert sie in Richtung des schlaffen Hühner¬körpers.

„Also essens auch Giecher?"

„Schon, aber –"

„An lebendichen Giecher wollns aa ned fressn, oder?"

Die Frau zuckt trotzig die Achseln: „Wir essen auch nur Bio-Hühnchen."

Gerda grinst. „Was glaubns, wie Bio der Hannes hier woa – der had nie aa nur a Körnla Indusdriefudder kriegd, und aa kaa Antibiodiga oder sonsd was."

Die Frau versucht, ihre Tochter in Richtung Auto zu zerren, aber das Mädchen sträubt sich beharrlich.

„Komm, Sarah-Annette, wir wollen weg hier!"

Ihre Tochter will aber nicht: „Ich find's schön hier, können wir nicht noch eine Weile bleiben? Ich will hier spielen!"

„Auf keinen Fall!"

Die Frau wirft Gerda einen wütenden Blick zu. „Also wirklich, dem Kind das tote Huhn zu zeigen, was sind Sie bloß für ein Mensch?!" Ihr Blick suggeriert etwas zwischen Hitler, Hannibal Lecter und einem Halloween-Monster.

Gerda gibt zurück: „Sie gehm der Glaan doch sicher aa manchmal Dschiggn-Naggeds?"

Die Frau zuckt die Achseln, halb ungeduldig, halb verlegen.
Gerda funkelt sie nun an: „Was glaams, wie übl die arm'
Viecher für so Dschiggn-Naggeds sterbn müssn, in irgndana
Fabrigg? Und wie die lebn ham müssn, des woa woascheins
noch schlimmer! Mei Hühner ham a schöns Lebn und an
schnelln Dood."
Die Frau weiß offensichtlich keine Antwort darauf und
schiebt nun das Kind energisch in Richtung Auto.
Gerda ist aber noch nicht fertig: „In solche Dinger is eh viel
mehr Naggeds als Dschiggn. Und wenns ka dode Hühner
möng, dann kaafns dem Madla hald diese vegedarischn
Naggeds, die schmeggn aa ned viel anders nach nix. Und
des is auch besser für die Umweld. Für die Hühner eh."
„Von jemandem wie Ihnen brauche ich keine Ernährungs-
tipps", zischt die Frau. Eilig verstaut sie nun das Mädchen
wieder im Kindersitz, während die Kleine fragt: „Mama, ist
das Huhn jetzt im Himmel?"
Böse raunt die Frau Gerda zu: „Da sehen Sie, was Sie angerichtet haben mit Ihrer Grobheit, in der empfindlichen
Kinderseele!"
Laut sagt sie zu ihrer Tochter: „Natürlich, Schatz, das Huhn
ist jetzt im Himmel. Im Himmel muss es ja auch Hühner
geben!"
Dann wirft sie sich mit weiteren bösen Blicken in Richtung
Gerda auf den Fahrersitz und fährt an – beinahe gegen Floras
Auto. Sie bremst brutal, fährt scharf rückwärts, versucht,
mit einem ekelhaft knirschenden Geräusch im Stand die
Reifen einzudrehen, und manövriert noch ein paar Mal hin

und her. Schließlich braust sie vom Hof und hinterlässt eine Wolke aus wirbelnden Dreckteilchen.

Nun löst sich Flora von ihrem Lauscherplatz an der Hofecke und geht auf Gerda zu.

Ein wenig unbehaglich wird ihr als Städterin schon auch zumute, als sie den schlaffen Tierkörper in Gerdas Griff sieht.

Gerda sieht immer noch dem Auto hinterher und meint nun nachdenklich: „Wemma Kinder had, muss ma sich fei scho selber genau überleng, wie des is mid die großn Sachn im Lebn. Und hald auch mim Dood."

Dann schüttelt sie unzufrieden den Kopf: „Was die Frau gsachd had, des bassd ned, und wenns Bech had, mergd die Glaane des schnell."

Auch Flora sieht einen entscheidenden Schwachpunkt in dem Bild mit den Hühnern im Himmel: „Wenn die Menschen im Himmel eine himmlische Hühnersuppe essen wollen – dann müssen die armen Hühner da gleich wieder sterben ..."

„Also müsserd's an exdra Hühnerhimml gebn", folgert Gerda, „wo kaane Hühner gessn wern."

„Genau", Flora nickt lebhaft, „und einen Schweinehimmel und einen Fischhimmel ..." Sie spinnt das noch weiter: „Und einen Katzenhimmel, in dem massenweise Mäuse gefressen werden – und einen Mäusehimmel, in dem es keine Katzen gibt."

Gerda nickt und seufzt: „Aber hier auf der Erdn, da müss mer hald zammlebn."

Flora nickt ebenfalls und meint dann etwas bedrückt: „Ich kenne Hähnchenfleisch ja quasi auch nur als sauberes rosa Päckchen aus dem Supermarkt. Deswegen finde ich die

Vorstellung schon auch sehr gruselig, selbst so einem Huhn den Hals umdrehen zu müssen – oder wie man das eben macht …"

„A schneller, harder Schlag zum Bedäubn, und dann die Kehln durch mid am scharfn Messer."

Flora schluckt und wendet sich rasch ab, damit ihr Blick nicht mehr auf das schlaffe tote Huhn fallen kann.

Gerda sieht sie überraschend mitfühlend an: „Mach der kaa Sorng, Madla, des war der besde Dood, den wo a Huhn ham koo. Ich wälz hald ned nur deologische Deorien, sondern kümmer mich aa um die schmuddsige Praggsis. Ich hab sogar Exberdn gfragd, wie ma des am besdn machd. Mer derf bloß ned lang faggln, sondern zagg, zagg."

Nüchtern fügt sie dann hinzu: „Der Giecher woa hald scho zu groß, der had midm aldn Hahn dauernd kämbfd, des ging nimmer, aaner von die beidn mussd weg. Und der alde is zäh, da hab ich hald den Jüngern rauszong. Der had auch die Henna unruhig gmachd, weil er's die ganze Zeid obaggerd had, der war a weng hübberagdiv."

Dann sieht sie Flora fröhlich an: „Edserd marinier ich den in Joghurd und Chili und a Menge andrer Gwürz, und morng gibd's dann an indischn Gwürzgiecher."

Bei ihrem letzten Blick auf den toten Hahn muss Flora unwillkürlich an einen Spruch ihres Vaters denken, der Schüttelreime liebt und sie bei jeder passenden oder unpassenden Gelegenheit deklamiert: *Heut' Abend gibt's den Suppenhahn, den wir noch gestern huppen sah'n.*

Na ja, der wird nicht mehr huppen, denkt Flora etwas traurig.

Aber als sie zu ihrem Auto geht, ertappt sie sich zerknirscht bei dem Gedanken, dass ein indisches Hähnchengericht von Gerda sicher sehr lecker schmeckt ...

# Der nächste Weiherschock

In ihrer Erlanger Wohnung macht sich Flora daran, endlich mal die letzten Umzugskisten auszuräumen, die noch in irgendwelchen Ecken stehen. Sie hat ja noch zwei Wochen Zeit, bis ihr Prof zurückkommt und es wirklich voll losgeht für sie. Aber solche angenehmen Zwischenzeiten verfliegen immer so schnell ...

Nach ein paar Stunden ist es geschafft, die Kartons sind sauber in ihrem Kellerabteil gestapelt. Nun muss sie wenigstens noch ein bisschen in ihrer Wohnung saubermachen. Echt erstaunlich, wie viel Staub sich in den wenigen Wochen, die sie hier wohnt, schon angesammelt hat. Wo kommt das Zeug bloß in solchen Mengen her, aus der leeren Luft?!

Als sie sich danach mit einer wohlverdienten Tasse Tee und einem Donut aufs Sofa fallen lässt, fängt ihr Telefon an zu dudeln: „Auf der Reeperbahn nachts um halb eins." Das Display zeigt an: „Mama calling" – der Montagsanruf aus Hamburg.

Und da kommt es auch schon: „Hallo, Floramädchen!"

Flora rollt die Augen. Sie hasst „Floramädchen". Aber es hat keinen Sinn, mit ihrer Mutter darüber zu streiten. Die weiß das, aber es rutscht ihr doch immer wieder raus.

Fröhlich erkundigt sich ihre Mutter: „Und, wie ist es dir die letzte Woche so ergangen?"

Flora starrt stirnrunzelnd das Telefon an. Ihr wird bewusst, dass die letzte Woche irgendwie ziemlich – kriminell war. Letzten Mittwoch hat sie mit Gerda und Basti eine Leiche auf Gerdas Hof gefunden, diese Cindy hat auf dem Hof eingebrochen, der Ralfi wurde entführt – und dann war da diese Party von der Suki auf dem Burgberg, und die illegalen Pillen, und die Gestalt mit dem Hoodie, und die Messerattacke gegen Gerda

Das alles kann sie unmöglich ihrer Mutter erzählen. Die würde glatt ausflippen. Sie würde sich vermutlich ins Auto setzen, von Hamburg nach Franken fahren, Flora einpacken und wieder mit in den Norden nehmen. Sie war total dagegen gewesen, dass Flora als Doktorandin nach Erlangen geht. Und wenn sie erfahren würde, dass Flora gleich nach wenigen Wochen in so einen Kriminalfall verwickelt war, dann würde sie triumphierend behaupten: *Ich habe es dir gleich gesagt!*

Was Blödsinn wäre, denn sowas hätte selbst ihre Mutter nicht voraussehen können. Aber sie würde es bestimmt irgendwie als moralischen Punkt verbuchen. Und dass Flora mit ihren achtundzwanzig Jahren echt schon ein großes Mädchen ist, wird ihre Mutter nie kapieren, und schon gar nicht akzeptieren.

Daher entscheidet Flora um des lieben Friedens willen, dass hier eine extrem starke Bearbeitung der tatsächlichen Geschehnisse angesagt ist.

Vorsichtig sagt sie: „Also, ich habe da letzte Woche eine nette ältere Dame kennengelernt, die Gerda, die lebt auf einem Bauernhof in Niedlasreuth, das ist so ein kleines Dorf im Umland von Erlangen."

Flora hat ein etwas schlechtes Gewissen, denn „nette ältere Dame" ist eigentlich nicht wirklich die zutreffende Beschreibung für Gerda … Wie hat Max sich ausgedrückt, eine „Bissgurrn"?

Schnell redet sie weiter: „Sie ist die Großtante von einem meiner Studenten, denen ich im Tutorium Mathe beibringe, von Basti."

„Aha!" Die Stimme ihrer Mutter klingt triumphierend.

„Nichts aha", wiegelt Flora ab. „Basti ist ein netter Kerl, weiter nichts." Zum Glück weiß ihre Mutter ja nicht, dass Basti nicht nur wirklich nett ist, sondern auch verdammt gut aussieht, mit seinem verwuschelten blonden Haar und seinen blauen Augen.

Schnell schiebt sie nach: „Du weißt ja, dass ich sowieso nie was mit einem meiner Studenten –"

„Ja ja, okay. Aber dieser Vorsatz von dir, nach der Scheidung von Gordon jetzt mindestens ein ganzes Jahr niemanden –"

„Ich hab von Männern eben erst mal echt die Schnauze voll", sagt Flora ärgerlich. „Und wir hatten eigentlich ausgemacht, dass du nicht hinter jedem männlichen Namen, von dem ich dir erzähle, einen neuen Schwiegersohn-Kandidaten witterst."

„Also gut", seufzt ihre Mutter. Aber sie kann es natürlich nicht lassen und fragt gleich darauf lauernd: „Aber warum kennst du dann seine Großtante?"

„Ich – ich hab sie heimgefahren, weil ihr Auto kaputt war." Was ja stimmt. Und schnell fügt Flora noch hinzu: „Da habe ich auch gleich noch Max kennengelernt, den örtlichen Polizisten, weil der dort ganz in der Nähe wohnt. Es ist interessant, was der so alles erzählt hat von der Polizeiarbeit und so."

Sie stoppt und fragt sich, ob das jetzt schon wieder zu viel Info war – wenn ihre Mutter nachfragt, was er denn erzählt hat, ist sie gleich wieder auf dünnem Eis, wenn sie nichts von dem Mordfall letzte Woche verraten will.

Aber ihre Mutter scheint mit ihren Gedanken woanders zu sein. Sie sagt jetzt zögernd: „Übrigens hat Gordon mich vor ein paar Tagen besucht."

„Was?!", japst Flora.

„Na ja, das ist doch nichts Schlimmes, wenn ein netter junger Mann seine Schwiegermutter besucht", sagt ihre Mutter verteidigend.

„*Ex*-Schwiegermutter, *Ex*!", zischt Flora.

„Wie auch immer, es war doch nett von ihm, oder? Ich habe mich jedenfalls gefreut." Flora hört aus der Stimme ihrer Mutter etwas heraus wie – schlechtes Gewissen? Warum könnte ihre Mutter ein schlechtes Gewissen haben, wenn Gordon sie besucht?

Ein übler Gedanke kommt Flora: „Sag mal, du hast aber Gordon nicht meine Erlanger Adresse gegeben, oder?"

In der Leitung herrscht Stille.

Dann kommt es von ihrer Mutter: „Du meine Güte, Flora, was ist da denn schon dabei?"

„Mutter!", Flora schreit so laut und wütend in ihr Telefon, dass sie Tröpfchen auf das Display sprüht. Ärgerlich wischt sie die Tröpfchen ab und schreit noch etwas lauter, aber vorsichtshalber weiter entfernt vom Display: „Wir hatten ausgemacht, dass er meine Adresse nicht bekommt! Du hattest es versprochen!"

Von ihrer Mutter kommt es beleidigt: „Du meine Güte, er ist ja immer noch – praktisch Familie."

„Ist er nicht! Nicht mehr!"

„Nun hab dich nicht so, er wollte es ja nur mal wissen. Er wird dich schon nicht gleich besuchen."

„Wozu hätte er denn sonst meine Adresse gebraucht? Du hast sie ihm doch wahrscheinlich nicht aufgedrängt, oder?"

„Natürlich nicht", sagt ihre Mutter entrüstet. „Er hat danach gefragt, ganz locker und beiläufig."

„Natürlich. Damit er jetzt dann irgendwann bei mir auf der Matte steht."

„Floramädchen –"

„Nix Floramädchen", zischt Flora, „ich sag jetzt gar nichts mehr, wer weiß, wem du das alles brühwarm weitergibst! Auch wenn ich extra sage, dass du es nicht weitererzählen sollst!"

„Aber –"

„Nix aber, sondern tschüss."

Flora hätte jetzt am liebsten so ein altmodisches Festnetztelefon mit Hörer. Damit sie den Hörer richtig fest auf die Gabel knallen könnte. So kann sie nur mit dem Finger fest auf den Ende-Button tippen, und das ist sehr viel weniger befriedigend als Hörer-Knallen.

Wütend wirft sie das Handy aufs Sofa. Das hat ihr gerade noch gefehlt, dass Gordon hier anrückt und sie bequasseln will, zu ihm zurückzukommen.

Das Kapitel ist vorbei. Endgültig vorbei.

Aber es schmerzt immer noch.

Und deshalb ist Gordon der letzte Mensch, den sie jetzt irgendwo im Umkreis von tausend Kilometern um sich haben will.

Das Handy meldet sich wieder.

Sie will aber jetzt nicht mit ihrer Mutter sprechen, verdammt nochmal! Ärgerlich starrt Flora auf das Handy, das immer noch auf dem Sofa liegt.

Doch dann sieht sie auf dem Display, dass es nicht ihre Mutter ist, sondern Basti, der da anruft. Natürlich, ist ja auch ein anderer Klingelton.

Verwundert schüttelt sie den Kopf. Was will denn Basti jetzt schon wieder? Eigentlich haben sie ja erst vor ein paar Stunden auf Gerdas Hof beim Mittagessen zusammengesessen, zum Abschluss des Falls, sozusagen. Was kann es denn nach dieser kurzen Zeit inzwischen schon wieder Neues geben? Eigentlich freut sie sich sogar ein kleines bisschen, dass er anruft – aber andererseits ist er ihr Student, und es war eine Ausnahme, dass sie ihm überhaupt ihre Nummer gegeben hat. Eigentlich nur für Notfälle, sozusagen. Also, ausgehen wird sie nicht mit ihm oder so, nimmt sie sich fest vor.

Bastis Stimme klingt aufgeregt, und ohne lange Begrüßung legt er sofort los: „Du weißt doch, wie wir gestern über den Niedlasreuther Weiher geredet haben? Also, der Ralfi jedenfalls?"

„Ja, da war ich gerade vorhin, an dem Weiher."

„Du warst da gerade vorhin?!" Basti klingt irgendwie – schockiert. Er fragt nun: „Ist dir da irgendwas Besonderes aufgefallen? Hast du da jemanden getroffen?"

„Nur so eine ältere Dame, die im Weiher geschwommen ist, die macht das wohl regelmäßig. Mit der habe ich mich kurz unterhalten. Ansonsten – was meinst du mit *Besonderes*?"

Aus dem Telefon klingt so etwas wie – ein verzweifeltes Stöhnen?

„Was ist los?", fragt Flora ungeduldig. „Dass ich mit einer älteren Dame geredet habe, die dort geschwommen ist, das ist jetzt doch nicht wirklich *besonders*, oder?"

„Es bedeutet wohl, dass du die unbekannte Verdächtige bist, nach der Kommissar Wudler gerade mit Hochdruck sucht."

„Also, jetzt verstehe ich gar nichts mehr", Flora setzt sich abrupt aufs Sofa. „Verdächtig weswegen?"

„Wegen der Leiche in dem Weiher."

„Eine Leiche? In dem Weiher? Du willst mich auf den Arm nehmen, oder?"

Doch sie erinnert sich, dass Basti eigentlich immer alles ziemlich ernst nimmt. Sie kennt ihn ja erst, seit das Tutorium vor zwei Wochen angefangen hat. Aber wenn man zusammen eine Leiche findet, wie letzte Woche, dann sorgt das für eine ziemlich steile Kennenlernkurve … Dumme Scherze sind eigentlich nicht seine Art, würde sie schätzen.

Aber jetzt wirklich schon wieder eine Leiche?!

Basti fährt nun ernst fort: „Der Max hat der Oma Gerda alles erzählt, und sie dann mir. Die Frau, die die Leiche gefunden hat, hat ausgesagt, dass sich da so eine junge Frau am Ufer vom Weiher herumgetrieben hat, die irgendwas von einer Leiche erzählt hat. Das warst dann ja wohl du, oder?"

Flora greift sich entsetzt an die Stirn. „Aber – das war doch bloß, weil wir da diese alberne Diskussion hatten, ob eine Leiche mit Kleidern schwimmen oder sinken würde!"

„Mir brauchst du das nicht zu sagen, aber für die Polizei hört sich das halt schon sehr verdächtig an. Deswegen wird jetzt nach dieser seltsamen Unbekannten dringend gesucht, hat der Max erzählt."

„Wie hat die Dame mich denn beschrieben?", fragt Flora angespannt.

„Na ja, also ich glaube nicht, dass man dich nach dieser Beschreibung unbedingt erkennen würde. Die Dame sieht nämlich nicht mehr so gut, und beim Schwimmen kann oder will sie keine Brille tragen. Sie hat wohl gesagt, die Unbekannte war eher groß, schlank, irgendwo in den Zwanzigern, mittelkurze Haare und die Haarfarbe so eher dunkel."

„Könnte also fast jeder sein", meint Flora langsam. Das heißt, wenn sie jetzt einfach den Mund halten würde, dann käme die Polizei vermutlich nie auf sie …

„Du musst gleich zur Polizei gehen", drängt Basti.

Flora seufzt. Basti ist so ein überaus korrekter und ehrlicher Mensch. Er würde vermutlich nicht wirklich kapieren, warum sie sich vor dem unnötigen Ärger lieber drücken möchte.

Langsam sagt sie: „Ich meine, wenn du mir das jetzt nicht erzählt hättest – und wenn vorher der Max nicht inkorrekterweise Gerda alle diese Polizei-Interna weitergegeben hätte – dann wüsste ich da ja gar nichts davon – von der Leiche, von der Schwimmerin und so weiter. Also, wenn ich einfach nichts sage, dann kommen die nie drauf, dass ich das war. Und damit würde ich nicht nur *mir* eine Menge

Ärger sparen, sondern auch der Polizei eine Menge unnötigen Aufwand, weil ich nicht die Mörderin bin. Und ich weiß ja auch überhaupt nichts über den Mord."

„Aber das wäre – nicht korrekt", erklärt Basti stur.

„Würdest du mich verpfeifen?", fragt Flora angespannt.

Unglückliches Schweigen am anderen Ende.

Nach einem tiefen Seufzer fragt Flora: „Wer war denn das Opfer, weiß man das schon?"

„Max sagt, es war eine junge Foodbloggerin, die seit Kurzem in Niedlasreuth gewohnt hat. Eine Miranda Böbler."

„Nie gehört. Kenn ich nicht", erklärt Flora erleichtert. „Also habe ich auch null Motiv."

„Mir brauchst du das nicht zu erklären", meint Basti unglücklich, „aber der Wudler –"

„Genau", schnaubt Flora. „Der Kommissar wird natürlich einen Mordszirkus machen, vor allem, wenn er noch keine anderen Verdächtigen hat. Und das würde ich mir gerne ersparen."

Nach einer kurzen Pause meint Basti: „Wenn du willst, können wir mitkommen auf die Wache."

„Wer, wir?"

„Na, Oma Gerda und ich."

Hmm. Gerda an der Seite zu haben, das wäre natürlich nicht schlecht. Die würde sicher kurzen Prozess mit Wudler machen, wenn der sich aufführt, schätzt Flora.

„Komm doch einfach erst mal raus auf Oma Gerdas Hof", schlägt Basti nun vor. „Da können wir dann in Ruhe zusammen überlegen, wie du das am besten machst, wenn du dich stellst."

Sich stellen, das klingt ja echt kriminell, Flora schüttelt ärgerlich den Kopf.

Aber nochmal rausfahren nach Niedlasreuth, das schadet ja nicht, und dann gibt auch Basti erst mal Ruhe.

Bevor sie nach dem Autoschlüssel greift, checkt Flora noch auf ihrem Smartphone diese Foodbloggerin, Miranda Böbler. Die postet schöne Fotos von leckeren Gerichten und gemütlichen Kneipen. Aber es gibt da auch ziemlich unappetitliche Bilder von Küchen oder Toiletten. Und bei genauerem Hinsehen sehen viele der Texte nicht unbedingt nach dem üblichen Hochglanzgesäusel aus, das nach Werbeeinnahmen und Freimahlzeiten angelt.

Diese Miranda schreibt wohl durchaus auch kritische Beiträge. Die Bemerkung über ihrem Blog ist offenbar ernst gemeint, dass sie auch mal „hinter die Kulissen schauen" will. Ironisch, aber mit deutlicher Anklage beschreibt sie zum Beispiel die nicht sehr einladenden Zustände in „einer Kneipe im Nordosten von Erlangen". Sie nennt zwar keinen Namen, und Flora, die sich in Erlangen noch nicht auskennt, weiß nicht, welche Kneipe gemeint ist. Aber die meisten Leute werden sicher wissen, um welchen Schuppen es da geht. Dessen Betreiber werden wohl nicht allzu erfreut über diese „Werbung" sein …

Interessant, denkt sich Flora. Da hätte man ja vielleicht ein Motiv? Oder sogar mehrere? Diese Bloggerin scheint fleißig diversen Leuten aus der Gastronomieszene auf den Schlips getreten zu sein. Vielleicht wollte einer davon sie aus dem Weg räumen?

Als Flora das Smartphone schon einstecken will, fällt ihr Blick auf das winzige Foto unter einem der Texte. So sieht diese Miranda also aus – sie zieht das Bild größer – und erschrickt. Oh nein! Das darf doch nicht wahr sein!

Das ist die junge Frau, mit der Flora vor ungefähr einer Woche ernsthaft aneinandergeraten ist. Und zwar sehr öffentlich.

Wenn Flora nur an diese Szene denkt, schließt sie vor lauter Beschämung die Augen. Mann, das war derart mega grottenpeinlich ...

Sie war ziemlich betrunken gewesen. Aber sowas ist natürlich immer nur eine Erklärung, keine Entschuldigung. Sie hätte sich nicht so volllaufen lassen sollen, und schon gar nicht in aller Öffentlichkeit.

Aber sie war abends in ihrer noch kahlen Wohnung gesessen, hatte sich in dieser fremden Stadt alleine gefühlt und war im Selbstmitleid ersoffen. Also war sie losgezogen, hatte verschiedene Kneipen ausprobiert und sich durch jede Menge Longdrinks gesüffelt. Ihre Laune war tatsächlich immer besser geworden, aber schließlich hatte sie wohl ziemlich die Kontrolle verloren ...

Und jetzt könnten sicher mindestens zwanzig Kneipenbesucher bezeugen, dass Flora und diese Miranda einen wilden Streit hatten. Und dass Flora Miranda sogar irgendwie gedroht hat – sie erinnert sich nur sehr vage, was für Drohungen sie da ausgespuckt hat, aber sie waren wohl laut und wüst. Mist. Natürlich ist es absurd, anzunehmen, dass Flora wegen eines belanglosen, betrunkenen Zwischenfalls in einer Kneipe jemanden umbringen würde, mit dem sie ansonsten nichts zu tun hat. Aber wenn das rauskommt, hat sie nicht mehr wirklich *null Motiv* – wenn man das aufblasen wollte, könnte man daraus was machen. Und Kommissar Wudler würde es bestimmt aufblasen …

Er müsste es natürlich erst mal rausfinden.

Aber wenn –

Flora starrt auf das Bild von Miranda. Auf die wirren dunkelblonden Locken, den breiten, lachenden Mund – eine lebenslustige junge Frau, und jetzt ist sie tot …

Flora setzt sich erst mal wieder hin.

Nach einer Weile schüttelt sie sich. Die praktischen Probleme, die durch diese Sache auf sie lauern, müssen in Angriff genommen werden. Wenn die Polizei wirklich nach ihr sucht, dann wird sie nicht darum herumkommen, das irgendwann mal aufzuklären. Wahrscheinlich besser früher als später.

Theoretisch.

Praktisch hofft sie heimlich, dass sie sich vielleicht doch irgendwie davor drücken kann. Mal sehen.

# Wildsauerei

Als Flora auf Gerdas Hof in Niedlasreuth ankommt, stehen Basti und Gerda beide draußen vor dem Haus und machen betretene Gesichter. Hektor, der riesige, struppige graue Hund, drängt sich mit eingezogenem Schwanz an Gerdas Bein.

Alle drei sehen ziemlich unglücklich aus. Fast so schlimm, wie Flora sich selbst fühlt.

Sie fragt sich, ob das wohl auch mit ihrem Plan zusammenhängt, sich der Polizei „zu stellen". Aber das muss doch eigentlich nur ihr selbst unangenehm sein.

Da kommt Gerda auf sie zu und seufzt: „Also, mir ham da edserd a weng a Siduadsion."

„Eine – Situation? Also, da ist ja meistens eine unangenehme oder schwierige Situation gemeint?"

Nun seufzt auch Basti: „Das kann man wohl sagen. Ich fürchte, Oma Gerdas Küche ist jetzt erst mal mehr oder weniger unbewohnbar."

„Unbewohnbar?", fragt Flora schockiert.

Bevor die anderen antworten können, biegt nun ein weißer Van in den Hof ein. In knallgrüner Farbe steht quer über die Seite geschrieben: „Einem Installatör ist nix zu schwör!" Darunter eine Telefonnummer und die E-Mail-Adresse einer Sanitärtechnikfirma.

Erstaunt sieht Flora Basti an: „Ich hatte den Eindruck, dass – was auch immer passiert ist, dass – was auch immer passiert ist – es gerade eben erst passiert ist?"

Basti nickt stumm.

„Und dann ist jetzt schon ein Installateur da?" Flora ist echt verblüfft. „Ich weiß von meinen Eltern, dass man da normalerweise eher Monate als Wochen braucht, bis man mal nach viel Gebettel einen herbekommt. Oder ist das hier in Franken anders?"

Gerda schüttelt den Kopf: „Naa, des is hier aa ned anders, normal wardsd, bisd a Moos ansedsd und die Fisch in deim Haus rumbaddln. Aber ich kenn dem Hermann sei Mudder."

Hermann ist vermutlich der kleine dicke Typ im Blaumann, der gerade aus dem Van gestiegen ist. Er sieht aus wie Anfang vierzig.

Und der hört noch auf seine Mutter? fragt sich Flora erstaunt. Aber vielleicht kennt er auch nur Gerda schon länger, und kommt deswegen lieber freiwillig angezischt, bevor sie ärgerlich bei ihm auftaucht, um ihn zu holen.

Gerda winkt nun Hermann und Flora, ihr ins Haus zu folgen. Vor der geschlossenen Küchentür macht Gerda kurz halt. Beunruhigt sieht Flora, dass unter der Tür hindurch Wasser in den Flur gesickert ist.

Gerda folgt ihrem Blick: „Ich hab scho den Haubdhahn zudrehd, aber da war hald scho a weng a Wasser, wie mir zrückkumma sin."

Nun öffnet Gerda die Tür – und Flora und Hermann ziehen scharf die Luft ein.

Dann stößt Hermann hervor: „Allmächd, des schaut ja aus, als ob sich hier a Wildsau ausgetobt hätt!"

„Volltreffer", sagt Basti mit einem schiefen Grinsen. „Oder na ja, die Ziegen haben auch mitgeholfen. Aber den Hauptschaden hat vermutlich schon die Bomba angerichtet."

Hermann starrt ihn verblüfft an: „Also, die Gerda hält jetzt aber keine Wildsau im Haus, oder?"

Er schaut hinüber zu Gerda, die die Achseln zuckt: „Im Haus drin hald ichs nadürlich ned. Jedenfalls nimmer, seid die Bomba so a glaana Frischling woa", Gerda deutet mit den Händen ungefähr Mausgröße an. „Damals hads alle boa Schdund ihre Milch griegn müssn, da hab ich sie hier drin ghabd. Aber dann is' fei gwachsn, und dann hab ich sie zu die Zieng in Schdall gedan, die verdrong sich subber."

Hermann sieht sich in dem Chaos in der Küche um und macht eine ausholende Handbewegung: „Und wie kommt dann – das da?"

Gerda runzelt die Stirn und schüttelt den Kopf: „Ich verschdeh des aa ned so ganz, was da bassierd is. Ich fürchd, ich hab die Hausdür nur a winzigs Schbäldla offn schdehn lassn. Und die Bomba und die Zieng sind mal wieder ausgrüggd, vo der Weidn, und aufn Hof zrüg. Da hams des dann woascheins enddeggd. Der Basdi und ich, mir warn nur kurz midm Heggdor weg, und als mir zrüg kumma sind –", sie macht eine wedelnde Handbewegung, die das ganze Chaos in ihrer Küche umfassen soll.

Basti ergänzt: „Die Bomba war mit ihrem Kopf unter der Spüle, da hat sie wahrscheinlich rumschnüffeln wollen und dabei hat sie sich wohl irgendwie festgeklemmt."

„Des arme Viech had dann die dodale Banig gschobn – obwohl, warum's dermaßen gwüded had, waaß ich aa ned, normal is die ned so. Und damid hads dann woascheins aa die Zieng ogschdeggd, die sin dann aa durch die Küchn dobd."

Mit einem Seufzer deutet Basti auf die Spüle. „Jedenfalls hat der Wasseranschluss an der Spüle es so richtig abgekriegt. Der Rest ist auch übel – aber jetzt haben wir vor allem ein Wasserproblem, fürchte ich."

Hermann sieht sich leicht beunruhigt um. „Und wo ist diese Wildsau jetzt?"

„Im Schdall, mid die Zieng."

Erleichtert nickt Hermann und kniet sich vor die Spüle. Dann verschwindet er mit dem Oberkörper im Schrank darunter. Die Tür des Schranks hängt in einem merkwürdigen Winkel zur Seite. Seufzend pflückt Gerda sie von der letzten, verdrehten Schraube, an der sie noch hing, und stellt sie beiseite.

Dumpf erklingt nun aus dem Spülschrank die Beschwerde: „Hier stinkt's fei nach Wildschwein!"

„Schdell dich ned so oo", meint Gerda ungeduldig, „du hasd doch gnuch mid Abbords und überhaubds Dreggwasser zu dun, da bisd doch an schlimmern Gschdang gwöhnd, oder?"

„Aber anders", ist die dumpfe, trotzige Antwort.

Dann herrscht eine Weile Stille.

Angespannt starren Gerda, Basti und Flora Hermanns breites, blaubehostes Hinterteil an. Das wackelt hin und wieder etwas, meist gefolgt von einem kurzen ärgerlichen Grunzen. Dann ertönt ein dumpfes „Oh je, oh je!" und Hermann krabbelt wieder hervor.

Mit leicht gerötetem Gesicht erklärt er: „Des wird was Größeres!"

Gerda verdreht die Augen: „Also naa, Hermann, edserd mach ka Gschiss. Ich will ja ned vo dir, dassd mir a brandneue Wasseranlang hischdellsd, mid der ich a ganzes Wellnessbad bedreibn könnerd. Nacherd schweißd hald a boa Deile nei, und guhd is.“

Hermann schüttelt den Kopf: „Nix ist gut. Und das geht nicht mit ein paar reingeschweißten Teilen ab. Von hier aus wird ja wohl auch Wasser verteilt, komische Konstruktion. Das ist alles total hinüber. Und des ist eh schon ein uralter Pfusch, was die vor fünfzig Jahren oder wann da mal reingemurkst haben. Ich weiß, dass du ne Menge von Autos und Traktoren verstehst, Gerda, aber das hier ist“, er spricht es fast ehrfürchtig aus: „Sanitärtechnik.“ Nüchterner fügt er an: „Aber halt eine eher steinzeitliche, hier.“

Flora erwartet, dass Gerda jetzt etwas richtig Ärgerliches erwidert. Aber Gerda nickt: „Des is ned bloß fünfzig Joa her, dass die des da mongdierd ham, sondern scho über siebzig. Damals nachm Krieg had ma hald hier draußn gmachd, was irgndwie ging, mit die Sachn, die ma hald grad findn konnd.“

Hermann nickt. „So schaut's auch aus. Ich versuch, dass ich das so günstig und so schnell wie möglich mach, aber –“, er zuckt bedauernd die Achseln.

„Des haaßd, es wird ned günstig und ned schnell“, fasst Gerda nüchtern zusammen.

Hermann seufzt. „Ich guck mir das nochmal an, dann bestell ich nachher gleich, was ich auf jeden Fall brauche – und dann schaun wir halt mal.“

Er taucht nochmal ab und fuhrwerkt und murmelt unter der Spüle herum.

Auf einmal bückt sich Gerda und hebt etwas Kleines, Schwarzes vom Küchenfußboden vor der Spüle auf.

„Hah!", schreit sie triumphierend.

Der laute, plötzliche Schrei lässt Hermann erschrocken hochfahren. Dabei stößt er mit dem Kopf gegen die Unterseite der Spüle und schreit nun selbst auf. Er fängt an zu fluchen, aber Gerda ignoriert ihn und erklärt zufrieden: „Da ham mir ja den Schuldichen!"

„Ich dachte, Bomba ist die Schuldige?", fragte Flora erstaunt.

„Und die Ziegen?", fügt Basti an.

„Die Bomba war ja selbsd a Obfer", meint Gerda und hält mit spitzen Fingern das Kleine, Schwarze hoch.

„Eine Bremse!", erkennt Flora.

„Dann ist es aber nicht *der* Schuldige, sondern *die* Schuldige", Basti nimmt es mal wieder sehr genau. „Das ist dann wohl eine weibliche Bremse."

Flora hebt die Augenbrauen: „Du kannst aus *der* Entfernung erkennen, dass das eine weibliche Bremse ist?"

„Es sind nur die Weibchen, die stechen. Und das würde die Sache erklären. Wenn die Bremse die Bomba in den Hintern gestochen hat, während die gerade den Kopf unter der Spüle hatte – ja klar, dann ist die natürlich abgegangen wie eine Irre."

Flora überlegt: „Kann denn eine Bremse einem Wildschwein in den Hintern stechen? Also so, dass das Wildschwein das richtig spürt?"

Basti deutet auf das Chaos ringsum: „Die Indizien scheinen dafür zu sprechen, oder?"

Als Hermann weggefahren ist, erinnert sich Flora wieder daran, warum sie eigentlich gekommen ist.

„Also, wegen der Polizei …", beginnt sie zögernd.

„Heud nimmer", entscheidet Gerda zu Floras großer Erleichterung. „Es is eh scho Ahmd, des könn mer genauso morgn früh machn."

Basti schaut zwar nicht begeistert, streckt aber angesichts von Floras Erleichterung und Gerdas Entschlossenheit die Waffen und schweigt.

„Edserd müss mer erschd amol überleng, wie mer des midm Abndessn machn. Ich wolld was kochn, aber so …", sie seufzt.

„Vielleicht, wenn wir rübergehen zum Charlie?", schlägt Basti vor.

Gerda nickt begeistert. Kurz darauf spricht sie mit beinahe sanfter Stimme in ihr Telefon: „Du Dscharlie, könn mer zu dir nüberkumma heud Ahmd? Die Bomba und die Zieng ham mei Küchn edwas umdegoriert, deswegen kömmer hier kaa Abndessn machn. Mir wärn zu dridd."

Rasch sagt Flora: „Ich muss ja nicht mitkommen."

Ungeduldig wedelt Gerda diesen Vorschlag beiseite und sagt ins Telefon: „Ich bringerd auch was z'essn mid." Und nach einer Pause: „Drodsdem, ich nehm was mid. Muss ja eh wech."

Sie lauscht noch eine Weile irgendwelchen Erklärungen vom anderen Ende. Schließlich beendet sie den Anruf mit einem „Schaun mer amol. Dschüsserla!" und einem ungewohnten kleinen Lächeln um die Mundwinkel. Dann läuft sie entschlossen zum Kühlschrank.

„Dieser Charlie, den mag sie wohl?", fragt Flora Basti leise.

Der grinst: „Aber wie! Der war ihre Jugendliebe, und sie hat auch heute noch eine ziemliche Schwäche für ihn. Sie hat –"

„Sie had vor allem sehr gude Ohrn", kommt es nun scharf von Gerda, die am Kühlschrank steht. „Desweng hörds aa, wenn du der Flora a alberns Gschmarri erzähld. Helfds mer lieber, was zum Essn eizubaggn. Ich muss aa a boa Sachn reddn, aus die Schräng, die was abgriegd ham."

Mit schuldbewusstem Gesicht springt Basti auf: „Klar, sorry, du bist mit deinem verletzten Arm ja eingeschränkt."

„Goar nix bin i. Aber helfn kannsd mehr drodsdem."

Nach einer kurzen Pause fügt Gerda stirnrunzelnd hinzu: „Der Dscharlie had gmeind, er häd auch was zum Fragn wecher dem Mord. Weil ich doch edserd quasi so a Miss Maabl wär. Des is a Gschmarri, aber ich frag mich scho, was der Dscharlie mid am Mord zu duhn had?"

Basti schaut verwirrt: „Also, was der Charlie mit dem Mord an dieser Foodbloggerin zu tun haben könnte, das kann ich mir auch nicht vorstellen."

„Wer ist denn dieser Charlie?", erkundigt sich Flora.

„Das ist unser Quasi-Biobauer", erklärt Basti. „Er hat seinen Hof nicht allzu weit weg von hier."

„Wieso *Quasi*-Biobauer? Ist er nun bio oder nicht?"

„Faktisch ist er bio, sehr sogar, aber offiziell-bürokratisch nicht. Diesen ganzen Zertifizierungskram, da hat er keinen Bock drauf, sagt er. Braucht er auch nicht, weil er eine große, treue Stammkundschaft hat. Die wissen, was sie an ihm und seinen Produkten haben, und deswegen hat er das offizielle Siegel gar nicht nötig."

Zögernd meint Flora: „Aber das mit der Zertifizierung hat doch auch Vorteile. Zum Beispiel, dass die das kontrollieren, ob es da auch wirklich biomäßig zugeht."

Basti schüttelt den Kopf: „Also, beim Charlie platzt ständig jemand rein – auf einen Kaffee, oder um den Kindern die Kälbchen zu zeigen, oder um ein paar Äpfel zu kaufen, oder um einfach mal zu quatschen. Und beim Charlie steht auch immer alles offen, von den Ställen bis zu seiner Wohnküche - mehr Kontrolle kann es kaum geben. Ich nehme stark an, dass die offiziellen Kontrollen sehr viel seltener und weniger intensiv sind, und leichter zu umgehen."

„Edserd find mer erschd amol raus, was der Dscharlie vo dem Mord erzähln will", erklärt Gerda.

# Lauscher-Video

Nachdem Gerda Floras altes Auto mit Essen für mehrere Kompanien vollgepackt hat, schaut Flora etwas ratlos. Für Hektor, den Riesenhund, ist kein Platz mehr im Kofferraum. Und dass er im Fahrgastraum sitzt, dagegen protestiert Gerda: „Wennsd blödslich bremsn mussd, weng am Fuchs oder so, dann fliegd der arme Kerl durch die Gegnd und gnalld womöchlich gegen die Scheibn, den könn mer ja ned anschnalln. Des is mir zu gfährlich."

Flora vermutet stark, dass sich Gerda weniger um die Gefährdung der menschlichen Autoinsassen sorgt als um die Sicherheit ihres geliebten Hunds. Sie selbst hätte eher um ihren eigenen Rücken Angst, wenn da so ein Riesenviech dagegen geschleudert wird. Aber das Ergebnis ist sowieso dasselbe: Gerda und Hektor werden zu Fuß gehen, es ist wohl nur knapp zwei Kilometer bis zu Charlies Hof. Basti hat sie schnell dahingelotst.

Sie halten vor einem großen, hellen, alten Sandsteinhaus mit vielen bunten Holzfensterläden, jeder in einer anderen Farbe gestrichen. Das Resultat ist eine etwas verwirrende Kreuzung aus Heimatmuseum und Pippi Langstrumpf, wirkt aber freundlich und einladend.

Auf dem Hof fegt gerade ein großer, breitschultriger Mann in einer schwarzen Latzhose Blätter zusammen. Sein graues Pferdeschwänzchen wippt dabei munter auf und ab.

Basti nutzt den Vorsprung, den sie vor Gerda haben, um Charlie gleich mal beiseite zu nehmen: „Sag mal, was war da mit *Mord*? Ehrlich gesagt bin ich nicht begeistert, wenn du Oma Gerda einspannst, dass sie schon wieder Detektiv spielen soll."

„Will ich ja gar nicht, ich brauche bloß ihren Rat", meint Charlie gelassen. „Wegen Djingo. Und wegen des Videos."

„Djingo?" Basti starrt ihn an. „Was hat denn der damit zu tun?"

Weil Flora gerne kapieren würde, was läuft, fragt sie Basti leise: „Wer ist denn Djingo?"

Basti besinnt sich: „Das ist übrigens Flora", stellt er sie Charlie vor, „sie kommt aus Hamburg und macht jetzt ihren Doktor an der Erlanger Uni. Sie ist meine Mathe-Tutorin."

Charlie nickt ihr lächelnd zu und erklärt: „Der Djingo, das ist unser lokaler Starkoch. Der ist vor ein paar Jahren hierhergekommen, und seitdem hat Niedlasreuth tatsächlich ein Sterne-Restaurant, das ‚Djingos'. Stinkteuer, aber echt gut. Da kommen Leute aus München oder Berlin her und so. Wobei das vermutlich weniger mit dem *echt gut* zu tun hat, mehr mit dem Stern und dem Hype."

„Und dieser Sternekoch hat was mit dem Mord zu tun?", fragt Flora verwundert.

Charlie seufzt und zwirbelt an seinem Pferdeschwänzchen herum. „Na ja – nein, ich glaube das ja überhaupt nicht. Ich kenne ihn ganz gut, und Mord – das ist einfach nicht Djingo. Er ist mehr so ein kreatives Sensibelchen, halt ein Kochkünstler. Aber er ist zur Polizei beordert worden, und sie verhören ihn schon seit Stunden."

„Woher weißt du das denn?", fragt Basti verblüfft. „Der Niedlasreuther Dschungelfunk ist ja immer schnell – aber das hat heute Mittag noch nicht mal der Max gewusst?"

Charlie grinst verschmitzt: „Ich hab halt so meine Quellen …" Doch dann wird er ernst: „Es war einfach ganz direkt. Der Djingo wollte eigentlich heute Nachmittag zu mir rüberkommen, weil wir uns über neue Kräutersorten unterhalten wollten. Heute ist ja Montag, und Montag und Dienstag sind Ruhetage im Restaurant, also erledigt der Djingo da solche Sachen. Und dann wollte ich auch noch das mit dem Video mit ihm besprechen. Aber dann musste er eben zur Polizei, also hat er mich angerufen, dass er nicht kann. Und er rührt sich, wenn er fertig ist. Hat er aber noch nicht, obwohl das Stunden her ist."

„Djingo, komischer Name.", meint Flora.

Basti zuckt die Achseln. „Na ja, es ist mehr so eine Abkürzung, jedenfalls teilweise. Er heißt Dieter Jürgen Ingo. Also, das sind seine Vornamen, sein Nachname ist Schmidt. Das ist alles nicht so smart. Und er kommt ja ursprünglich aus der schicken Berliner Gastronomieszene, da war sowas hausbackenes Deutsches wie Dieter oder Jürgen wohl gerade nicht angesagt. Also hat er sich halt Djingo genannt, quasi als Künstlername."

Basti runzelt die Stirn und sieht nun Charlie fragend an. „Aber warum sollte die Polizei den Djingo überhaupt verdächtigen? Hat der denn die Miranda gekannt?"

Charlie nickt. „Allerdings. Und deswegen hab ich jetzt das Problem mit dem Video – ich weiß echt nicht, ob ich das der Polizei zeigen soll oder nicht. Es macht den Djingo ja irgendwie noch verdächtiger – aber andererseits hatte Miranda mir das Video ja eh schon gegeben. Und sie hatte auch gesagt, dass sie das nicht verwenden wird."

Als Charlie die verwirrten Gesichter seiner beiden Besucher sieht, seufzt er: „Ich zeig's euch."

Dann winkt er Basti und Flora, ihm zu folgen.

Sie kommen direkt in eine riesige, offene Wohnküche. Die ist vollgestellt mit einem wilden Sammelsurium von Sachen: wertvolle Bauernmöbel neben billigen Plastikstühlen, historische landwirtschaftliche Geräte, wohl inzwischen reine Deko, neben abstrakten Skulpturen und riesigen Buntglasobjekten. Parallel zu einer Wand steht ein langer, alter Esstisch aus dicken, dunklen Holzbohlen. Auf beiden Seiten zieht sich eine Sitzbank aus demselben dunklen Holz, auf der Wandseite sind zum Anlehnen Kissen an die Wand genagelt.

An einer anderen Wand gibt es eine Art maritime Insel: eine weiße Küchenzeile mit blauen Fliesen, dekoriert mit lauter Bildern und Modellen von Fischen, Muscheln, Leuchttürmen, Ankern, Segelbooten –

Flora reibt sich unwillkürlich die Augen. Das ganze Ensemble ist nicht unattraktiv, aber schon irgendwie – wild.

An einer Wand hängt ein großes handgemaltes Banner mit einem Spruch: *Wonach soll man am Ende trachten? Die Welt zu kennen und sie nicht verachten.* Darunter steht gekritzelt goGG.

„Gogg?", fragt Flora erstaunt.

Charlie lächelt. „Good old Geheimrat Goethe. Immer noch enorm zitierfähig, obwohl er vor fast 200 Jahren gestorben ist. Mein Spruch des Monats ist oft von ihm."

Flora denkt kurz über den Spruch nach. *Die Welt kennen und sie nicht verachten ...*

Plötzlich sagt Gerdas Stimme hinter ihr: „Schdimmd fei scho. Mer will ja scho möglichsd viel wissn über die Weld und über die Leud, aber je mehr mer erfährd, desdo mehr grausd's aan. Und dann will mer's vleichd doch lieber ned so genau wissn, und ned immer alles – aber dann aa widder scho."

„Goethe hat das aber prägnanter formuliert", Charlie grinst Gerda frech an.

Flora hält die Luft an – aber Gerda sagt nur ungerührt: „Dafür war des ja aa der Göhde."

Gerda stellt nun als Erstes zwei Schüsselchen mit Futter und Wasser für Hektor hin, der sich brav auf dem Boden ausgestreckt hat.

Dann sieht sie Charlie an: „Du hasd was zwengs dem Mord?"

„Ich zeige euch das Video", Charlie geht hinüber zu einem Klapptisch in der Ecke, auf dem ein Laptop steht.

Er nimmt einen kleinen silbernen Datenstick von dem Tisch und hält ihn zwischen Daumen und Zeigefinger: „Den hat Miranda mir am Samstagabend gegeben. Jemand hat ihr den anonym in einem Umschlag vor die Tür gelegt, hat sie erzählt."

Dann schiebt er den Stick in den Laptop, und plötzlich leuchtet ein riesiges Display an der Wand auf. Charlie startet das Video.

Man sieht Charlie und einen kleinen, drahtigen Mann um die vierzig mit Kochjackett in einem lebhaften Gespräch. Was sie sagen, kann man zunächst nicht wirklich verstehen, weil im Vordergrund ziemlich laut gerumpelt wird. Zwei Männer holen Kisten aus einem Lieferwagen und tragen sie in die Küche.

Basti starrt auf das Display: „Ist das hinter dem Djingos?"

„Ja, in der Nähe vom Lieferanteneingang. Ich hatte gerade ein paar Kisten Gemüse geliefert."

„Der Kleine, Drahtige da, das ist Djingo?", fragt Flora.

Charlie nickt. „Der hat mir da gerade erzählt, dass er in Zukunft nur noch sehr viel weniger Ware von mir kaufen wird. Weil die offiziell nicht bio ist, also darf er das auch nicht auf seine Speisekarte schreiben, dass er Bio-Produkte verwendet."

Charlie seufzt. „Ich war halt schon bio, als das noch öko hieß – und damals gab es ja noch überhaupt keine offizielle Zertifizierung."

Auf Floras fragenden Blick holt er aus: „In den Siebzigern, da hab ich hier angefangen, da hab ich den Hof von meinem Großonkel geerbt und dann auf ökologische Landwirtschaft umgestellt. Für die anderen Bauern hier, und überhaupt für die Leute aus dem Dorf, war ich damals so'n langhaariger junger Gammler mit spinnerten Ideen, bei dem auch nur so andere langhaarige Gammler was gekauft haben, so Typen aus der Stadt. Das hat sich dann zum Glück geändert. Aber jedenfalls war es nie nötig, dass ich mir den Bio-Bürokratie-Kram antue."

Die Kamera zoomt nun auf Charlie und Djingo zu. Der Ton wird deutlicher, die rumpelnden Lieferanten sind jetzt weg. Man hört nun Djingo sagen: „Ich weiß, es klingt hart, aber die Zeiten sind halt auch hart, ich muss verdammt scharf kalkulieren. Nüchtern betrachtet ist das Billigbio von den Ketten für mich effektiver als deine Produkte, das tut's genauso, und für meine Speisekarte ist es sogar sehr viel besser. Für offizielles Bio kann man halt doch nochmal ´n Tucken mehr verlangen."

Charlie wendet dagegen etwas ein, das man nicht genau verstehen kann, aber das Wort „Geschmack" ist herauszuhören. Djingo wirft den Kopf zurück und schnaubt wütend. „Ha, Geschmack! Es gibt doch kaum noch jemanden, der subtile Unterschiede auch wirklich schmeckt. Ein Getue machen sie natürlich trotzdem, aber das sind jetzt doch die Leute, die mit Fischstäbchen und dem Fraß von den Burgerketten oder Lieferpizzas aufgewachsen sind."

Wieder scheint Charlie etwas einzuwenden, doch Djingo wird nur noch wütender, noch lauter: „Ein oder zwei vielleicht, aber die anderen, da ist das doch nur noch Show! Das ist einfach Personality-Marketing, dass man sich in Sterne-Restaurants zeigt und sich als Gourmet gebärdet. Aber in Wirklichkeit schmecken die nicht mal den Unterschied zwischen einem Billig-Hack vom Discounter und einem tollen Wagyu-Mince. Denen könntest du auch aufgedonnertes Hundefutter servieren – wenn das interessant genug gewürzt ist, dann würden die das gar nicht merken! Die meisten sind keine Gourmets, sondern Gourmands – Hauptsachene Menge teures Zeug."

Charlie stoppt das Video: „Der Djingo geifert dann noch eine Weile vor sich hin, mit ziemlich wüsten Tiraden gegen seine Kunden, aber weil er sich weggedreht hat, versteht man das in dem Video nicht sehr gut. Jedenfalls, wenn jemand das öffentlich gepostet hätte, das hätte gereicht, um Djingos Geschäft zu ruinieren – oder na ja, jedenfalls massiv zu schädigen."

Gerda fragt stirnrunzelnd: „Wer hat des gfilmd?"

Charlie schüttelt ratlos den Kopf: „Darüber habe ich mir auch schon den Kopf zerbrochen. Aber echt – keine Ahnung. Ich hab nicht genauer darauf geachtet, wer sich da so alles rumgetrieben hat. Um die Zeit ist meistens einiges los – Mitarbeiter vom Restaurant, verschiedene Lieferanten, Gäste, neugierige Wanderer, die mal kurz gucken wollen, wie es bei einem Sterne-Restaurant so aussieht – da läuft eigentlich fast immer jemand rum.

Ich habe aber jedenfalls niemanden gesehen, der gefilmt hat, das hätte ich vielleicht doch bemerkt, weil ich sowas nicht mag. Du gehst da ganz normal deinem Leben nach, sozusagen, und auf einmal hat das jemand gefilmt und postet es, sodass die ganze Welt das anglotzen kann – das finde ich einfach unangenehm. Aber wie gesagt, ich habe nichts bemerkt."

„Der had des heimlich gmachhd", erklärt Gerda. „Am Don hört mer, dass des weider wech is, und des Bild waggeld, also had der sich des richdig schdarg rozuhmd. Wenn er's offen gmachd hädd, hädd er ja afach näher higehn könna." Nach einer kurzen Pause fragt sie: „Und dann is des Video bei der Miranda glandet?"

Charlie nickt. „Sie hat gesagt, dass ihr jemand den Stick anonym vor die Wohnungstür gelegt hat, in einem Umschlag. Aber sie wollte das nicht verwenden und dem Djingo zukommen lassen. Sie weiß, dass ich ihn beliefere, deswegen hat sie den Stick dagelassen, als sie bei mir Käse gekauft hat." Charlie seufzt tief und zwirbelt an seinem Pferdeschwänzchen herum: „Und die Frage ist jetzt: Soll ich es der Polizei geben oder nicht? Vielleicht sollten die ja schon wissen, dass da so ein Typ sowas gemacht hat – womöglich hat das was mit der Ermordung von der Miranda zu tun? Andererseits wüsste ich nicht wirklich, wie das zusammenhängen könnte. Und wenn sie den Djingo offensichtlich sowieso schon verdächtigen, dann streue ich da ja Salz in die Wunde, weil das ein mögliches Motiv wäre. Dass er halt verhindern wollte, dass Miranda seine Tirade gegen seine Kunden veröffentlicht. Sie hatte zwar gesagt, sie macht das nicht, und hatte mir den Stick ja auch deswegen gegeben, aber – na ja, das ist halt alles kompliziert zu erklären, und dann glauben die mir womöglich nicht und – also, vielleicht sollte ich doch einfach besser die Polizei gar nicht erst damit belästigen …"

Basti streift Flora kurz mit einem vorwurfsvollen Blick, bevor er Charlie ansieht: „Ich finde es echt bedenklich, wenn immer alle glauben, dass man der Polizei lauter wichtige Informationen zu einem Mordfall vorenthalten sollte – angeblich, um die armen Beamten zu entlasten." Er schüttelt ärgerlich den Kopf: „Das ist ein bisschen so, wie wenn sich ein Verbrecher verteidigt: Jetzt ist es halt mal passiert, aber den ganzen Aufwand und die Kosten für die Ermittlungen und den Prozess und die Haft, das können wir uns doch sparen."

„Also wirklich!", kommt es entrüstet gleichzeitig von Flora und Charlie.

„Ich wollte damit ja nicht sagen, dass ihr Verbrecher seid", entschuldigt sich Basti schnell, „aber eure Argumentation hat schon was von dieser – na ja, Selbstjustiz. Oder zumindest Selbstrechtfertigung. Ich finde jedenfalls, du musst das Video der Polizei zeigen."

Als Charlie immer noch zweifelnd schaut, schiebt Basti nach: „Abgesehen davon, dass die Polizei das wissen sollte, sind vielleicht auch Fingerabdrücke auf dem Stick, die sie auswerten können."

Charlie schüttelt den Kopf: „Die Miranda und ich, wir haben das Ding natürlich voll angetatscht, mehrere Male, also ob man da noch was finden kann?"

Basti beharrt: „Vielleicht kann man ja trotzdem noch rausfinden, ob da noch andere Fingerabdrücke drauf sind."

Flora wendet ein: „Aber wenn ihr das jemand anonym zukommen lassen wollte, dann wird er doch so schlau gewesen sein, Handschuhe zu tragen?"

Basti nickt mit einem Seufzer. „Wahrscheinlich. Obwohl – vielleicht hat derjenige nicht daran gedacht, dass das zum Beispiel auch für den Umschlag gilt? Hast du den Umschlag?"

Charlie schüttelt den Kopf: „Sie hat mir bloß den Stick gegeben. Den Umschlag hat sie zu Hause gelassen, oder vielleicht auch weggeworfen, keine Ahnung."

„Aber genau deswegen muss die Polizei das wissen. Damit sie jetzt zum Beispiel in Mirandas Wohnung nach dem Umschlag suchen können, vielleicht finden sie ihn ja, und wenn im Papierkorb. Und dann könnten sie eventuell Fingerabdrücke darauf finden. Aber wenn du ihnen nichts von dem Video sagst, dann haben sie ja keine Ahnung"

„Ja, ja, okay, ist ja schon gut, ich geh gleich morgen früh zur Polizei."

Charlie rollt die Augen, als ob er genervt wäre. Aber Flora spürt, dass er sich eigentlich erleichtert fühlt, weil die Sache jetzt entschieden ist.

Gerda meint nun nachdenklich: „Also, ana had des gfilmd. Und dann had ana des Video der Miranda gebn. War des derselbe? Und warum? Warum had des ana gfilmd? Und warum solld des dann des Madla griegn? Für ihrn Blog? Aber da hads des ja ga ned gwolld ..."

Sie sieht Charlie fragend an: „Hads dir gsagd, warum sie des ga ned in ihrn Blog neidun will, sondern es dir gibd?"

Charlie zuckt die Achseln: „Sie war ziemlich in Eile. Das bisschen, was sie dazu gesagt hat, habe ich so verstanden, dass sie es anstandshalber nicht verwenden will. Und wir sollen selber entscheiden, was wir damit machen wollen."

„Warum had sie's dann ned dem Dschingo selber gebn? Den gehd's doch haubdsächlich oo? Also, mehr als dich? Du bisd da ja nur a Schdadisd in dem Video."

Charlie sieht sie nachdenklich an: „Du kennst die beiden nicht genauer, oder?"

Gerda schüttelt den Kopf: „Vom Dschingo hab ich scho ghörd, aber bersönlich kenn ich nur aan, der wo für ihn ärberd. Ich mag so Lädn ned, wos so an Haib drum machen, desweng hab ich mich da fernghaldn. Und der Miranda ihrn

Blog hab ich manchmal glesn, aber ansonsdn hab ichs bloß amol beim Medsger gsehn, die had ja no ned so lang hier draußn gwohnd."

Charlie erklärt: „Na ja, ich glaube, die Miranda und der Djingo, die – haben ein etwas gespanntes Verhältnis. Hatten. Deswegen hat sie den Stick vermutlich lieber mir gegeben." Mit einem Grinsen fügt er an: „Sie hat aber gesagt, ich soll das Video dem Djingo zeigen – also wollte sie ihn wohl schon irgendwie ärgern. Sonst hätte sie den Stick ja auch einfach in den Papierkorb schmeißen können."

Basti sieht ihn fragend an: „Ich kenne den Djingo ja kaum, nur so vom Sehen, und die Miranda überhaupt nicht. Aber das heißt, sie hatte was gegen ihn, oder er gegen sie?"

Charlie seufzt wieder. „Na ja, umsonst verhören die den Djingo bei der Polizei nicht. Da gab's schon so ein paar Sachen …"

Doch dann schüttelt er entschieden den Kopf: „Aber nur, weil es da ein paarmal Knatsch gab, hat er sie doch noch lange nicht umgebracht."

Plötzlich dudelt Reggae-Musik los. Hastig zieht Basti sein Handy aus der Tasche. Nach einem Blick auf das Display verkündet er: „Es ist der Max."

Er nimmt den Anruf an, hört eine Weile zu und sieht dann Gerda an: „Er sagt, dass er versucht hat, dich anzurufen, aber dein Handy ist aus."

„Ja, des is aus. Ich schald mei Händi immer aus, wenn ich nedde Leud besuch und mich underhaldn will." Sie seufzt. „Was will der Max denn edserd so dringend?"

„Er will wissen, was bei dir los ist. Weil keiner da ist, und als er durchs Fenster in die Küche geschaut hat, hat er die ganze Sauerei gesehen. Da hat er sich halt Sorgen gemacht."

„Sag ihm, er brauchd sich kaa Sorng machn, uns gehd's gud."

Basti gibt das weiter, lauscht und schaut dann zwischen Gerda und Charlie hin und her. Zögernd meint er: „Max will wissen, wo wir sind -?"

Gerda sieht Charlie an. Der zuckt die Achseln und grinst: „Er kann von mir aus gern herkommen. Ist ja genug Essen da."

Basti nickt erleichtert und gibt Max die gute Nachricht weiter. Flora ist nicht begeistert. Sie mag Max zwar, er ist privat ein netter Kerl. Und wohl auch kein schlechter Polizist. Aber genau das ist es ja eben. Müsste sie ihm dann schon gleich jetzt alles beichten?

Doch jetzt räumen sie erst mal das Auto aus und versuchen, in Charlies Kühlschrank und diversen anderen Schränken Gerdas üppige Lebensmittelvorräte unterzubringen. Das ist nicht nur ein Platzproblem, sondern wird auch durch die Tatsache erschwert, dass in Charlies Schränken eine ähnlich wilde „Ordnung" herrscht wie auch sonst hier. Die Nudeln stehen in einem Schrank neben Mausefallen, Gläsern mit Apfelmus und einigen Tüten Keksen. In einem anderen Schrank finden sich Packungen von Tomatensoße neben Mehl, einer großen Schüssel voll Walnüssen und Dosen mit exotischen Früchten.

„Mann, hast du viel Zeug mitgebracht", seufzt Basti.

Gerda zuckt die Achseln: „Wenn der Max edserd aa no kummd, nacherd müssn mer scho a Menge kochn. Und du hasd's ja gsehn, wie kabudd manche vo mein' Schrängn woan."

Beim Gedanken an Max runzelt Flora die Stirn. „Max ist doch Polizist", sagt sie langsam.

Gerda kapiert sofort: „Mir müssn's ihm ja ned song", erklärt sie, „aber mir könna. Könn mer uns noch überleng."

Basti schlägt sich an die Stirn: „Mensch, ja." Er überlegt kurz. „Wir könnten es ihm ja erzählen, aber nicht ihm als Polizisten, sondern dem Max als Privatperson."

„Das wäre unfair", Flora schüttelt den Kopf, „solche Geheimnisse, das macht dem armen Max doch echt Stress. Wenn er gegenüber seinen Kollegen so tun muss, als ob er nichts weiß, und dauernd aufpassen muss, dass er sich nicht womöglich verplappert"

Charlie sieht verwundert zwischen den dreien hin und her: „Ihr meint, wegen des Videos? Aber wir hatten doch eigentlich gerade entschieden, dass wir das sowieso der Polizei zeigen sollten."

Basti sieht Flora an. Sie sagt schnell zu Charlie: „Da ist noch was anderes. Was mich betrifft, als Zeugin, sozusagen. Aber als völlig unbrauchbare, weil ich nämlich sowieso überhaupt nichts weiß. Das Ganze ist einfach nur ein Missverständnis."

„Und Missverständnisse muss man aufklären", Basti nickt nachdrücklich.

„Oder sie gar nicht erst entstehen lassen", will Flora wieder anfangen zu argumentieren.

Doch da platzt Max in den Raum, verschwitzt und in schwarz-pinker Fahrradkleidung.

# Pizza-Prinzip
# und kotzende Hunde

„Ich hab mich gleich auf mein Rennrad geschmissen und bin hierher gerast", schnauft Max. „Was ist denn jetzt mit Gerdas Küche passiert?"

Doch Charlie schleudert ihm gleich selber eine Frage entgegen: „He Max, weißt du, was mit dem Djingo ist? Der wird offenbar schon seit Stunden bei der Polizei verhört?"

Max seufzt: „Ja, ich fürchte, da bin ich quasi selber schuld dran, ich hab halt ein Motiv gefunden beim Djingo. Oder genauer gesagt gleich mehrere. Das tut mir echt leid, aber – Polizeiarbeit ist halt Polizeiarbeit, auch wenn ich den Djingo sehr schätze."

„Du kennst den Djingo?", fragt Basti leicht erstaunt.

Max zuckt die Achseln. „Ich hab mir immer wieder mal gegönnt, da zu essen. Und es war's jedes Mal wert, muss ich sagen. Seine cremigen Würfel vom Mussanara-Käse im knusprigen Pankomantel mit orientalischem Kräuterschaum … oder seine hausgemachten Linguine mit Lachs in Trüffelrahm und –"

„Droddsdem", kommt es von Gerda, „auch wenn er a Subberkoch is, könnerd er a Mörder sein."

„Wäre aber schade", meint Max. Doch dann hellt sich sein Gesicht auf: „Er hat aber ein Alibi!"

„Wieso verhört der Wudler ihn dann stundenlang?", fragt Basti kopfschüttelnd.

Max seufzt. „Weil's halt der Wudler ist. Der sieht sich selber als Terrier, und er ist des schon auch, weil er zu stur und zu langsam ist, um umzuschalten und loszulassen. Zum Beispiel wenn er merkt, dass des, was er zwischen den Zähnen hat, kein Knochen ist, sondern ein altes Stück Holz, sozusagen. Er hat halt auch noch keine anderen Verdächtigen, nicht wirklich. Der Freund von dem Opfer, der Ollie, der hat ein wirklich eisenhartes Alibi: Der ist Fotograf und hat bei einer Feier fotografiert und gefilmt. Des können zig Leute bestätigen."

„Und das Alibi vom Djingo?", fragt Basti.

„Na ja, des ist halt etwas lockerer, sozusagen. Sonntagabends kocht er nicht selber, da macht das sein Jungstar, dieser portugiesische Koch mit dem Namen, den ich einfach nicht zusammenkriege, Matteo irgendwas. Und da schlendert der Djingo halt mehr so rum, schaut den Leuten in der Küche und im Service über die Schulter und auf die Finger, plaudert ein bisschen mit Gästen und so. Es ist extrem unwahrscheinlich, dass er da zwischendurch verschwinden hätte können, ohne dass es einer bemerkt. Aber eine so dichte Timeline zusammenzukriegen, dass man sagen kann: des war absolut unmöglich – das schafft man in so einer Situation halt auch kaum. Die Gäste schauen ja nicht auf die Uhr, wenn der Djingo mit ihnen redet, und die Mitarbeiter hatten auch was anderes zu tun, als auf Uhrzeiten zu achten. Aber jeder normale Polizist würde sagen, das ist extrem unwahrscheinlich, den lass ich erst mal beiseite."

Max seufzt und zuckt die Achseln. „Dem Wudler seine einzige andere Hoffnung ist halt nur diese verdächtige Unbekannte, die die Frau Bergner gesehen hat – des ist die ältere Dame, die die Leiche gefunden hat. Und die hatte ja mit so einer merkwürdigen jungen Frau gesprochen, die was von einer Leiche erzählt und sich am Weiher rumgetrieben hat. Aber von der gibt es noch keine Spur, und die Beschreibung ist ziemlich dürftig, da mache ich mir keine allzu großen Hoffnungen."

Basti und Flora wechseln einen Blick. „Morgen", formt sie mit ihren Lippen, und er nickt unglücklich.

Max bemerkt das nicht, denn er hebt nun die Nase und schnuppert: „Ich rieche – nichts", meint er enttäuscht. „Es gibt also kein gekochtes Abendessen?"

Gerda öffnet die Tür des großen Kühlschranks: „Doch, ich schau amol, was mer da so alles ham."

„Was ich vor allem massig übrig habe, ist Kloßteig", seufzt Charlie. „Gestern hätte mich nämlich die Gabi mit der ganzen Familie besuchen wollen. Aber dann ist das ins Wasser gefallen, weil der Kleine sich verletzt hatte, und sie mussten in die Klinik. War Gott sei Dank doch nicht so schlimm. Aber sie waren halt nicht da, und ich bin auf einem Berg Kloßteig und einem großen Stück Rindfleisch sitzen geblieben. Den Rinderbraten habe ich eingefroren, aber Kloßteig einfrieren, ich weiß nicht, ob das geht …"

„Des gehd freili, aber wennsd des seid gesdern noch ned gmachd hasd, dann muss er edserd fei scho weg."

Sie überlegt: „Midm Max sin mer edsd fünf, und der Max had an Abbedid für zwa – ich waaß – ich mach a Bidsa."

„Aber der Kloßteig -?" gibt Basti zu bedenken.

„A Bidsa mit Gloßdeig."

Gerda schaltet Charlies Backofen auf volle Hitze.

Auf Floras fragenden Blick hin erklärt sie: „Bidsa is ja ned nur a Rezebd, sondern mehr so a Brinzib."

„Und worin besteht das Prinzip Pizza dann genau?", fragt Flora gespannt.

„Du hasd was drunder, und du duhsd was drauf."

Flora schaut etwas enttäuscht, und Basti meint mit einem entschuldigenden Grinsen: „Das ist zumindest universell anwendbar."

„Desweng is des auf der ganzn Weld so erfolgreich, weil da fasd alles gehd. Und mir wern des edserd auch gleich anwendn, nämlich auf dem Dscharlie seim Glößdeich."

Gerda streicht ordentlich Kloßteig auf ein großes Blech, und danach noch auf ein zweites.

„Stimmt eigentlich", überlegt Flora, „Kartoffelpizza, das hab ich schon öfters gehört, dass Leute das machen. Und der Kloßteig ist ja aus Kartoffeln, oder?"

Gerda nickt: „Besde frängische Bodaggn sind da drin, dem Dscharlie sei eignen. Edserd wird er erschd amol a Runde naggerd neigschobn in' Ofen, und voll die Hids midm Grill drauf, damit er scho amol a weng a knusbrigge Krusdn kriegd."

*Naggerd* heißt wohl *nackt*, folgert Flora, damit meint Gerda vermutlich ohne Belag.

„Und dann kommen Sachen drauf wie bei der Pizza, Tomaten und Käse und so, und man bäckt es nochmal mitsamt dem Belag?"

Gerda nickt und schiebt die beiden Bleche in den Ofen.

„Und mir schaun dann amol, was mer so findn, was da nauf kummd. Bidsa is ja eh so a Resde-Essen vo die Idaliener. Da dun die drauf, was hald so da ham."

Flora nickt nachdenklich. „Heutzutage gibt es auf Pizzas ja alles Mögliche: Hähnchen, Hackfleisch, Ananas, Krabben ... Die Reste früher waren vermutlich sehr viel bescheidener, vor allem bei den armen Leuten."

„Die wergli armen Leud, die ham überhabds ka Resde ghabd. Die warn immer noch hungrig, wies schon lang alles aufgessn haddn.

Und die a bissla mehr haddn, die haddn woascheinds a weng a Domadn drauf, und wenn's Glügg ghabd ham a weng an Käs oder a Olivenöl."

Max hat sich inzwischen in einen bequem aussehenden Sessel fallen lassen. Gerda lässt sich auf einem großen Sitzkissen ihm gegenüber nieder und sieht ihn auffordernd an: „Was waaßdn inzwischn vo dem Mordfall?"

Max zuckt die Achseln: „Die Miranda ist erstochen worden, so zwischen sieben und neun gestern Abend, in der Nähe des Weihers. Sie war wohl joggen, das hat sie jeden Abend gemacht, laut ihrem Freund, und die Kleidung passt auch dazu. Die Waffe muss ein mittelgroßes Küchenmesser gewesen sein, aber das konnten wir bis jetzt nirgendwo finden. Ihr Handy hatte sie bei sich, aber das ist durch das Wasser ziemlich hinüber, das kriegen sie wahrscheinlich nicht mehr hin. Sie hatte auch so'n Fitnesstracker, da sind sie etwas optimistischer, aber das wird wohl dauern."

Gerda fragt weiter: „Und wie war des mid die Modive vo dem Koch? Du hädsd da was gfundn?"

Max nickt. „Der Djingo hat mit der Miranda schon öfters Stress gehabt, genauer gesagt mit ihrem Blog. Sie macht das ja schon seit einigen Jahren, und gleich ihr erster spektakulärer Erfolg als Foodbloggerin, das war die Sache mit dem *Kaisersatt* in Nürnberg."

Auf Floras fragenden Blick erläutert er: „Des war dem Djingo sein Restaurant in der Nürnberger Altstadt. Ein echt schicker Schuppen. In so einem tollen uralten Fachwerkhaus nah an der Pegnitz. Aber das hat halt auch Probleme gemacht. Ich hab das damals gar nicht so genau mitgekriegt, aber von Küchenschaben über Ratten bis Schimmel in der Küche war da wohl alles Mögliche. Und die Miranda hat das aufgedeckt, sozusagen, und bekannt gemacht. Deswegen hat der Djingo das *Kaisersatt* schließlich zugemacht und ist hier nach Niedlasreuth gekommen."

Flora nickt nachdenklich. Ja, das wäre durchaus ein massives Motiv, wenn Djingo sein Nürnberger Restaurant quasi wegen Miranda schließen musste.

Gerda hakt nun nach: „Du hasd gsagd, mehrere Motive?"

Max nickt unglücklich: „Ja, da war noch was anderes. Als er dann in Niedlasreuth angefangen hatte, da hatte er ja noch seine Freundin – Lebensgefährtin – also, jedenfalls die Daniela. Dann hat aber die Miranda mal so als neckisches Bildchen von hinter den Kulissen einen Schnappschuss gepostet, wo der Djingo eine küsst. Aber das war nicht die Daniela, sondern sein Pastry Chef – oder Chefin? Also halt die, die den Nachtisch macht. Mit der hatte er wohl ein bisschen was Süßes laufen, und das hatte die Daniela nicht gewusst. Nach Mirandas Post aber dann eben schon. Und öffentlich war's dann auch. Und da war die Daniela weg."

„Also hat dieser Djingo gleich zwei fette Motive", fasst Flora nüchtern zusammen.

„Aber das ist doch alles schon Jahre her, oder?", wendet Basti ein. „Warum sollte er dann ausgerechnet jetzt die Miranda dafür umbringen?"

„Vielleicht hatte sie die nächste Sache im Visier?", spekuliert Flora.

Gerda sieht Charlie nachdenklich an: „Haddsd du dem Dschingo scho vo dem Video erzähld?"

„Welches Video?", fragt Max.

Charlie schüttelt den Kopf: „Zeigen wir dir nachher. Aber das wollte ich nicht übers Telefon machen, sondern persönlich. Also dachte ich, ich mach das heute, wenn er wegen der Kräuter zu mir rüberkommt. Aber wie gesagt, die Miranda wollte das ja sowieso definitiv nicht veröffentlichen."

„Früher war sie offensichtlich weniger zimperlich", meint Flora, „gerade so ein Kussfoto – sowas zu posten, ist schon boshaft."

Charlie nickt. „Vermutlich ist die Miranda mit den Jahren etwas milder geworden. Wir werden ja alle älter und weiser."

„Und manche nur älter", kommt es von Gerda.

Charlie grinst sie boshaft an: „Du zum Beispiel."

Als Gerda ihn ärgerlich anstarrt, erklärt er schnell: „Du warst ja schon immer so absolut weise, dass das nicht zu toppen ist, also kannst du gar nicht noch weiser werden. Nur älter."

Gerda ist einen Moment perplex. Als sie schließlich den Mund öffnet, um etwas zu entgegnen, tönen laute, jauchzende Jodler durch den Raum.

„Ah, ein Anruf." Charlie tippt auf seine Armbanduhr, und aus den riesigen, im Raum verteilten Lautsprechern tönt nun etwas flach eine Männerstimme:

„Hallo Charlie, hier ist Djingo. Ben hat mich jetzt bei der Polizei rausgepaukt. Sein Vater ist ja Anwalt, da hat er wohl einiges aufgeschnappt, und er hat diesem Kommissar Wudler gesagt: *Entweder Sie verhaften ihn, oder Sie lassen ihn gehen.* Und dann musste der das tatsächlich machen, also, mich gehen lassen. Da bin ich Ben echt dankbar, dieser Typ hat sowas von genervt. Der scheint sich als Superbulle zu fühlen, kommt aber mehr als ein Ochse rüber …"

Die anderen grinsen, während Djingos Stimme weiter aus dem Lautsprecher klingt: „Aber jetzt ist es zu spät wegen der Kräuter, ich kriege auch noch eine Lieferung, da muss ich am Restaurant sein. Ich könnte morgen Abend rüberkommen, passt das?"

Charlie stimmt zu und beendet den Anruf mit einem erneuten Tippen auf seiner Armbanduhr. Inmitten seines freundlichen Wohnwirrwarrs hat er wohl ziemlich viel moderne Technik installiert, überlegt Flora.

Basti erkundigt sich nun bei Charlie: „Wer ist denn dieser Ben eigentlich?"

„Das ist ein Kumpel vom Djingo. Die kennen sich wohl von früher, und jetzt wollen sie zusammen was aufziehen. Jedenfalls dieser Ben will das wohl ganz wild, der Djingo ist da etwas zurückhaltender. Er hat mir nur erklärt, dass es was mit Wurst ist, und dass da eventuell so ein Franchise draus werden könnte."

Gerda fragt nun Max: „Hasd noch andere Köch oder Gneibnleud rausgfundn, die mid der Miranda an Schdress ghabd ham könndn?"

Max nickt: „Ja, da gibt es einige. Da haben wir eine Menge abzuarbeiten, von Nürnberg bis Bamberg, mindestens. Der Djingo war halt naheliegend, im wahrsten Sinne, also hab ich den einfach mal als Erstes gecheckt. Ich hatte mich schon vage erinnert, dass da was gewesen war, und dann hab ich im Internet recherchiert, direkt im Blog von der Miranda und bei der Zeitung und noch so'n paar andere Seiten. Der Wudler hat das natürlich gleich für sich verbucht und tut nach oben hin so, als ob er das alles selber rausgefunden hätte. Dabei hat er mich sogar zusammengeschissen, als ich das gemacht habe – ich soll keine Zeit mit alberner Surferei verschwenden und so. Aber jetzt heftet er sich den Erfolg natürlich voll an die Jacke."

Flora kommentiert kopfschüttelnd: „Ist doch eigentlich klar, wenn das Opfer eine Bloggerin war, dann ist das doch das Erste, was man tun sollte, mal rumsurfen, was die so gemacht hat."

Charlie sieht nun Max an: „Aber wenn der Djingo ja doch so ziemlich ein Alibi hat, wie du sagst, dann kann dein Kommissar Wudler ihm ja letzten Endes doch nix, oder?"

„Das hoffe ich. Wäre ja auch echt schade, wenn es das Djingos in Niedlasreuth nicht mehr geben würde."

„Das Video …", erinnert Basti die anderen nun etwas unglücklich.

Charlie nickt. Und während Gerda, Flora und Basti an dem Belag für die Kloßteig-Pizza werkeln, führt er Max das Video vor und erklärt ihm die Zusammenhänge.

Als die Pizzas im Ofen sind, diskutieren sie das Video nochmal.

„Also, da war der Djingo ja schon ganz schön krass", meint Max mit einem erstaunten Kopfschütteln. „Dass er seinen Gästen auch Hundefutter servieren könnte, ohne dass sie es merken –"

Spöttisch bemerkt Flora: „Das ist wahrscheinlich eh die Sorte Leute, die mehr Geld für Luxus-Hundefutter ausgeben, als manche Menschen sich für ihr eigenes Essen leisten können."

Max nickt. „Ein Kollege von mir hat einen Hund, und der macht ein Mordsgetue um das Futter ... Es gibt da ja sogar richtige Moden bei der Hundeernährung, zum Beispiel dieses Barf-Zeug."

Flora kennt das nicht: „Barf?"

Max belehrt sie: *Das ist kurz für Biologisch Artgerechtes Rohes Futter.* BARF halt. Kriegst du nur in Spezialgeschäften, und ist wahnsinnig teurer, verglichen mit ner einfachen Hundefutterdose oder Hundekuchen aus ner Tüte."

Gerda wirft einen liebevollen Blick auf den riesigen grauen Hund, der leicht schnarchend auf einer Decke in der Ecke schläft, und erklärt: „Was ich für mein Heggdor mach, des is aa ned so deuer, obwohl der nur des Besde kriegd. Aber ich mach's hald selber. Kaa so a Barf-Zeugs."

Max sieht nun Basti stirnrunzelnd an: „Warum grinst du so?"

Basti grinst noch breiter: „Weil die Leute, die das gepusht haben, vielleicht Ahnung von Hunde-Ernährung hatten, aber eher nicht so von Englisch. Auf Englisch heißt *to barf* nämlich *kotzen*."

Flora nickt amüsiert: „Ich nehme mal an, dieses Barf-Futter gibt es in England nicht?"

„Doch, das wurde da sogar erfunden, wahrscheinlich von so Typen, die mehr mit Hunden reden als mit Menschen. Aber die Leute, die das dort vertreten, haben halt immer wieder mal einen gewissen Erklärungsbedarf. Schließlich will man mit Hundefutter ja nicht seinen Hund zum Kotzen bringen."

# Wasabi-Karpfen-Hörspiel

Max setzt an: „Wo wir gerade schon vom Kotzen reden –"
Doch Gerda unterbricht ihn energisch: „Edserd is Schluss
mid dera Kodserei, die Bidsa is glei ferddich. Des is so a
Dema, des muss mer ned ham, wemmer issd."
Flora stimmt ihr zu, an kotzende Hunde möchte sie beim
Essen echt nicht denken. Allein schon dieser Gedanke war
ein Fehler, merkt sie alarmiert, denn jetzt hat sie das Bild
so richtig lebhaft im Kopf: kotzende Hunde …
Verteidigend murmelt Max: „Ich hab ja nur gemeint, wegen
der Giftsache …"
Flora schüttelt den Kopf: „Also, Gift ist jetzt auch nicht so
das einladendste Thema beim Essen."
Aber Charlie bohrt neugierig nach: „Gift? Habt ihr da so
einen Fall?"
Max nickt düster: „Womöglich sogar hundert Fälle. Wobei
es dann letzten Endes doch wieder *ein* Fall ist, vermutlich."
Jetzt wird auch Flora wider Willen neugierig: „Ein Massen-
mörder, der hundert Leute vergiftet?!"
„Na ja, es war vermutlich keine Absicht, sondern eher so
eine Lebensmittelvergiftung. Aber das ist ja auch eine üble
Sache, und wirklich genau wissen wir sowieso noch nicht,
was da los ist. Die Organisatoren, die Caterer und die meisten Gäste waren hier aus der Gegend, deswegen müssen
wir das untersuchen, obwohl es ja eher bei Bamberg war.
Die Miri – also, das ist die Polizeihauptmeisterin Miriam

Kürzelt, die untersucht das gerade, in Zusammenarbeit mit den Gesundheitsbehörden.

Es ist ein bisschen knifflig, weil das so ein Business-Event war, und manche fühlen sich da superwichtig. Wenn denen mal der Magen zwickt, dann ist das gleich eine internationale Verschwörung, deswegen haben sie auch gleich die Polizei hinzugezogen. Ich persönlich glaube ja eher, das war eine stinknormale Fischvergiftung oder sowas. Na jedenfalls, die Miri, die ist eine sehr gute Polizistin, die kriegt das bestimmt bald raus."

Um Max' Mundwinkel liegt der Anflug eines träumerischen Lächelns. Amüsiert fragt Flora: „Diese Miri, die ist wohl auch ziemlich attraktiv?"

„Enorm", versichert Max enthusiastisch, redet dann aber mit sich rötenden Ohren schnell weiter: „Das war so ein Business-Networking-Dinner nördlich von Bamberg, gestern Abend. Im *Tagungszentrum Kornblumenblüten*. Da waren gut hundert Gäste, und es gab unter anderem auch Fisch, vor allem den Wasabi-Karpfen vom Freddie."

Auf Floras fragenden Blick hin erläutert er: „Der Freddie hat einen Fischimbiss in Niedlasreuth, also hauptsächlich Karpfen. Der Niedlasreuther Weiher, der gehört ihm. Und eine Spezialität von ihm ist Wasabi-Karpfen. Da streicht er auf das Karpfenfilet so ein bisschen Wasabi-Paste drauf, taucht das Ganze dann in einen Bierteig und frittiert es. Sehr lecker. Der Freddie liefert den Wasabi-Karpfen je nach Geschmack etwas milder oder schärfer und auch in kleinen Häppchen, also quasi so als Streifen, für Buffets. Wie eben am Sonntagabend, da war er einer der Caterer."

„Und der Wasabi-Karpfen war des, was die hunderd Leud vergifded had?", fragt Gerda.

Max wiegt den Kopf: „Wie gesagt, wir wissen es noch nicht so genau. Aber das war halt *die* regionale Fisch-Spezialität, die sie da hatten. Es gab auch geräuchertes Forellenfilet und Lachsbrötchen und so, aber am meisten eben Wasabi-Karpfen. Und der war auch am beliebtesten, den haben wohl fast alle zumindest probiert. Deswegen war auch leider nichts mehr übrig zum Testen.

Sie haben noch nicht die ganze Gästeliste durch, es waren ja über hundert Besucher, aber es scheint so, als ob es fast alle erwischt hätte mit dieser Vergiftung. Es ist wohl verschieden schlimm, aber einer musste, glaube ich, sogar ins Krankenhaus."

Gerda, die zum Herd hinübergegangen war, zieht nun dampfende Bleche aus dem Ofen: „Bidsa is ferdich!"

Charlie verteilt Teller und Besteck aus einem Sideboard an alle.

Während sie zum Herd ziehen, um sich von Gerda Pizza geben zu lassen, redet Max munter weiter: „Die Symptome sind wohl heute im Laufe des Tages aufgetreten, bei manchen etwas früher und bei manchen etwas später. Aber insgesamt war es dann bei vielen wohl recht ähnlich – Übelkeit, Erbrechen, Magenkrämpfe, richtig starker Durchfall"

Flora, die gerade eine Portion Pizza mit Pilzen und Zwiebeln auf den Teller bekommt, verzieht das Gesicht: „Könntest du uns die Einzelheiten bitte ersparen, Max?"

Leicht trotzig entgegnet Max: „Ich hab ja nicht mal *Kotzerei* gesagt, sondern ganz höflich *Erbrechen*."

Basti schüttelt den Kopf: „Das Problem ist nicht die höfliche oder weniger höfliche Wortwahl, sondern die Fantasie."

„Was kann ich denn dafür, wenn ihr so eine unappetitliche Fantasie habt", knurrt Max.

Doch als Gerda ihm nun ein extra großes Stück Pizza auf den Teller gibt, entspannen sich seine Gesichtszüge.

Alle setzen sich mit ihren Pizza-Tellern an den großen Esstisch. Charlie stellt noch Gläser hin und einen riesigen Glaskrug mit einem grünlichen Getränk, „selbstgemachte Minz-Limonade".

Als Letzte lädt sich Gerda Pizza auf den Teller und setzt sich hin.

Da dudelt wieder Reggae-Musik los. Leicht genervt greift Basti nach seinem Smartphone. Als er die Nummer sieht, runzelt er die Stirn, nimmt das Gespräch aber an.

Nach kurzem Lauschen sagt er widerstrebend: „Ja, die ist bei mir." Er streckt das Telefon Gerda entgegen: „Es ist schon wieder für dich, Oma Gerda. Die Franzi."

Gerda grummelt: „Du sollerdsd aa dei Händi ausschaldn, sonsd nudsd mer's nix, wenn ich ma eignes auschaldn du." Dann hält sie seufzend das Telefon ans Ohr. Schließlich sagt sie: „Naa, Franzi, heud gehd des wergli ned. Die Bomba had mei Küchn zerlegt, und es had an Mord gebn hier draußn in Niedlasreuth … Ja, des is Bech, wenn der Bäbisidder abgsagd had … Ja, ich waaß, dei Büchergrubbn is dir wichdig, aber ich kann die Roxi heud echd ned nehm … Ja, des kann ich mir vorschdelln, dass a Bebi da scho schdörn kann. Und wenn's bei dane Freundinnen immer bsonders laud schreid – dja, was isn midm Dobias?"

Sie lauscht kurz und sagt dann fest: „Nacherd fährsd hald zu seim Büro nüber und legsd ihm die Roxi aufn Schreibdisch, der soll sich um sei Dochder kümmern. Und dann gehsd zu deiner Büchergrubbn."

Sie beendet das Gespräch, legt das Handy weg und greift zu Messer und Gabel.

Basti sieht Floras neugieriges Gesicht und erklärt: „Die Franzi ist meine Schwester, und die Roxi ist ihre Tochter, die ist jetzt ein paar Monate alt. Franzi sucht ständig Babysitter, und die Gerda macht das ja auch manchmal. Und meine Mutter auch, und ich auch – aber halt nicht immer." Sein sonst so freundliches Gesicht sieht abweisend aus, als er das Handy packt und in seine Hosentasche schiebt.

Flora wundert sich ein bisschen. Den sanften, umgänglichen Basti hätte sie für einen totalen Familienmenschen gehalten. So einen, der sich vor Freude überschlägt, wenn er seine kleine Nichte babysitten kann. Aber so wirkt das jetzt überhaupt nicht ...

Kaum hat Basti das Smartphone in seine Hosentasche geschoben, da erklingt schon wieder das Reggae-Gedudel. „Ich glaube, ich sollte es wirklich stummschalten", seufzt er, als er es wieder hervorzieht.

Flora, die neben ihm sitzt, sieht die Anzeige auf dem Display: „Fisch."

„Das ist Freddie", sagt Basti, „was will denn *der* jetzt?" Doch nach kurzem Zögern nimmt er den Anruf an.

Nachdem er kurz gelauscht hat, zischt er ins Telefon: „Ja, genau, hier ist der telefonische Anrufservice für Frau Gerda Obmüller! Die ihr Handy ausgeschaltet hat!"

Ärgerlich schiebt er das Handy zu Gerda hinüber. „Ich will des ja ga ned", sagt sie mindestens ebenso ärgerlich und schiebt das Telefon wieder zu Basti zurück.

Nachdem sie das Telefon ein paarmal hin- und hergeschoben haben, schnappt sich Charlie ungeduldig das Ding. „Hier gibt's noch Diskussionen", sagt er augenrollend in das Smartphone, „aber was willst du denn, Freddie? Ich stell dich mal auf laut."

Eine aufgeregte männliche Stimme quäkt aus dem Lautsprecher. Man versteht nur das Wort „Kornblumenblüten".

„Du bist in einem Feld?", fragt Charlie verwundert.

„Naa, so had doch des Gifdmischer-Haus ghaaßn", weiß Gerda.

Max nickt: „Das Tagungszentrum, wo dieses Business-Networking-Dinner stattgefunden hat, nach dem sie jetzt alle Vergiftungserscheinungen haben."

Freddie hört sich nun näher und klarer an, doch er bemüht sich offensichtlich, seine Stimme zu dämpfen: „Ich will da rein, um Spuren zu beseitigen, verstehst du? Die haben gedacht, es wär' kein Wasabi-Karpfen mehr da, also können sie ihn auch nicht testen. Aber im Küchenraum hatten sie sich noch was zurückbehalten, ganz hinten in so einem alten Kühlschrank, und bevor das doch noch jemandem einfällt, hol ich mir das jetzt. Und ich wollte von der Gerda wissen, was sie da für Tipps hätte."

„Tipps?", fragte Charlie nach.

„Ja, die haben Gott sei Dank Ruhetag, da ist keiner da. Da kann ich hintenrum durch die kleine Tür neben der Küche, die sieht aus, als ob sie kein gescheites Schloss hat.

Da bin ich jetzt, aber ich weiß jetzt nicht so genau, wie ich da reinkommen kann."

Charlie räuspert sich und wirft einen Blick auf Max: „Du, Freddie, hier ist fei ein Polizist anwesend. Der Max, der sitzt hier auch am Tisch."

Kurze Stille am anderen Ende.

Gerda ergreift das Wort: „Woa denn der Fisch nimmer frisch, Freddie? Dassd Angsd hasd, da könndns was finden?"

„Klar war der frisch!", kommt es hörbar entrüstet. „Die haben am Sonntagmorgen noch gelebt, die Karpfen. Ich hab die erst Sonntagmittag gefangen und dann gleich verarbeitet. Frischer geht's überhaupt nicht!"

Basti schaltet sich ein: „Dann kann sich doch niemand eine Fischvergiftung davon geholt haben, oder?"

„Natürlich nicht", erwidert Freddie ungeduldig, „von meinem Fisch doch nicht, das muss was anderes gewesen sein."

Auf einmal lacht er auf: „Hey, die Tür ist ja gar nicht abgeschlossen! Da kann ich einfach so rein. Also, sicherheitshalber hole ich mir jetzt mal den Fisch."

„Mach ka Gschmarri!", ruft Gerda ärgerlich ins Telefon.

Aber Freddie sagt nur leise: „Huh, des is richtig unheimlich hier in der großen leeren Küche. Alles dunkel, nur so'n paar Lämpchen an den Geräten ... Aber ich mach lieber kein Licht an, vielleicht ist doch einer in der Nähe."

Man hört es rumpeln, und Freddie flucht: „Verdammte Kiste! Die haben hier dermaßen viel Zeug rumstehen ..."

Freddie stoppt, dann kommt es leise und intensiv: „Allmächd, da ist tatsächlich einer! Da drüben hat's geraschelt!"

Eine Weile ist es ganz still.

Dann eine dumpfe Stimme von weiter weg: „Ich bring dich um, wenn du –"

Die Stimme verklingt. Dann wieder ein Rumpeln.

Max ruft ins Telefon: „Freddie? Alles in Ordnung? Was ist los?"

Nach einer Pause kommt Freddies Stimme, gepresst und angespannt: „Alles in Ordnung."

„Brauchst du Hilfe?"

„Nee – nichts. Alles gut."

Der Anruf endet abrupt.

Max springt auf und zieht sein Handy aus der Hosentasche: „Ich ruf die Kollegen in Bamberg an, die sollen gleich jemanden hinschicken."

Doch Gerda hebt die Hand: „Edserd duh mal a weng langsam, Max. Der Freddie, des is doch so a Schisser, der fängd scho zum Schlodddern an, wennsd nur *Buh!* machsd. Wenn *der* scho sagd, es is nix, dann is aa nix, sonsd däd er nach dir schrein."

Das Handy dudelt, und Flora sieht auf dem Display, dass es wieder Freddie ist.

Seine gestresste Stimme dringt aus dem Telefon: „Sagt ihr, dass *ihr* das seid!" Er dreht sich offenbar zur Seite, denn seine Stimme wird dumpfer, als er sagt: „Gib mir das Telefon zurück! Ich hab dir doch gesagt, ich hab nur die Gerda angerufen, also eigentlich den Basti, und dann war aber der Charlie dran, und der Max sitzt auch noch dabei –"

Eine weibliche Stimme erklingt: „Spar dir dein schwachsinniges Gefasel, das macht doch keinen Sinn."

Barsch bellt die Stimme nun ins Telefon: „Also, wer ist da?"

Charlie zwinkert den anderen zu und flötet mit hoher Stimme ins Telefon: „Hallo mein Freddie-Wuschelchen, hier ist deine süße kleine Annika, ich hoffe, du hast keine Probleme?"

„Süße kleine Annika?!", die weibliche Stimme am anderen Ende kippt fast vor Empörung.

Gerda starrt Charlie kopfschüttelnd an und zieht dann das Telefon zu sich. „Hallo, Linda? Die Gerda hier. Mach der kaa Sorng, der Dscharlie had nur a weng den Affn gschbield. Aber edserd gibsd mir noch amol den Freddie, der Doldi machd sonsd a Dummheid."

Man hört ärgerliche Laute im Hintergrund, anscheinend wogt ein Streit hin und her. Schließlich meldet sich Freddie atemlos.

Gerda erklärt ihm: „Wennsd den Fisch wegnimmsd, dann hasd kaa Möglichkeid mehr zu beweisn, dass es dei Karbfn *ned* woa. Also lass des Zeug in Ruh!"

Freddie scheint langsam zu kapieren, dass Gerda recht hat: „Du meinst, wenn die den Fisch untersuchen, dann kriegen sie den Beweis, dass der Fisch gut war?"

„Genau", Gerda nickt – aber dann schüttelt sie ärgerlich den Kopf. „Aber woascheins is edsd eh zu schbäd. Du könndsd ja edserd den Fisch ausdauschd ham oder sowas. Mid deim verrüggden Ausflug hasd dir den Beweis verbaud. Also, den Karbfn kannsd im Kühlschrang lassn oder nausholn oder essn oder an dei Katz verfüddern, is edsd eh wurschd."

„Meine Katze mag den Wasabi-Karpfen nicht", erklärt Freddie, „der ist ihr zu scharf."

Gerda rollt die Augen: „Mach wasd willsd – aber red mid der Linda und erklär ihr dein debberdn Blan, bevors dich doch noch umbringd."

Damit beendet sie das Telefonat.

„Was oder wer war das?", fragt Flora etwas verwirrt. „Freddies Frau oder Freundin?"

Basti nickt. „Die Linda, ja, seine Frau. Die ist manchmal etwas misstrauisch, glaube ich. Offenbar hat er ihr nichts von seinem idiotischen Plan erzählt und da ist sie ihm heimlich gefolgt, vielleicht hat sie sein Handy getrackt."

„Ist denn das Misstrauen von dieser Linda berechtigt?", fragt Flora. „Ich meine, ist Freddie wirklich so ein Casanova? Der Stimme nach klang er mir mehr nach einem gemütlichen älteren Mann."

Max nickt: „Stimmt genau. Und die Gerda hat recht, dass der Freddie ein ziemlicher Hasenfuß ist. Er beäugt die Damenwelt schon sehr begeistert und versucht sich immer an alle ranzumachen, also da kann ich die Linda fast irgendwie verstehen. Aber letzten Endes kriegt er dann doch immer Muffensausen und springt Hals über Kopf wieder ab, bevor wirklich was passiert. Zu viel Angst vor Lindas Zorn oder einfach vor den ganzen Scherereien. Ich kenne da eine, die war stinksauer, weil der Freddie ihr heiße Nächte versprochen hat, und dann hat er kalte Füße bekommen – hah, heiße Nächte, kalte Füße, versteht ihr?"

Als Max bemerkt, dass er der Einzige ist, der sich über seinen Witz amüsiert, räuspert er sich und fragt: „Ist eigentlich noch Pizza da?"

Auf Gerdas Nicken hin zieht er ab zum Herd, um sich noch was zu holen.

# Besondere Tipps

Basti starrt nun Gerda mit zusammengezogenen Brauen an: „Sag mal, wie kommt der Freddie eigentlich auf die Idee, dass du ihm Tipps geben könntest, wie man ein Türschloss knackt?"

„Des willsd du ga ned wissn", bescheidet Gerda ihn.

„Doch, das will ich wissen!"

Gerda schüttelt den Kopf: „Du glabsd doch selber ned, dass ich dir des erzähl?"

Mit einem tiefen Seufzer geht sich Basti auch noch ein Stückchen Pizza holen.

Max fragt nun zwischen zwei Bissen: „Also Gerda, jetzt sag mal, was ist denn da in deiner Küche passiert? Das sah echt übel aus."

Gerda rollt die Augen und seufzt: „Ich hol mir edserd aa no a Schdüggla Bidsa."

Sie wandert zum Herd. Und so bleibt es Flora überlassen, Max und dem ebenfalls neugierig blickenden Charlie die Sache zu schildern. Halt so gut wie sie selbst als Zeugin aus dritter Hand das kann.

Als die Pizza alle ist, gibt es noch sehr leckeres hausgemachtes Birneneis. Aber schließlich verabschieden sich Max, Flora und Basti, Gerda will noch etwas bleiben.

Max schwingt sich auf sein Fahrrad, Flora fährt heim nach Erlangen. Basti neben ihr auf dem Beifahrersitz ist schweigsam. Schließlich meint Flora: „Dieser Charlie kann ganz schön fies sein. Lustig hin oder her, aber dass er Freddies Frau gegenüber so getan hat, als ob er sowas wie Freddies Geliebte wäre – also, das hätte schon einen ganz schönen Ehekrach anheizen können. Wenn die Frau sowieso schon so misstrauisch ist, dann auch noch Öl ins Feuer zu gießen …"

Basti nickt. „Mein Onkel Otti – also, Großonkel, der Bruder von Oma Gerda –, der sagt immer, der Charlie ist ein Schlawiner. Das sagt er angeblich schon seit fast sechzig Jahren, und da hat er wohl auch recht. Der Charlie ist schon ein netter Kerl, aber sein moralischer Kompass, sozusagen, der ist irgendwie –"

„Irgendwie so wie sein Wohnzimmer?"

„Genau." Unglücklich sagt er dann: „Also, das hat mich schon ziemlich geschockt, dass Freddie tatsächlich Einbruchs-Tipps von Oma Gerda haben will. Das bedeutet doch, er weiß, dass sie sowas schon mal gemacht hat – oder sogar regelmäßig macht."

Tröstend meint Flora: „Freddie glaubt wahrscheinlich einfach nur, dass Gerda für alle Lebenslagen gute Tipps parat hat, also halt automatisch auch für sowas."

Als Basti den Kopf schüttelt, fragt sie: „Wenn es so wäre, also wenn sie wirklich – tja, kriminellen Aktivitäten nachgeht, dann hättest du das doch sicher schon irgendwann mal gemerkt, oder?"

„Wenn Oma Gerda das nicht will?", fragt Basti mit erhobenen Augenbrauen zurück.

Flora nickt nachdenklich: „Wenn Gerda es darauf anlegen würde, wäre sie sicher ein Superverbrecher, einer von der Sorte, die nicht erwischt wird."

Um Bastis düsteres Gesicht etwas aufzuhellen, versucht sie einen Scherz: „Vielleicht befindet sich auf ihrem Hof ja die Zentrale einer internationalen Verbrecherorganisation, und Gerda hält als Patin alle Fäden in der Hand."

An Bastis alarmierter Miene sieht sie, dass das voll danebengegangen ist. Schnell erklärt sie: „Hey, das war ein Scherz!"

„Ja, aber wenn sie womöglich wirklich irgendeinen Mist macht, mehr so aus Spaß vielleicht, so als Gentleman-Verbrecher, oder Lady-Verbrecherin –" Basti lässt den Satz in der Luft hängen, sieht aber weiter besorgt aus.

Seufzend überlegt Flora, dass Basti zwar ein netter Kerl ist, aber sein Sinn für Humor lässt schon sehr zu wünschen übrig. Wenn er nur nicht gleich immer alles so ernst nehmen würde!

Vor Bastis Wohnheim hält Flora an, um ihn abzusetzen.

„Morgen früh dann bei der Polizei?", meint Basti zaghaft. „Wenn wir so um neun, halb zehn starten?"

Flora schnaubt nur ärgerlich. Sie sagt weder Ja noch Nein.

„Ich will dich wirklich nicht irgendwie – nerven", meint Basti unglücklich.

Flora schüttelt ärgerlich den Kopf: „Warum tust du es dann?"

Basti fährt sich wild mit den Händen durch die Haare, als er nach Worten sucht. „Anders wäre es halt – irgendwie nicht richtig", erklärt er dann. „Und das ist mir wichtig, was richtig ist, oder eben falsch." Seine blonden Haare sind nach seiner Haare-Rauf-Aktion noch verwuschelter als sonst, aber sein schmales Gesicht sieht sehr ernst aus. „Und besonders wichtig ist es mir bei Leuten, die – mir eben auch wichtig sind." Basti lächelt ein wenig schüchtern, seine blauen Augen sehen sie intensiv an.

Woha! Flora strafft sich und schüttelt leicht den Kopf. Fast wäre sie in dem treuherzigen Blau dieser Augen versunken. Das geht sowas von gar nicht!

Betont mürrisch sagt sie: „Wenn ich in U-Haft versauere, müsst ihr dann das Tutorium am Mittwoch und am Freitag ohne mich durchziehen, als Selbsthilfegruppe. Oder es fällt eben aus. Alles deine Schuld, wenn der Wudler mich verhaftet.

Und jetzt raus mit dir, ich steh im absoluten Halteverbot!"

# Lasterprobleme

Flora wälzt sich unruhig in ihrem Bett hin und her. Sie ist eigentlich total müde nach diesem ereignisreichen Tag, aber sie kann einfach nicht einschlafen.

Zuerst war sie ja sehr erleichtert gewesen, dass Gerda den Polizeibesuch auf den nächsten Tag verschoben hatte. Sie hat wirklich keine Lust darauf, „sich zu stellen" und mit Kommissar Wudler aneinanderzugeraten.

Aber genauer betrachtet war es vielleicht doch keine so gute Idee, das aufzuschieben. Jetzt gehen ihr die möglichen Szenen die ganze Zeit im Kopf herum. Sie überlegt sich, wie sie am besten anfangen sollte mit ihrer Aussage, und malt sich verschiedene bescheuerte Reaktionen von Wudler aus – und wie soll sie dann jeweils auf diese wiederum reagieren?

Und irgendwo nagen da noch weitere Probleme in ihrem Hinterkopf, die sie im Moment nicht genau identifizieren kann – und auch nicht identifizieren will, denn was sie eigentlich will, das ist verdammt nochmal jetzt endlich schlafen! Nun wünscht sie sich, sie hätte das alles doch schon hinter sich gebracht, dann könnte sie jetzt in Ruhe schlafen.

Der alte Spruch stimmt halt doch: Aufgeschoben ist nicht aufgehoben. Sie muss da ja eh durch. Diese Aufschieberitis nützt nie was, man sollte immer alles gleich hinter sich bringen.

Sie nimmt sich fest vor: Das nächste Mal, wenn eine unangenehme Sache bevorsteht, wird sie nicht ewig rumeiern, sondern die Sache anpacken und erledigen. Jawoll.

Obwohl – wenn ihr jemand jetzt in diesem Moment anbieten würde, es wirklich gleich zu machen, dann würde sie wieder irgendwelche Ausreden finden, bloß um es noch nicht machen zu müssen – schooon, aber nicht gerade jetzt …

Flora seufzt tief auf. Sie steht auf und legt die CD mit der irischen Harfenmusik in den altmodischen kleinen CD-Spieler, den sie auf dem Nachttisch stehen hat.

Die sanfte, melodische Harfenmusik klimpert sie manchmal in den Schlaf, wenn es sonst nicht klappt.

Aber auch das nützt jetzt nichts, obwohl sie todmüde ist …

Sie denkt daran, wie sie vor ein paar Tagen in Gerdas Küche Schwierigkeiten beim Zwiebelschneiden hatte, weil die Zwiebel und das Messer so rutschig waren. Sie sieht Gerdas gelassenes Gesicht vor sich, hört ihren ruhigen, festen Ton: „Geh, Madla, einfach loggerlassn. Des schaffsd scho noch.“

Und sie erinnert sich mit einem Lächeln, wie Pascha, der rotgestreifte Hof-Kater, auf ihrem Schoß entspannt vor sich hin schnurrt, ein bisschen mit den Pfoten tretelt …

Ein winziges braunes Wildschwein galoppiert durch ein Meer von Kornblumen …

Benommen rappelt Flora sich auf und sieht auf die Uhr. Kurz vor acht Uhr morgens. Tja, dann hat sie wohl doch ordentlich lange geschlafen. Und heute Morgen wollten Gerda, Basti und sie ja zur Polizei. Das heißt, Basti will, Gerda ist es vermutlich eher egal und Flora will eigentlich immer noch nicht so wirklich. Aber es hilft wohl nichts. Wenn sie Glück hat, trifft sie in der Forchheimer Inspektion wenigstens nicht auf Kommissar Wudler, sondern auf

Max. Wudler sitzt ja eigentlich in Bamberg, bei der Kripo, vielleicht ist er gar nicht da.

Sie springt aus dem Bett, startet die Kaffeemaschine und wählt auf dem Laptop einen lokalen Sender. Nach ein paar Takten Dudelmusik folgen Nachrichten.

Erst kommen nur langweilige Sachen. Doch Floras Antennen sind inzwischen auf „Niedlasreuth" getunt, und so horcht sie sofort auf, als der Name genannt wird: „Bei einem Lieferstopp in Niedlasreuth wurde gestern Abend ein Kühllaster gestohlen. Laut dem Unternehmen befanden sich noch erhebliche Mengen von teuren kulinarischen Spezialitäten an Bord. Die gesamte Schadenssumme liegt im fünfstelligen Bereich. Die Polizei hat noch keine konkrete Spur."

Es folgt eine Beschreibung des Lieferwagens mitsamt Kennzeichen, mit der Bitte um Meldung, wenn jemand das Fahrzeug sieht.

*Teure kulinarische Spezialitäten* – klingt wie eine Lieferung für ein gehobenes Restaurant, überlegt Flora, also wird das vermutlich das Djingos sein. Der Typ hat zurzeit echt irgendwie Pech.

Aber ihr selbst steht ja auch kein schöner Vormittag bevor ...

Sie holt Basti vor seinem Wohnheim ab und begrüßt ihn kühl. Schweigend fährt sie aus Erlangen raus Richtung Niedlasreuth. Auch Basti sagt nichts und sieht sie nur hin und wieder vorsichtig von der Seite an.

Kurz bevor sie bei Gerdas Hof ankommen, fällt Flora noch ein Argument ein: „Ich will Max nicht mit reinziehen. Er hat zwar noch was bei Kommissar Wudler gut, vom letzten Fall, aber das sollte man nicht überstrapazieren."

„Wieso, was hat das denn mit dem Max zu tun, dass du da an dem Weiher herumspaziert bist?"

„Erst mal nichts. Aber ohne Max wüsste ich gar nichts von – der ganzen Sache. Jedenfalls sicher nicht solche Details, wie zum Beispiel, dass sie nach einer Unbekannten suchen, die was von einer Leiche gebrabbelt hat. Das weiß ich nur, weil Max diese polizeilichen Infos an Gerda weitergegeben hat, und sie an dich, und du an mich. Das wäre womöglich sogar ein Grund für ein Disziplinarverfahren, oder? Auf jeden Fall ein gefundenes Fressen für Wudler. Und ich möchte ihn ungern füttern."

Basti schüttelt den Kopf: „Du suchst doch nur eine Ausrede, oder?"

„Das auch", gibt Flora ehrlich zu. Doch dann beharrt sie: „Aber es ist tatsächlich ein echtes Problem."

Basti denkt kurz nach: „ Du könntest Wudler ja erzählen, dass du die Info woanders her hast."

„Woher denn?"

„Vielleicht könntest du das ganz vage lassen. Halt einfach nur sagen, dass du das gehört hast."

„Ein kleines Vögelchen hat mir das zugezwitschert, oder wie?"

Basti zuckt die Achseln: „Oma Gerda hat da bestimmt eine Idee."

Flora schüttelt ärgerlich den Kopf: „Das ist so was von bescheuert! Da muss ich mir jetzt eine komplizierte Story ausdenken, warum ich überhaupt die Aussage mache – eine

Aussage, die sowieso nichts bringt, weil ich nichts weiß! Ich war ja nur zufällig da am Weiher, am Tag nach dem Mord."

Basti gibt zu bedenken: „Aber ohne deine Aussage verschwenden sie weiter Police-Power, indem sie nach der geheimnisvollen Unbekannten fahnden, und können sich nicht auf die Suche nach dem eigentlichen Täter konzentrieren."

Flora schnaubt ärgerlich. Damit hat er womöglich sogar recht. Aber seit wann ist sie persönlich für den Arbeitsaufwand der Polizei zuständig?

Ein bisschen schneller als erlaubt fährt sie weiter.

In der Polizeiinspektion reicht mal wieder der bloße Anblick von Gerda, dass sie, ohne warten zu müssen, gleich zu Max gebracht werden.

Basti erklärt: „Hör zu, Max, wir bringen dir da jetzt quasi inoffiziell eine offizielle Zeugin."

Max schaut etwas erstaunt: „Die Gerda oder die Flora?"

Flora wird bewusst, dass diese Frage eigentlich überflüssig ist. Gerda würde sich niemals von jemandem „bringen lassen". Trotzig streckt sie das Kinn vor und erklärt: „Ich bin die verdächtige Unbekannte!"

Max starrt sie an. „Welche Unbekannte?"

„Na, die vom Weiher. Das war ich." Sie sieht Max an: „Was hat denn eure Zeugin genau erzählt?"

Max starrt sie immer noch an und sagt langsam: „Sie hat gesagt, dass die Unbekannte was von einer Leiche gesagt hat, und dann haben sie sich über Schwimmen und Fisch unterhalten. Schließlich ist die Unbekannte dann weggegangen.

Sie hat sich nicht mehr umgedreht, sondern ist einfach abgehauen, obwohl die Frau Bergner laut geschrien hat."

„Ich hab doch gedacht, dass das wieder nur so einer von ihren Karpfenstupsern war", Flora seufzt.

Sie erzählt Max nun die ganze Geschichte und endet mit: „Das müssen wir jetzt irgendwie dem Wudler verkaufen, ohne dass er  mitkriegt, woher ich das überhaupt alles weiß ..."

Max runzelt die Stirn: „Ja, der Wudler ist leider akut im Anmarsch, kann jeden Moment da sein. Der hat mir gerade noch gefehlt, hier ist sowieso echt der Teufel los. Mit dem Mord und der Vergiftung …"

Flora meint: „Und ich habe gehört, es wurde in Niedlasreuth auch ein Kühllaster geklaut?"

Max nickt. „Das war eine Lieferung für den Djingo. Während der Fahrer eine Pause gemacht hat, haben sie die Karre vom Parkplatz hinterm Djingos gestohlen, gestern Abend."

Beeindruckt erklärt er: „Da geht es schon um ne Menge Kohle. So'n Kühllaster kostet ja an sich schon was, und dann war auch noch echt teures Zeug da drin – Hummer, Kaviar, Austern, Wagyu-Steaks und so. Halt lauter so Sachen, wo man quasi die Hundert-Euro-Scheine frisst, wenn man sowas im Restaurant bestellt. Das Ding ist angeblich insgesamt über 50.000 Euro wert. Der Typ, dem das Liefer-Unternehmen gehört, der ist extra aus München angereist." Missmutig schnippt Max gegen eine Visitenkarte mit dem Foto eines üppig gedeckten Tisches, darunter in Glitzerbuchstaben: *Konny Küppler Kulinarische Kompetenz.*

„Wieso ist der angereist?", fragt Flora.

Max seufzt. „Um uns Feuer unterm Hintern zu machen. Für den sind wir so lahmarschige Provinzbullen, da will er Druck reinbringen. Des ist so der Typ megadynamischer Jungunternehmer: *Geht nicht gibt's nicht.* Und halt auch noch aus München …"

„Klar", meint Basti nachdenklich, „wenn das verderbliche Ware ist, also Meeresfrüchte und frisches Fleisch und so, dann ist er natürlich daran interessiert, dass er das Zeug schnell zurückbekommt, bevor es vergammelt ist."

„Gibt es denn da heutzutage nicht solche Tracker?", überlegt Flora. „Die man an den Laster dranmacht, und dann kann man per App verfolgen, wo die gerade sind?"

Max seufzt. „Doch, schon. Aber der Herr Jungunternehmer ist noch nicht so lange im Geschäft. Und er wollte gleich besonders schicke Trackersysteme, mit allem Pipapo, und die man auch nicht so einfach ausschalten kann. Ist ja an sich eine sehr gute Idee, aber weil die wohl so teuer waren, hat er erst mal nur ein paar gekauft. Und an diesen Kühllaster wollte er angeblich einen dranmachen lassen, hat er aber noch nicht. Hat halt an der falschen Stelle gespart, obwohl er das nicht gerne hört." Max verstellt seine Stimme Richtung hoher, knödelnder Tenor: *„Das hätte ich doch nie gedacht, dass der Laster ausgerechnet in so einer friedlichen, verschlafenen Gegend wie hier in Franken gestohlen wird!"* Wütend schnaubt Max: „Verschlafen! Wir! Hat der Münchner Hirnkrapfen vielleicht schon mal von der Metropolregion Nürnberg gehört? Diese Münchner glauben echt, spätestens nördlich von Ingolstadt fängt so eine Art Steppe an."

Max grinst triumphierend: „Aber jetzt hat er's ja gesehen, nix ist hier mit friedlich und verschlafen!"

Nüchtern meint Flora: „Also, dass sie hier einen Kühllaster geklaut haben, spricht jetzt nicht so unbedingt für die Metropolregion Nürnberg, finde ich."

„Wir werden ihn aber aufspüren", erklärt Max trotzig. Und setzt kleinlauter hinzu: „Höchstwahrscheinlich. Irgendwann." Bevor er noch weiter einschränken kann, klingelt das Telefon. Max lauscht stirnrunzelnd und fragt schließlich: „Vielleicht hat er es einfach nur verpennt? Wenn er doch seinen freien Tag hat …"

Er lauscht wieder eine Weile und verspricht schließlich seufzend: „Okay, ich komme nachher mal vorbei, und Sie können mir das genauer erzählen und zeigen. Kann aber noch etwas dauern, es ist im Moment gerade sehr viel los." Als er aufgelegt hat, sieht Gerda ihn auffordernd an: „Und? Was is edserd noch bassiert?"

Basti meint vorwurfsvoll: „Der Max kann uns doch nicht einfach alles erzählen, was er dienstlich zu bearbeiten hat. Das geht uns nichts an."

Max zögert. „Na ja, es hat schon was mit Niedlasreuth zu tun, und mit dem Djingo."

Nun starren ihn alle neugierig an, auch Basti.

„Na gut, es ist nicht sooo geheim", erklärt Max. „Er hat wohl eh schon überall rumgefragt. Einer von Djingos Mitarbeitern ist verschwunden. So'n Schweizer, der im Service arbeitet. Der hat heute eigentlich frei, aber er wollte sich vorhin mit Djingo treffen, um was zu besprechen, und ist nicht aufgetaucht. Er wohnt wohl oben im Hintergebäude, und sein

Zimmer ist offen und leer. Sein Handy scheint ausgeschaltet zu sein. Nirgendwo eine Spur von ihm. Vielleicht ist er ja einfach nur sauer auf seinen Chef, oder er hat irgendwo ne Freundin, zu der er überraschend abgedüst ist, wer weiß."

Das Telefon klingelt wieder. Diesmal ist es nur eine kurze Nachricht eines Kollegen.Max seufzt. „Der Wudler ist jetzt da. Ich nehm euch am besten gleich mit rüber zu seinem Platz. Bringen wir's hinter uns."

# Wudlers Zwickmühle

Kommissar Wudler brütet gerade über Akten, die neben seinem Bildschirm liegen.

Als er hochschaut und Gerda, Flora und Basti sieht, erbleicht er sichtlich. „Sie schon wieder?!" Die Ereignisse der letzten Woche sind ihm offensichtlich noch lebhaft in Erinnerung … Schroff fragt er: „Warum rücken Sie zu dritt an?"

Als Max den Mund aufmacht, um etwas zu sagen, knurrt der Kommissar: „Egal. Aber hinsetzen können Sie sich nicht, jedenfalls nicht alle, ich hab nur einen Besucherstuhl hier. Von mir aus kann die alte Dame sich setzen."

Flora hält den Atem an, aber Gerda sieht Wudler nur gelassen an: „Hier gibd's nur aan, der wo alddamenhafd is, und der sidsd scho."

Das Gesicht des Kommissars rötet sich: „Warum sind Sie denn nun hier? Diesmal waren es ja nicht Sie, die die Leiche gefunden haben."

„Na ja, fast doch …", sagt Flora zögernd.

Max erklärt: „Die Flora – äh, Frau Petersen, die ist eine Zeugin, sozusagen. Für den Mordfall."

„Ich hab's doch gleich gewusst", Wudler haut triumphierend die Hand auf den Schreibtisch. Er lehnt sich zurück und starrt Flora mit zusammengekniffenen Augen an: „Schon bei dem Fall letzte Woche sind Sie mir verdächtig vorgekommen – eine Hamburgerin, und auf einmal tauchen Sie ausgerechnet in Niedlasreuth auf?"

„Seit der Erfindung der Eisenbahn und des Autos häufen sich solche Fälle", erwidert Flora kühl. „Da kommt dann halt schon mal eine aus Norddeutschland an eine Uni in Süddeutschland, das soll es öfters geben."

Unbeirrt fährt Wudler fort: „Und jetzt schon der zweite Mord in zwei Wochen – dabei gab es vorher hier seit Jahren überhaupt keinen Mord – ja, seit Jahrzehnten nicht!"

Max korrigiert: „Doch, vor zwei Jahren hatten wir diese Frau, die ihren Mann erschlagen hat."

Ungeduldig wedelt der Kommissar das zur Seite, während er Flora weiter mit zusammengekniffenen Augen anstarrt. „Jedenfalls ist das schon sehr sonderbar. Kaum sind Sie da, wimmelt es hier nur so von Leichen."

„Aber sie hat doch überhaupt kein Motiv", wendet Max ein. Flora denkt an die peinliche Szene in der Kneipe, sagt aber nichts.

„Das kriegen wir schon noch raus", meint Wudler selbstzufrieden. „Motive sind easy, da werde ich schon was finden." Er schüttelt den Kopf. „Also, das ist schon wirklich merkwürdig, wie Sie ständig um Leichen rumkreisen, die es hier sonst gar nicht gibt. Das ist mehr als merkwürdig, das ist verdächtig."

„Für die Tatzeit hat sie aber ein solides Alibi", erklärt Max triumphierend. „Sie war nämlich die ganze Zeit mit Gerda und Basti zusammen – also, mit Frau Obmüller und ihrem Großneffen."

„Das heißt, Sie geben ihr ein Alibi", knurrt der Kommissar Gerda und Basti an. Er starrt sie dabei an, als ob sie gerade einem Mafia-Gangster gegen viel Kohle ein Alibi für einen Massenmord zugeschachert hätten.

Ungeduldig fragt Gerda Wudler: „Wollns edsd hörn, was des Madla aussagn will, oder ned?"

Wudler schnaubt ärgerlich und starrt Flora an. Sie nimmt das als Aufforderung, und berichtet von der gestrigen Szene am Weiher.

Als sie geendet hat, schaut Wudler etwas ratlos drein. Dann zuckt er die Achseln: „Das war gestern Mittag, sagen Sie? Da war der Mord aber schon lange her."

„Genau!", stimmt Flora freudig zu.

„Andererseits", Wudlers Augen verengen sich, „da gibt es die alte Erkenntnis, dass Mörder gerne an den Tatort zurückkehren."

„A Menge alde Erkenndnisse sind bloß ald, und kaa Erkenndnis", kommentiert Gerda. „Sonsd bräuchdns ja aa bloß immer an Schubbo an den Dadord schdelln und waddn, dann erwischens jedn. Aber des fungdionierd hald ned, oder?"

Nach einer kurzen Pause sagt Max zögernd: „Da wäre noch was anderes. Ich habe gerade eine Vermisstenanzeige reinbekommen, sozusagen – der ist zwar erst seit gestern Abend verschwunden, aber –"

„Minderjährig?", blafft Wudler.

„Nein, der ist schon – halt ein normaler Erwachsener eben, aber –"

Wudler hebt den Zeigefinger. „Für sowas haben wir jetzt wirklich keine Zeit. Sie müssen lernen, Prioritäten zu setzen, Güdlein. Sonst verzetteln Sie sich andauernd.

Sie nehmen jetzt die Aussage der Zeugin auf. Ansonsten werde ich aber persönlich den Mordfall mit höchster Priorität bearbeiten." Der Zeigefinger schießt nun auf Max zu: „Und Sie kümmern sich dann gefälligst wieder mit Hochdruck um diesen geklauten Laster. Das muss auch aufgeklärt werden. Ist zwar Pipifax, war wahrscheinlich eh das übliche Diebesgesindel, aber deswegen ist es auch genau das Richtige für Sie. Das werden Sie ja wohl noch schaffen, so ne Kiste wiederzufinden."

Unerwartet sagt Gerda zu Max: „Ich werd dir helfn."

Herausfordernd sieht sie Wudler an: „Oder erzähln'S mir edserd widder, ich soll ned Miss Maabl schbieln?"

Wudler zuckt ungeduldig die Achseln: „Solange Sie sich nicht in meinen Mordfall einmischen, können Sie machen, was Sie wollen. Wenn Sie sich unbedingt über das Kühllaster-Zeugs den Kopf zerbrechen wollen, weil Ihr Strickzeug Sie langweilt …"

„Mei Schdriggzeug is so kombliziert, des würden *Sie* nie im Lebn kabiern. Aber a Kühllasder, des is doch mal was anders. Außerdem helf ich dem Max gern, wenn er so viel zu dun had."

Max erklärt stolz: „Die Frau Obmüller versteht eine Menge von Fahrzeugen, sie ist schließlich gelernte Landmaschinentechnikerin."

„Ein Kühllaster ist aber keine Landmaschine", Wudler schüttelt abfällig den Kopf.

„Aber die Gerda versteht trotzdem was davon", beharrt Max.

„Es gehd doch gar ned um Lasder", sagt Gerda ungeduldig, „also jedenfalls höchsdns um die vo die Leud. Eingdlich gehd's immer um die Leud. Warum die was oschdelln. Die Modive."

„Also, warum jemand einen Kühllaster mit teuren Delikatessen klaut, ist ja wohl klar", meint Wudler achselzuckend. „Da gibt es einen einzigen Grund: wegen Kohle."

„Es gibt doch auch noch andere Motive", wendet Flora ein, „Liebe, Hass, Eifersucht, ein düsteres Geheimnis, das man wahren will …"

Wudler schnaubt verächtlich: „Romantisches Gesäusel."

Wieder protestiert Flora: „Also, wenn jemand einen anderen aus Eifersucht ersticht, dann ist das doch wohl kaum romantisches Gesäusel, oder?"

Wudler starrt sie ärgerlich an: „An Ihrer Stelle würde ich jetzt mal schön die Füße stillhalten, junge Dame. Sie haben sich am Fundort einer Leiche rumgetrieben, sich verdächtig gemacht, und sind dann geflohen."

„Aber ich bin doch sogar –"

Wudler lässt Flora nicht ausreden: „Das geben Sie schön alles dem Polizeihauptmeister Güdlein zu Protokoll, und wenn ich dann dazu komme, werde ich mir das durchlesen."

„Sie hat sowieso ein Alibi", erinnert Max Wudler.

„Mag ja sein", Wudler schüttelt den Kopf. „Aber mit Alibis ist das immer so eine Sache, vor allem, wenn sie von Freunden oder Bekannten des Verdächtigen gegeben werden."

„Mid Fremde is ma hald ned so ofd zamm", erklärt Gerda ungeduldig. Dann sticht sie ihren Zeigefinger in Richtung Wudler: „Wissen'S was? Wenn'S die Flora noch weider so albern verdächdign, dann ermiddel ich fei doch selber. Da ko ich doch ned zuschaun, wie'S des arme Madla derrorisiern!"

Man kann deutlich sehen, dass der Kommissar sich selbst terrorisiert fühlt, und zwar von Gerda. Er sitzt jetzt in der Zwickmühle: Soll er vor Gerda einknicken und Flora aus den Fängen lassen? Oder will er die ganze Zeit bei seinen Ermittlungen Gerda im Nacken sitzen haben – oder genauer gesagt, ihr verständnislos hinterherhecheln?

Schließlich sieht Wudler Flora streng an: „Wir werden weiterhin in alle Richtungen ermitteln. Aber da unsere Ressourcen begrenzt sind, werden wir uns auf die erfolgversprechenden Ermittlungslinien konzentrieren. Dazu gehören Sie momentan nicht."

Er blickt dabei hoheitsvoll aus dem Fenster. So dass er die mehr oder weniger versteckt triumphierenden Gesichter der anderen nicht sehen muss. Dann verlässt er den Raum mit einem trotzig hervorgestoßenen: „Aber Sie halten sich zu unserer Verfügung!"

Max schüttelt grinsend den Kopf: „Wenn er schlau wäre, dann würde diese Erpressung bei ihm überhaupt nicht ziehen. Weil die Gerda sich ja sowieso einmischen wird, jetzt, wo sie erst mal Blut geleckt hat. Aber genau das ist der Wudler halt nicht: schlau."

„Des is kaa Erbressung, ich gieb ihm bloß a boa verschiedne Aldernadiven. Und was haaßd hier *Blud gleggd*, ich bin doch kaa südamerikanische Fledermaus. Aber ana muss da ja was dun, bei all die üblen Sachn, die wo da bassiern. Der Mord, und die Vergifdung, und den Lasder, den's glaud ham, und aaner vom Djingo is verschwundn ..."

„Du glaubst, das hängt zusammen?"

„Waaß mers? Aber erschd, wemmer alle Glasscherbla neidud und des Galeidosgob schüddld, dann kammer die Musder sehn."

Basti schüttelt leicht verwirrt den Kopf: „Das letzte Mal hast du doch gesagt, wenn man einen Kriminalfall lösen will, ist das wie einen Pullover aufrebbeln, Fädchen für Fädchen. Und jetzt ist deine Theorie auf einmal, dass man das macht wie mit einem Kaleidoskop?"

„Deorien gibds immer viele. Und a boa davo sin meisdns sogar ganz guhd. Des mid dem Bullover war ledsde Woche, edserd is es hald a Galeidosgob."

Gerda wäre ein super Politiker, denkt Flora, immer nach dem Motto: *Was stört mich mein Geschwätz von gestern?*

Aber solange Gerda wieder rausfindet, was los ist, dann ist das mit der Theorie dahinter eigentlich auch egal. Und vielleicht gehören diese ganzen merkwürdigen Dinge ja wirklich irgendwie zusammen.

Sie kehren nun in Max' Büroecke zurück.

Max sieht Flora an: „Ich mach jetzt schnell das Protokoll. Du hast mir ja erzählt, was passiert ist. Dann kannst du es dir nochmal durchlesen, falls nötig ändern und unterschreiben. Danach fahre ich raus nach Niedlasreuth zum Djingo und schau mir das mit seinem verschwundenen Mitarbeiter mal genauer an."

„Mir komm' mid", beschließt Gerda.

Max zögert, aber sie erklärt: „Wenn des der Schweizer is, den kenn ich. Der Urs, der war manchmal aufm Hof bei mir."

Basti wundert sich: „Also, ich kenne den aber nicht?"

Gerda zuckt die Achseln: „Du kennsd hald lang ned alle, die wo ich kenn. Und grad der Urs, der wolld ned andre Leud dreffn auf meim Hof, der wolld allein sein. Mid die Zieng."

„Mit den Ziegen?" Basti schüttelt amüsiert den Kopf. „Das ist jetzt aber ein volles Klischee, oder? Schweizer – Ziegen – Heidi und der Geißenpeter?"

Max stößt einen kurzen Jodler aus, wird dann jedoch ernst und hackt auf die Tastatur seines Rechners ein.

„Glischee oder ned, ofd schdimmd's hald doch. Obwohl grad beim Urs hald auch wieder ned. Nix is so simbl wie's zerschd ausschaud. Der Urs is ned von aner Alm oder so, der is middn in Zürich aufgwachsn, Zieng kennd der nur aus der Glodsn. Aber dann had er hald Brobleme griegd, und da is er in a Derabie kumma, und des war aufm Land, und da had's Zieng gebn."

Basti nickt nachdenklich: „Also hat er die Ziegen aus der Therapie gekannt, und hat sich gefreut, dass es bei dir auch welche gibt?"

Gerda nickt. „Mid die Zieng kommd er zur Ruh, sagd er. Des is scho immer a Hegdig in so am Schderne-Resdorang."

Max schaut von seiner Tastatur hoch: „Und deswegen willst du diesen Urs jetzt suchen helfen?"

Gerda nickt. „Der is scho a weng a schräger Dübb, aber des had er ned gmachd."

„Was hat er nicht gemacht?", fragt Max erstaunt.

Gerda schüttelt fest den Kopf: „Der is ka simbler Dieb ned, der Urs. Oder jednfalls wär er ned so blöd."

Kurze Stille. Dann dämmert es Flora, dass Gerda ihnen einfach eine Runde voraus ist. Sie hat gewusst, dass bald jemand auf die simple Gleichung kommen wird: Ein Laster wurde geklaut, und da ist einer verschwunden, der in der Nähe war – also ist der vielleicht der Dieb?

„Mensch, ja!" Max schlägt sich mit der Hand gegen die Stirn. „Das wäre natürlich eine Möglichkeit! Es würde zusammenpassen." Dann sieht er Gerda unsicher an: „Aber du meinst, er war es nicht?"

Gerda schüttelt energisch den Kopf. „Beeil dich midm Brodogoll, damid mer loskönna!"

# Verschwundener Schweizer

Auf dem Parkplatz bedeutet Gerda Basti, schon mal vorauszugehen. Nach kurzem Zögern schlendert er davon.

Dann fragt Gerda: „Als der Max des midm Modiv gsagd had, da hasd irgndwie – unruhig gschaud. Is da was? Hasd die Miranda doch kannd?"

„Eigentlich nicht", sagt Flora langsam. „Also, der Name hat mir nichts gesagt. Und ich hab sie auch nur ein einziges Mal getroffen, aber …", sie verstummt.

Gerda hilft nach: „Aber da had's gnalld?"

Flora nickt unglücklich. „Es war eigentlich – überhaupt nichts. Aber sie hat mich in dieser Kneipe ein kleines bisschen angerempelt – oder wahrscheinlich habe eher ich sie angerempelt, im Nachhinein nüchtern betrachtet. Weil ich das nämlich nicht mehr war: nüchtern. Ich war – na ja –"

„Zugsoffn?" Gerda grinst leicht.

„Ein bisschen angetrunken", verbessert Flora automatisch. Doch dann gibt sie ehrlich zu: „Ja, ziemlich besoffen. Jedenfalls hat sie nach dem Rempler dann nicht gleich Entschuldigung gesagt – okay, das hätte vielleicht sowieso eher ich sagen sollen, aber dann hab ich mich halt aufgeregt, und dann ist sie auch langsam sauer geworden, und – dann waren wir etwas laut, und wohl auch etwas – drastisch in der Wortwahl. Ich glaube, wir haben beide ziemlich wüste Drohungen ausgestoßen. Vor allem ich. Die Leute in der Kneipe haben sich köstlich amüsiert. Wenn ich Pech habe, erinnert sich jemand daran."

„Hasd die Leud kennd?"

„Nee, das waren alles Fremde. Aber trotzdem ..."

Gerda schüttelt den Kopf: „Die erinnern sich bschdimmd, aber die bringen des nie ned mid dem Mordfall in Verbindung, oder mid dir. Und der Wudler aa ned. Und du hasd eh a Alibi."

Flora meint bedrückt: „Der Basti würde bestimmt sagen, ich muss das dem Wudler trotzdem erzählen."

Gerda legt den Kopf schräg: „Eigndlich had er rechd, die Bolizei solld alles wissn, damids gscheid ermiddln kann. Aber es is hald der Wudler, da nudsd's eh nix." Sie seufzt. „Ich würd mich viel lieber um mei Küchn kümmern, dass der Hermann da kaan Misd machd. Aber wenn so ana wie der Wudler dro is, nacherd muss i vlleichd doch schaun, dass des ned fürchderlich schiefläufd."

Den Parkplatz beim „Djingos" kennt Flora ja schon aus dem Video, und den Koch selber auch. Der sieht ziemlich fertig aus, findet sie, mit übernächtigtem Gesicht und dunklen Ringen um die Augen. Na ja, es ist ja auch einiges passiert rund um sein Restaurant in den letzten Tagen ...

Der Koch steht da und unterhält sich mit Max, der kurz vor ihnen angekommen ist.

Als Max „Gerda Obmüller" vorstellt, sieht Djingo sie aufmerksam an: „Ah, Sie sind also die Ziegen-Gerda!"

Flora wartet gespannt, wie Gerda darauf reagiert. Aber die scheint nicht beleidigt: „So hädd ich mich edserd ned diregd vorgschdelld, aber des schdimmd scho. Der Urs is zwengs meiner Zieng auf mein Hof kumma. Die ham ihn beruhigd. Aber edserd is er verschwundn, ham'S gsagd?"

Djingo nickt. „Er hatte gestern und heute frei, aber wir wollten heute Morgen was besprechen, das hatten wir gestern ausgemacht. Er wohnt ja hier, in einem Apartment im Hintergebäude. Aber jetzt ist er eben verschwunden."

Mit einem Seufzer winkt er ihnen, ihm zu folgen.

Das Hintergebäude ist ein riesiges, wohl schon etwas älteres Bauernhaus.

„Dritter Stock", erklärt Djingo und fügt entschuldigend an: „Aufzug gibt's leider nicht."

Sie steigen die Treppen in den dritten Stock hoch. Gerda saust allen voraus, der sportliche Max direkt hinterher, dann kommen Flora und Basti, und als immer stärker schnaufendes Schlusslicht folgt Djingo.

Immer noch außer Atem zeigt er auf eine Tür, die nur angelehnt ist: „Das ist die Tür zu Urs' Apartment. Die war so, als ich heute Morgen nachgeschaut habe. Ich hab sie nur kurz ein Stück weiter aufgemacht und reingeschaut, aber da war der Urs nicht. Es ist ja nur ein einziger Raum, und die Tür zum Bad stand offen, da war er auch nicht."

Djingo schaut etwas unbehaglich: „Ich habe ja eigentlich gar nicht das Recht, einfach so in seine Wohnung zu gehen, wenn er nicht da ist." Er wendet sich an Max: „Aber Sie als Polizist, Sie könnten doch mal schauen, ob Sie irgendeinen Hinweis finden, was mit Urs los sein könnte."

„Tja", Max zögert, „ich darf da auch nicht wirklich rein. Gerade ich als Polizist nicht. Also jedenfalls nicht ohne Durchsuchungsbeschluss."

Gerda sagt überraschend: „Hasd rechd, Max. Du derfsd da ned nei. Ma muss scho die Privadsfäre vo die Leud wahrn, des wär sonsd ungesedslich."

Die anderen starren sie verblüfft an. Da erklärt sie mit Unschuldsmiene: „Aber wenn a alde Freundin bei ihm neischaud, die sich Sorng machd, dann bassd des scho."

Als Max den Mund aufmacht, um zu protestieren, schiebt sie nach: „Wenn der Urs mich verglang däd, dann wär des *mei* brivades Broblem. Und des macherd er eh ned."

Max schaut immer noch skeptisch, macht aber keine Anstalten mehr, Gerda zu bremsen.

Die schiebt nun bestimmt die Tür auf und späht erst mal in den Raum.

„Sehr aufgräumd", stellt sie fest, „für an Junggselln allans scho beinah verdächdig. Siehd des bei dem immer so aus?"

Djingo nickt. „Er hat nicht viele Sachen, und er ist wohl auch ein ziemlich ordentlicher Typ."

Gerda zieht ein Paar Einmalhandschuhe aus der Manteltasche und streift sie sich über.

Djingo staunt: „Wow, Sie sind ja kriminaltechnisch voll ausgerüstet!"

Gerda schüttelt unwillig den Kopf: „Ach wo, ich hab bloß immer a boa vo dene dabei, weil mer ja nie waaß, wann mer wo zubaggn muss. Aber *Ausrüstung*, naa, sonsd hädd ich edserd so Überschdreifer dabei, für die Schuh. Hab ich aber ned."

Sie schlüpft aus ihren Sneakern und erklärt: „Die Schdrümbf sin sauber vo heud morng, is wenigsdns besser als wie die Schuh, die ham über zwa Joa an die Sohln."

Nun geht sie ins Zimmer, bleibt kurz stehen und zieht dann die Tür hinter sich zu.

Nach einer Weile dringen Geräusche aus dem Raum, die Flora nicht genau zuordnen kann. Aber sie versucht es: Wird da ein Stuhl verschoben? Eine Schublade aufgezogen? Ein Vorhang geschüttelt?

Basti starrt die Tür an und ruft laut: „Oma Gerda, was machst du da drinnen?"

„Ich such nach Hinweis'", kommt es zurück.

„Nach Hinweisen wofür?"

„Des waaß ich, wenn ich's find."

Nach kurzem Zögern streckt Basti die Hand nach dem Türgriff aus: „Ich will wenigstens sehen, was sie da drinnen macht."

„Lass das!", kommt es von Max. „Wir wollen überhaupt nicht wissen, was sie da treibt, okay?" Er sieht Basti streng an, so dass der die Hand wieder sinken lässt.

Flora tröstet ihn: „Was immer Gerda macht, es kann sie sowieso keiner von uns davon abhalten, oder?"

„Stimmt", Basti nickt fast erleichtert.

In der darauffolgenden Stille hören sie Gerda im Zimmer herumhantieren. Um die Atmosphäre etwas zu entspannen, äußert Flora laut ihren Gedanken: „Dieser Urs ist Schweizer – was macht der eigentlich in einem Restaurant in Deutschland?"

„Das Personal im Djingos ist international", erklärt Max mit wissender Miene.

Flora beharrt: „Aber in der Schweiz würde er doch für die gleiche Arbeit deutlich mehr verdienen, oder?"

Djingo nickt und meint stirnrunzelnd: „Also, so ganz genau weiß ich auch nicht, was den Urs hierhergebracht hat. Ehrlich gesagt wollte ich auch gar nicht zu genau nachbohren. Er ist echt absolute Spitzenklasse im Service – es wird eh immer schwieriger, überhaupt noch jemanden zu finden, und dann noch so einen Eins-a-Mann, da hab ich sofort zugegriffen, als er sich beworben hat." Er zögert und ergänzt dann: „Ich glaube, er hat in der Schweiz Spielschulden, vielleicht wollte er deswegen da mal ne Weile weg. Das ist wohl sein Problem, das Spielen."

Max hebt die Augenbrauen: „Ist er vorbestraft?"

Djingo schüttelt den Kopf, schaut dann aber etwas unsicher: „Ich glaube nicht, sonst hätte er wahrscheinlich diesen Aufenthaltstitel nicht bekommen, oder?"

Max setzt gerade zu einer Antwort an, als sein Handy klingelt. Stirnrunzelnd schaut er auf das Display: „Des is der Wudler. Naa, jetzt nicht."

Die Tür öffnet sich, und Gerda kommt heraus.

„Und?", fragt Basti gespannt.

„Des woa überraschend", erklärt Gerda nachdenklich.

Auf die fragenden Blicke hin erklärt sie: „Dass er weg is, des kam überraschend. Da schdehd a halb leer gfudderde Schaln mit Dschibbs neben dem Sofa. Und der Embfänger von der Glodsn is noch oo, da had sich nur der Bildschirm ausgschalded, weil er so lang inagdiv woa. Der Urs wolld also nimmer weg – aber dann is er auf amol doch naus. Und des woa scho gesdern Abnd, im Bedd had kaana gschlafn. Und Dschibbs issd ma ja auch ned morgens, meisdns."

102

Gerda sieht Djingo fragend an: „War der Urs denn irgndwie anders, in die ledsden Dag'? Ängsdlich, aufgregd oder so?" Djingo schüttelt nach kurzem Nachdenken den Kopf: „Eigentlich war er wie immer. Das letzte Mal habe ich gestern Mittag mit ihm kurz gesprochen, nachdem die Polizei sich gemeldet hatte und ich auf die Polizeiwache musste. Da hat er ganz entspannt gemeint, dass er sich abends einen gemütlichen Filmeabend machen will." Dann runzelt Djingo die Stirn. „Allerdings – dann habe ich ihm von dem Mord erzählt, weil ich das gerade von der Polizei erfahren hatte. Und da hat er irgendwie so ein bisschen – aufgemerkt. Ich hab ihn gefragt, ob er vielleicht was weiß, aber er hat das heftig verneint. Er hat dann noch versucht, mich auszufragen, was eigentlich genau passiert ist, aber ich habe ja selber nicht viel gewusst, nur dass ich deswegen auf die Polizei musste. Als ich weg bin, hat er irgendwie so – nachdenklich geschaut. Aber ängstlich eigentlich nicht."

Max' Handy klingelt wieder. „Ich fürchte, jetzt muss ich doch mal ran", seufzt er, „sonst behauptet der Wudler wieder, ich mach blau während meiner Dienstzeit."

Max setzt an, Wudler zu erklären, wo er gerade ist, aber er kommt gar nicht zu Wort.

Nach dem Telefonat starrt er mit düsterem Gesicht auf das Handy. „Also, jetzt haben wir hier den Wudler voll im Nacken, fürchte ich. Weiter oben haben sie ihm wohl eingeheizt, der Kühllaster hat jetzt absolute Priorität."

„Wegen München?", fragt Flora kopfschüttelnd.

„Vermutlich. Jedenfalls will er das dann jetzt doch wieder selber machen."

Ratlos reibt Max sich die Stirn: „Was erzähl ich dem Kommissar jetzt – und was nicht? Soll ich ihm den Urs hinschmeißen?" Er starrt Gerda hilfesuchend an.

Djingo meint etwas verwundert: „Das klingt ja so, als ob Sie einen unschuldigen Sklaven den Löwen zum Fraß vorwerfen." Auf die Blicke der anderen hin erklärt er leicht verlegen: „Ich hab gerade neulich so einen Römerfilm gesehen. Aber so schlimm wird es doch wohl nicht sein, oder?"

Flora sieht Djingo an: „Sie hatten doch gestern mit dem Kommissar Wudler zu tun, oder?"

„Ach so, ja, *der* ist das?"

Flora nickt: „Wenn der erst mal jemanden zwischen die Zähne kriegt, lässt er freiwillig nicht mehr los."

Djingo zuckt die Achseln: „Irgendwann muss jeder was essen, dazu muss er den Kiefer erst mal wieder aufklappen. Und außerdem haben wir Ben, mit seinem Anwalts-Wissen. Der hat mich ja gestern auch losgeeist."

Basti meint: „Irgendwann wird sogar der Wudler von selber darauf kommen, dass ein verschwundener Laster plus ein verschwundener Mitarbeiter womöglich eins komma null Diebstähle ergeben. Die Gleichung ist ja eigentlich einfach genug. Also kannst du es ihm auch gleich sagen, Max – und weißt du was? Erzähl ihm, dass die Theorie von Oma Gerda kommt, dann wird er der Sache eh nur langsam und widerstrebend nachgehen."

Max nickt grinsend. Dann sieht er Gerda an: „Und hast du vielleicht noch was anderes? Als Ablenkfütterung für den Wudler? Wer das mit dem Lasterklau sonst noch gewesen sein könnte?"

Gerda schüttelt den Kopf, doch dann hellt sich ihr Gesicht auf: „Ablenkung, des könnerd was gebn. Vlleichd had ana den Lasder glaud, um vom Mord abzulengn."

„Glaubst du?", fragt Max verblüfft.

„Naa, eingdlich ned. Aber möglich wärerds, und schad ja nix, dem Wudler a boa mehr Gnochn hizuschmeißn. Wenn er sich zu sehr aufführd midm Urs, dann kannsd ja aa amol die Münchner Mafia ins Schbiehl bringn."

„Die Mafia?"

„Oder die Driaden, oder die Jakudsa, oder was die da hald alles so ham in Münchn. Die ham vlleichd den Lasder nach Franggn verfolgd, um ihn hier zu glaun. Dann is der Wudler bschäfdigd."

„Oder er zieht sich ganz aus dem Fall zurück", spekuliert Flora, „damit er nicht in die Schusslinie von so was Gefährlichem gerät."

Zuversichtlich nickt Basti: „Wir kriegen den Wudler schon vom Hals."

„Des wäre was wert", meint Max, „aber das Hauptproblem ist halt trotzdem: Wo ist der Laster, und wo ist der Urs?"

„Das sind eigentlich zwei Hauptprobleme", präzisiert Basti. Djingos Handy dudelt los. Nach einem kurzen Gespräch erklärt der Koch: „Das war Ben."

„Der Anwaltssohn?", erinnert sich Flora.

Djingo nickt und sieht Max an. „Ben ist jetzt drüben in unserer Probierküche, vielleicht wollen Sie auch mit ihm sprechen? Soweit ich das durch mein Rumfragen rauskriegen konnte, war er wohl so ziemlich der Letzte, der gestern noch mit Urs gesprochen hat, so um sieben Uhr abends."

# Rockwurst in der Hexenküche

Djingo führt sie nun in ein Gebäude, das offenbar ein umgebauter ehemaliger Schuppen ist. Drinnen ist eine große, aber schon ziemlich alte Profi-Küche installiert, und alle möglichen Geräte stehen herum.

„Das ist unsere *Hexenküche*, also eine Probierküche, zum Ausprobieren von Rezepten, oder wenn wir mal informell für uns selber kochen."

Ein schlanker Mann mit Bärtchen, Dutt und einer blau umrandeten Brille kommt auf sie zu, und Djingo stellt vor: „Das ist Ben, ein alter Freund, und jetzt dann auch Geschäftspartner."

Max sieht Ben neugierig an: „Sie steigen bei Djingos ein?"

Ben schüttelt den Kopf: „Nee, sowas wäre nichts für mich. Bisschen zu vornehm für meinen Geschmack."

„Sie sind auch Koch?", erkundigt sich Basti.

„Nein, ich hab Lebensmitteltechnologie studiert. Dann hab ich für alle möglichen Unternehmen gearbeitet, aber jetzt mache ich mich selbstständig, mit Djingo zusammen. Wir wollen Rockwurst anbieten."

„Rockwurst? Ist das eine fränkische Spezialität?", fragt Flora unsicher.

Ben strahlt sie an: „Noch nicht. Aber das wird sie werden, wetten?"

Eifrig erklärt er: „Also, die Idee kommt von der *Bratwurst im Schlafrock*, das ist schon was ziemlich Fränkisches hier – allerdings gibt es das auch in Thüringen, soweit ich weiß.

Bratwurst an sich ist ja auch eine Spezialität in Thüringen, obwohl die fränkische natürlich besser ist – na ja, das muss man hier in der Gegend halt sagen. Ich glaube eigentlich, dass Franken und Thüringen früher sowieso mal irgendwie fast dasselbe waren, waren ja auch unmittelbare Nachbarn – obwohl, gerade die direkten Nachbarn sind sich ja oft spinnefeind – aber jedenfalls, dann kam sowieso die DDR, und die Mauer, die war dann voll dazwischen – ich bin ja erst kurz vor der Wende geboren, in Berlin, aber meine Eltern haben mir erzählt –"

„Rockwurst?", holt Flora ihn ins Hier und Jetzt zurück, bevor er sich noch tiefer in den sozial-geschichtlich-geografischen Überlegungen zu den letzten Jahrzehnten verirren kann.

Ben nickt fröhlich. „Ja, klar. Ich bin dann draufgekommen, dass man das doch mit allen möglichen Würsten machen könnte, und mit allen möglichen passenden, interessanten Teigen drumherum."

„Hotdogs gibt es ja auch schon", steuert Max bei.

„Genau, und wir werden das noch viel weiter treiben."

„Was *ist* denn überhaupt eine Bratwurst im Schlafrock?", hakt Flora beharrlich nach.

Ben zuckt die Achseln: „Eine Bratwurst natürlich, und außenrum entweder so ein einfacher Weißbrotteig, oder Blätterteig. Ich persönlich mag lieber den Weißbrotteig, das mit dem Blätterteig ist mir zu fettig, aber mit dem Brötchenteig isst sich das dann quasi wie eine mit Bratwurst gefüllte Salzstange. Sehr lecker."

Er holt weit mit den Armen aus: „Aber das ist ja nur der Ausgangspunkt. Wir entwickeln gerade ganz viele Varianten:

Weißwurst in Laugenteig, Salsiccia in Pizzabrötchenteig, mexikanische Würstchen in Maisteig, Karpfenwürstchen in Kartoffelkruste, vegetarische Würstchen in Dinkelvollkorn –"

„Und das wollen Sie dann in einem Imbiss anbieten?", fragt Max interessiert.

„Zunächst mal ja, in Nürnberg und Erlangen und Bamberg, vielleicht Würzburg. Und dann Franchises - und übermorgen die ganze Welt!"

Ben strahlt Max an. „Erst haben wir gedacht, wir nennen das WIR. Also kurz für ‚Wurst Im Rock'. Aber das war dann doch irgendwie zu vage, fanden wir, also nennen wir es jetzt Rockwurst. Passt ja auch klasse für Events, man könnte da Live-Musik-Abende machen – Rock mit Rockwurst, halt."

Offensichtlich will Ben noch weiter von *Rockwurst* erzählen, doch Djingo hat schon eine Weile ungeduldig dreingeschaut und wechselt nun energisch das Thema: „Gestern Abend hast du ja so um sieben mit Urs geredet, oder?"

Ben nickt. „Ja, ich habe ihm meine neueste Kreation zum Probieren angeboten, eine vegetarische Wurst auf Basis von Champignons und Tofu. In einem Dinkel-Kräuterteig."

Djingo erklärt: „Und danach – da hat wohl keiner mehr Urs gesehen. Es war ja auch niemand da, am Montag haben alle frei, und Urs ist der Einzige, der hier auf dem Gelände wohnt."

Max sieht Ben an: „Sie waren also vermutlich der Letzte, der mit Urs geredet hat?"

Ben grinst schief: „Na ja, wie heißt das immer so schön in den Krimis: *der letzte außer dem Mörder.*"

Djingo starrt ihn alarmiert an: „Mörder?! Du meinst, Urs ist ermordet worden?"

Ben hebt beschwichtigend die Hände: „Sorry, da ist wohl das Krimigucken mit mir durchgegangen. Weil die das da so oft sagen. Obwohl – also irgendwas Übles ist da vermutlich schon passiert, oder? Der Urs würde sonst nicht einfach so verschwinden. Muss natürlich nicht gleich Mord sein, aber – vielleicht hat ihn jemand entführt?"

Djingo schüttelt den Kopf: „Aber warum sollte denn jemand den Urs entführen?"

Ben zögert und wirft einen schrägen Seitenblick auf Max. Dann sagt er langsam: „Na ja, der Urs und seine Spiel-schulden und so – wenn da einer ungeduldig geworden ist? Einer von solchen unangenehmen Typen, von denen man eigentlich nie Geld leihen sollte?"

Max fragt: „Ist Ihnen gestern Abend etwas an Urs aufgefallen? War er nervös, angespannt, hatte er Angst?"

Ben denkt kurz nach, dann sagt er langsam: „Also, eigentlich nicht. Er war so wie immer, glaube ich. Obwohl – ehrlich gesagt habe ich nicht so darauf geachtet. Wenn ich eine neue Rockwurst-Kreation entwickle, bin ich immer total aufgeregt. Ich habe wirklich nicht so genau mitbekommen, wie Urs drauf war. Aber richtig aufgefallen ist mir nichts."

Max hakt nach: „Hat er denn irgendwas gesagt, ob er an dem Abend noch was vorhat, ob er Besuch erwartet oder sowas?"

Ben denkt wieder eine Weile nach, dann zuckt er die Achseln. „Nee, da hat er nichts gesagt." Er zögert. „Irgendwie hatte ich allerdings den Eindruck, dass er noch nicht so tausendpro im Feierabendmodus war. Also, hätte schon sein können, dass er noch auf Besuch gewartet hat. Aber wie gesagt, das ist bloß so'n vager Eindruck, gesagt hat er nichts." Dann sieht er Max stirnrunzelnd an: „Wenn das so dubiose Geldeintreiber waren, dann hätten die sich aber vermutlich nicht vorher angekündigt, oder?"

Max nickt nachdenklich. „Aber warum wollten sie ihn überhaupt entführen? Davon kriegen sie ihr Geld ja auch nicht, eher im Gegenteil. Wenn er seinen Job nicht weitermachen kann, kriegt er ja auch kein Gehalt."

„Vielleicht wollten sie ihn nur einschüchtern?", meint Ben. Djingo starrt ihn alarmiert an: „Du meinst, er taucht in ein paar Tagen wieder auf, minus ein Finger oder ein Ohr?"

Betretene Stille herrscht.

Gerda meint nüchtern: „Dazu bräuchdns ihn ned zu endführn, des häddns a glei hier erleding könna." Dann wendet sie sich an Ben: „Had die Wurschd dem Urs geschmeggd?" Auf Bens erstaunten Blick hin setzt sie nach: „Des Würschdla, wo er brobierd had?"

Ben schaut immer noch erstaunt, dann nickt er schnell. „Ja, schon, als Vegetarier ist er immer froh über was Neues, Interessantes." Dann starrt er Gerda an: „Glauben Sie, dass unsere Rockwurst was mit Urs' Verschwinden zu tun hat?"

Gerda sagt nur: „Waaß mers?"

Dann macht sie eine ausholende Bewegung: „Woa des hier in der Küchn, wo der Urs des brobierd had?"

Ben schaut wieder etwas erstaunt über Gerdas Frage und nickt dann. „Ja, klar. Aber er war nur kurz hier, dann ist er wieder zurück. In sein Zimmer, nehme ich an."

Max sieht sich ehrfürchtig um: „Hier kreieren Sie also Ihre Rezepte?"

„Brauchsd ned gleich niedergnien", kommentiert Gerda sein beeindrucktes Raunen boshaft, „mir sind fei ned in aner Kadedraln."

„Sie sind wohl kein Fan von meiner Kochkunst?", fragt Djingo belustigt.

Gerda zuckt die Achseln: „Um des Dschingos, da is so a Haib. A Haib is meisdns weng die falschn Gründ. Ich waaß ja noch ned amol, ob Sie überhaubds kochn könna."

„Der Djingo ist fei ein Sternekoch!", entrüstet sich Max.

Gerda zuckt die Achseln: „Ich hab oft gnug gsehn, wie des mid die Schderneköch is, auf Judjub. Des haaßd bloß, dass er am Schluss immer mit aner Binzeddn a baa Blümla an des Essen hiedegoriert. Des könnerd a Florisdin aa, und des haaßd noch lang ned, dass die kochn ko."

Djingo grinst Gerda an: „Also okay, ich beweise Ihnen gerne, dass ich kochen kann. Es ist ja Mittagessenszeit. Was soll ich Ihnen denn zubereiten?"

Gerda denkt kurz nach. Auch Flora denkt darüber nach, was sie sich wünschen würde – ein tolles Steak, ein schicker Fisch, asiatische Spezialitäten? An dem träumerisch-sehnsüchtigen Ausdruck auf Max' Gesicht erkennt sie, dass er vermutlich ebenfalls an exquisite kulinarische Genüsse denkt. Und Basti schluckt, also sind wohl auch seine Gedanken bei einem möglichen Super-Essen.

Gerda sagt nun: „Gebradne Bodaggn. Und a Sedsei."

Ungläubig fragt Max nach: „Bratkartoffeln und Spiegelei?"

111

Aber Djingo sieht Gerda anerkennend an und nickt: „Sehr clever. Bratkartoffeln richtig knusprig und lecker hinzukriegen, das ist tatsächlich – tricky. Und dass die Spiegeleier genau richtig werden, das Eiweiß nicht mehr glibberig ist, aber das Eigelb noch flüssig-cremig – ja, das sind echte Herausforderungen für einen Koch."

„Aber doch nicht für einen Sternekoch", Max schüttelt den Kopf.

Djingo zuckt die Achseln. „Auf der Speisekarte steht es natürlich nicht, und die Gäste verlangen es ansonsten auch nicht. Außer dieser anspruchsvollen Dame." Er deutet gegenüber Gerda eine Verbeugung an. „Und es ist mir eine Ehre, für Sie Bratkartoffeln und Spiegeleier zu machen."

„Aber fei richtig schö gnusbrig braun", fordert Gerda. „Und ned mogln! Ich kenn die Driggs mit Zugger und so."

Djingo grinst. „Ja, Zucker macht natürlich alles schön karamell-braun, das ist ein schneller Trick. Als junger Koch hab ich gerne orientalische Bratkartoffeln gemacht, da hab ich dann Rosinen mit angebraten, die enthalten ja ordentlich Zucker. Und dann die Kartoffeln orientalisch gewürzt, mit Kreuzkümmel und Bockshornklee und so."

„Klingt echt superlecker!" Max sieht so aus, als ob er gleich zu sabbern anfangen würde.

Djingo zuckt die Achseln: „Das kann ich Ihnen gerne machen." Er sieht Gerda fragend an: „Oder zählen Sie das dann als Mogeln?"

Gerda überlegt kurz, dann schüttelt sie den Kopf: „Na, des bassd scho. Des glingd echd legger, des machn'S' amol."

Djingo erläutert: „Gute Zutaten sind ja essenziell, und bei Bratkartoffeln allemal. Ich nehme da als Kartoffeln die Annabelle vom Charlie."

Gerda nickt zustimmend, und Djingo führt weiter aus: „Die hoble ich in dünne Scheiben und wässere sie ein paar Minuten, damit etwas von der Stärke austritt. Und dann geht's ab auf die Bratfläche. Dazu dann mild-aromatische Roscoff-Zwiebeln, und die Rosinen sind von einem Bio-Winzer aus der Nähe von Kitzingen. Ich hole das jetzt alles mal aus dem Lager."

Als er verschwunden ist, sagt Max leise und mit gerunzelter Stirn: „Eigentlich frech, dass wir ihm da jetzt so'n Mittagessen abver-langen. Er hat bestimmt was Besseres zu tun, und überhaupt – also, das ist schon unverschämt von uns ..."

Doch Gerda schüttelt energisch den Kopf. „Naa, im Gegndeil, des woa edserd a bsüchologische Maßnahme. Hasd ned gmergd, wie unglügglich der Dschingo dreigschaud had vorhin, und edsd is er richdig aufglebd, wo er a kulinarische Herausforderung had."

Flora muss zugeben, dass Gerda recht hat. Bei dem Gedanken an das Essen, das er jetzt für sie zaubern soll, ist der Koch offen-sichtlich aufgeblüht. Das lenkt ihn wahrscheinlich schön ab von seinem ganzen Ärger.

Aufmunternd sagt sie zu Max: „Und außerdem sind es ja nur Bratkartoffeln, da müssen wir kein schlechtes Gewissen haben."

Max nickt erleichtert. „Das wird bestimmt toll. Klasse Essen, sozusagen privat gekocht von einem Sternekoch – wow."

„Eigentlich bist du ja im Dienst", erinnert ihn Basti etwas boshaft.

Max zuckt die Achseln und grinst: „Da opfere ich gerne meine Mittagspause dafür!"

Basti schüttelt den Kopf: „Wieso, du opferst sie ja nicht, ganz im Gegenteil, du verbringst sie auf hohem Niveau."

„Ist ja nicht verboten, oder? Muss nicht immer bloß ein pappiges Sandwich von der Tankstelle sein."

# Mittagessen beim Sternekoch

Ben schlägt Gerda nun vor: „Während der Djingo kocht, können Sie sich ja mal in unserer Wurstküche umschauen, wenn Sie wollen. Im Moment machen wir viele Würste noch selber, die vegetarischen Varianten sowieso."

Das Angebot nehmen sie neugierig an und folgen Ben in einen großen benachbarten Raum.

Hier ist alles weiß gekachelt, es stehen einige Maschinen herum, deren Funktion Flora nicht klar ist. Sie erkennt nur den großen Backofen und den riesigen Fleischwolf mit diversen Schläuchen und angekoppelten Behältern und anderen Anschlüssen. Der sieht wie ein futuristisches Monster aus, findet sie.

Das sagt sie aber nicht laut, denn nun erklärt Ben sichtlich stolz: „Ich habe mir da selber so eine Wurstmaschine zum Probieren aus einem Fleischwolf gebastelt."

An der Wand hängt ein riesiges, gerahmtes Foto mit drei Männern, die übermütig in die Kamera lachen. Es sind Djingo, Ben und ein dritter Mann.

Bevor Ben anfangen kann, ausführlich zu erklären, wie seine komische Wurstmaschine funktioniert, fragt Flora schnell: „Wer ist denn der dritte Mann da?"

„Das ist Elias, ein Freund von mir und Djingo", erklärt Ben. „Der hat aber nix mit Essen am Hut, der ist freiberuflicher Versicherungsberater. Allerdings probiert er immer sehr gerne."

Als er sich abgewendet hat, um dem neugierigen Max etwas zu erklären, schüttelt Gerda leicht den Kopf und kommentiert das Bild: „Fei echd, die Bürschla schaun heud alle so gleich aus, mid ihre Hundehaufn und ihre Bärd'."

„Hundehaufen?", wundert sich Flora.

Basti grinst. „Diese Dutts auf dem Kopf, die mag Oma Gerda nicht – sie findet, die sehen wie Hundekackhaufen aus. Ich hatte auch mal sowas – aber nachdem Oma Gerda das kommentiert hat, hab ich's dann doch lieber gelassen. Weil ich dann immer denken musste, ob es vielleicht tatsächlich irgendwie ein bisschen so aussieht …"

„Und Sie mögen keine Bärte?", fragt Flora Gerda leicht belustigt.

Gerda zuckt die Achseln: „Kommd drauf oo, aber auf jedn Fall lässd's die alle gleich aussehn, des find ich schad."

„Die sehen doch ganz verschieden aus", meint Flora, „Also jemand mit einem Vollbart sieht ganz anders aus als einer mit einem Schnurrbart oder einem Kinnbärtchen."

„Scho, aber die mid am Schnorrn sehn alle gleich aus, und die mid am Vollbard eh, da siehsd ja nimmer viel vom Resd. Also alle mim selbn Dübb vo Bard schaun gleich aus. Und bei die Fraan is' meisdns noch viel schlimmer", Gerda schüttelt ärgerlich den Kopf, „alle wollens blond mid mederlange Aungwimbern sein, wie a Kuh. Und aufgschbride Libbn wie a Fisch. Bei manche is echd, bei andre ned, bei manche siehd's gud aus, bei andre ned. Fad' is allemal. Ich verschdeh echd ned, warum die alle so an labberden Einheids-Lugg wolln."

„Wollen ja gar nicht alle – ich jedenfalls nicht", meint Flora.

Gerda nickt: „Du bisd auch ned normal." Mit einem Blick auf Floras leicht konsterniertes Gesicht erklärt sie kurz: „Des woa edsd a Komblimend."

Schließlich ruft Djingo von der Küche aus nach ihnen: „Wie gewünscht, orientalische Bratkartoffeln und Spiegelei."

Max sagt geziert: „Pommes de terre sautées a la oriental avec oeuf au plat". Auf Floras erstaunt-bewundernden Blick hin sagt er stolz: „Wenn's ums Essen geht, ist mein Französisch echt gut. Sonst leider eher nicht so."

Djingo erklärt: „Hier in der Hexenküche herrscht Selbstbedienung, ich hab Teller und Besteck neben den Herd gestellt. Essen können wir da drüben an dem Tisch in der Ecke."

Während sich alle begeistert Kartoffeln und Eier auf den Teller schaufeln, trägt Djingo ein riesiges Glas hinüber und stellt es auf den Tisch: „Das sind Gurken, die ich selber eingelegt habe, mit einer orientalischen Gewürznote. Das passt gut dazu."

Er erklärt: „Es geht ja immer darum, dass die Story stimmig sein muss. *Bratkartoffeln* und *orientalisch*, das passt für viele nicht zusammen – bei Bratkartoffeln ist für die meisten die Story: Futtern wie bei Muttern, gut altdeutsch, deftig und nicht zu scharf, Salz und Pfeffer sind schön simple Gewürze, möglichst noch Speck dazu – da passt das Orientalische nicht rein. Umgekehrt sind Bratkartoffeln den Leuten zu simpel und zu deutsch, wenn sie eine orientalische Story wollen, sozusagen. Deswegen habe ich sowas wie orientalische Bratkartoffeln auch nicht auf der Speisekarte, das will keiner."

Er stellt noch ein Schälchen frisch gehackte, gemischte Kräuter auf den Tisch, die man sich mit einem Teelöffel nehmen kann. Dann fangen alle an zu essen.

Flora hätte nicht gedacht, dass einfache Bratkartoffeln so sagenhaft gut schmecken können. Auch die Spiegeleier sind orientalisch gewürzt, und auf den Punkt gegart. Dieser Djingo hat echt was drauf, findet sie.

„Sie sin a subber Koch", urteilt auch Gerda, „Sie bräuchdn überhabds kan Schdern."

Gerdas Komplimente sind schon immer merkwürdig formuliert, überlegt Flora. Einem Sternekoch erzählen, dass er gar keinen Stern bräuchte? Aber Djingo sieht erfreut aus.

Andächtiges Schweigen breitet sich aus, hin und wieder unter-brochen von diskretem Schmatzen.

Auch Max schaufelt mit einem seligen Ausdruck auf dem Gesicht Bratkartoffeln in sich hinein. Doch dann besinnt er sich und lässt das Besteck sinken. Mit leicht schuldbewusstem Gesicht spricht er zögernd Djingo an, der selbst nur an einer Gurke knabbert: „Sorry, aber ich muss mich auch um diesen Lasterdiebstahl kümmern. Den hat gestern Abend ja ein Kollege von mir aufgenommen. Ich hab mir den Bericht zwar angeschaut, aber könnten Sie vielleicht nochmal erzählen, wie das war?"

Djingo zuckt die Achseln: „Gerne, aber ich habe eigentlich nicht viel mitgekriegt. Also, das war so: Der Termin für die Lieferung vom Küppler war so für fünf Uhr abends geplant. Aber ich saß ja ewig auf der Polizeiwache fest, und als ich kurz vor sechs wieder zurückkam, hatte der Werner, also der Fahrer, schon lange auf mich gewartet. Wir haben dann meine Bestellung ausgeladen, und es hat sich herausgestellt, dass der Werner Feierabend hatte. Die nächste Lieferung war erst am nächsten Morgen fällig, in Würzburg, und er wollte irgendwo in einer Pension im Aischgrund übernachten. Vorher wollte er noch in eine Kneipe nach Forchheim. Und ich –", Djingo zögert, und Flora fällt wieder auf, wie übernächtigt und angegriffen der Koch aussieht. Matt fügt er nun an: „Ich hatte irgendwie keine Lust, alleine in meiner Wohnung rumzusitzen, also bin ich mitgegangen. Wir haben dann mein Auto genommen, weil der Kühllaster in der Forchheimer Innenstadt halt eher unpraktisch ist, zum Parken und so, also haben wir den auf dem Parkplatz vom Djingos stehen lassen. Wir waren nicht lange weg, weil ich dann doch irgendwie keine Lust mehr hatte, und der Werner war auch müde. So um Viertel nach sieben waren wir schon wieder zurück – und da war dann eben der Laster weg. Wegen Ruhetag war auch keiner von meinen Leuten da – nur der Ben in der Probierküche, und der hat nichts bemerkt."

Ben nickt und sagt bedauernd: „Ich war halt mit meiner Rockwurst-Kreation beschäftigt, und der Parkplatz ist ja auch ein gutes Stück weg. Wenn einer ganz laut einen Motor aufheulen lässt, das würde man vielleicht hören, aber leisere Sachen nicht."

Djingo seufzt. „Und beim Urs, da weiß ich ja nicht –", er verstummt, und sein Gesicht verdüstert sich plötzlich.

Fest sagt Gerda: „Der Urs wär ned so blöd gwesn, dass er den Lasder glaud häd."

Zögernd wendet Ben ein: „Naja, wenn er echt massive Spiel-schulden hatte –"

„Drodsdem", Gerda schüttelt ungeduldig den Kopf, „des häd ihm einfach ned gnug eibrachd, des ganze kulinarische Zeugs häd er ja erschd mal verkaufn müssn, so schnell und einfach wär des ned ganga, und des wär auch aufgfalln. Und sooo viel war die Kühlkisdn aa ned werd. Und dafür wär er sein' Job losgwesn – naa, des häd kan Sinn gmachd. Könnd scho sei, dass er sich weng seiner Schuldn auf zweifelhafde Sachn einglassn häd – aber den Lasder glaun? Naa, des häd ihm ja ned wergli weidergholfn."

Max spekuliert: „Aber vielleicht hat der Urs mitgekriegt, wer den Laster geklaut hat? Und dann haben die ihn mitgenommen, damit er nichts verrät?"

Alle lassen ihr Besteck sinken.

Beklommen fragt Flora: „Glaubst du, dass die ihn deswegen – umbringen würden?"

Max schüttelt langsam den Kopf: „Also, wegen eines einfachen Diebstahls einen Mord zu begehen, das wäre schon sehr übertrieben – mit Bazookas auf Meisen schießen, sozusagen. Vielleicht halten sie ihn ja nur kurz gefangen, so lange, bis sie sich selber aus dem Staub gemacht haben."

Flora nickt erleichtert.

Basti meint hoffnungsvoll: „Und vielleicht ist es ja auch ganz was anderes, mehr nur so ein Missverständnis ..."

Langsam fangen wieder alle an zu essen.

Schließlich sagt Max zu Ben: „Wegen der Rockwürste - in ein paar Wochen ist ja Halloween, da wüsste ich auch was:

würzige Blutwürstchen, in Brötchenteig, der blutrot gefärbt ist -"

„Genau", Ben nickt begeistert, „mit Roter Beete vielleicht, ja, klasse Idee! Oder in einer Kürbisteig-Hülle, vielleicht mit Kürbis-Stückchen?"

# Wudler auf Expedition

Während Max und Ben angeregt über Halloween-Rockwürste diskutieren, rumort es plötzlich an der Tür.

„Da will wohl einer rein", seufzt Djingo. „Die Tür klemmt leider total, die geht manchmal nicht zu, und manchmal nicht auf."

Plötzlich springt die Tür auf – und Kommissar Wudler stolpert herein. Die Plötzlichkeit, mit der die Tür dann doch nachgab, hat ihn offensichtlich überrascht, und er fällt fast hin.

Dann fängt er sich wieder und kommt näher. Stirnrunzelnd starrt er auf das Essen. Dann raunzt er triumphierend Max an: „Aha, Güdlein, hab ich's mir doch gedacht! Mal wieder am Futtern! Sie machen sich hier draußen in Niedlasreuth einfach einen schönen Tag, während der Rest von uns mit Hochdruck ermitteln muss und kaum zum Essen kommt!"

„Des is meine Mittagspause", murrt Max. „Und was machen *Sie* denn überhaupt jetzt hier?"

Flora überlegt, dass das kein sehr diplomatischer Tonfall gegenüber einem höherrangigen Polizeibeamten ist. Aber Wudler erklärt nur wichtigtuerisch: „Ich kümmere mich ja jetzt persönlich um den Diebstahl des Münchner Kühllasters. Und natürlich ebenfalls um den Mordfall vom Niedlasreuther Weiher. Also hat es Sinn gemacht, dass ich hier raus komme."

Es klingt ein bisschen so, als ob er tollkühn eine Expedition in die Weiten der arktischen Tundra gestartet hätte. Zufrieden schließt er: „Damit schlage ich hier jetzt gleich zwei Fliegen mit einer Klatsche, sozusagen."

„Ham'S' denn edserd die Mordwaffn gfundn?", will Gerda wissen.

Der Kommissar schüttelt verdrießlich den Kopf. Doch dann hellt sich seine Miene auf, als er stolz erklärt: „Deswegen habe ich das Taucherteam bestellt, damit sie den Weiher nochmal nach der Mordwaffe absuchen. Die müssten jetzt schon im Einsatz sein."

Max sieht ihn kopfschüttelnd an: „Warum haben Sie denn nicht einfach den Freddie gefragt, dass der den Weiher ablässt? Des tut der zwar selten, nicht so wie die anderen Weiherbesitzer, die das regelmäßig machen, um die Karpfen dann einsammeln zu können. Der Freddie schwört ja auf seine Karpfen-Cowboymethode, er fängt sie mit der Hand – also halt mit so einem Kescher, den er selbst konstruiert hat. Aber hin und wieder lässt er das Wasser ab, zur Teichpflege. Das geht, und vielleicht hätte er es ja gemacht. Das wäre dann auf jeden Fall sehr viel billiger gewesen, und man hätte auch viel weniger Leute gebraucht, und keine Taucher, da hätten die oberen Herrschaften sich sicher gefreut, so viel Geld und Personaleinsatz zu sparen."

Kommissar Wudler wird blass. Offensichtlich denkt er daran, was seine Vorgesetzten sagen würden, wenn sie das von Max erfahren würden …

Doch er fängt sich wieder und grantelt: „Dieser Freddie Führmann, das ist ja so ein zweifelhafter Typ – der ist doch in diesen Vergiftungsfall verwickelt. Soweit ich weiß, war er da einer der Haupt-Caterer. Das können wir nicht riskieren, dass wir uns bei den Ermittlungsarbeiten von so einem abhängig machen."

Max öffnet den Mund, um da einiges geradezurücken, aber Gerda bremst ihn mit einem Blick und sagt zu Wudler: „Vlleichd findn'S' eh nix, wenn der Mörder des Messer ganz woanders weggworfn had."

Der Kommissar schaut unglücklich bei diesem Gedanken und noch unglücklicher, als Gerda fragt: „Ham'S' denn der Miranda ihr Händi wieder ans Laufn griegd?"

„Leider nicht", muss Wudler zugeben. Dann starrt er Gerda ärgerlich an und erklärt etwas verspätet: „Und überhaupt sind Sie gar nicht befugt, irgendwelche Infos zu dem Stand unserer Ermittlungsarbeiten abzufragen. Ich werde Ihnen keinerlei Auskünfte erteilen! Haben Sie mich verstanden?"

„Des bassd scho", meint Gerda friedlich, „edserd wissn mir ja, dass Sie eh nix wissn."

Das Handy des Kommissars käckert nun los. Flora fragt sich, was er da als Klingelton gewählt hat – ist das ein halskranker Papagei?

Wudler lauscht eine Weile mit gerunzelter Stirn, dann nickt er vor sich hin: „Das klingt in der Tat sehr verdächtig. Wenn die Fahndung schon angeschmissen ist, dann kriegen wir ihn ja hoffentlich bald, und dann ist wenigstens die blöde Sache mit dem Laster vom Tisch. Also machen Sie gefälligst mal ordentlich Dampf dahinter!"

Leise kommentiert Max: „Die Kollegen haben offensichtlich interessante Sachen rausgefunden und jede Menge Arbeit gemacht. Und ihm fällt nichts Besseres ein, als sie anzumeckern ..."

Laut fragt er den Kommissar: „Gibt es was Neues zu dem Mord, oder dem Laster?"

Wichtig erklärt Wudler: „Der Lasterfahrer ist abgehauen. Er –", der Kommissar stoppt und zischt Max wütend an: „Was fällt Ihnen ein, mich zur Herausgabe interner Informationen zu verleiten! Das geht die Öffentlichkeit nichts an!"

„Es ist ja auch nicht direkt *Öffentlichkeit*", meint Max etwas lahm, „des sind ja nur – wir."

„Natürlich", erwidert der Kommissar höhnisch, „da sitzen ja nur die örtliche Möchtegern-Miss-Marple, ihr Komplize, die Hamburger Leichensammlerin, ein Mordfall-Verdächtiger und noch jemand anderes. Warum sollen die nicht alle ein bisschen mitermitteln, gell!"

Max schaut unbehaglich drein.

Da der Kommissar die ganze Zeit schon ziemlich gierig auf das Essen gestarrt hat, bietet Djingo dem Kommissar nun schnell an: „Möchten Sie auch etwas essen?"

Wudler sieht ihn mit zusammengezogenen Augenbrauen an: „Sie sind nicht nur der verdächtige Gastronom aus dem Mordfall Miranda Böbler, sondern Sie waren das auch, bei dem gestern noch der Kühllaster geklaut wurde!"

Flora seufzt leise. Wenn Wudler schneller und gründlicher wäre, hätte er das schon längst bemerkt. Sie kann sich zwar nicht vorstellen, dass oder wie das zusammenhängt, aber jetzt wird der Kommissar den armen Djingo gleich wieder verhören, und aus ist es mit dem gemütlichen Mittagessen …

Doch der Kommissar wechselt nun die Blickrichtung. Er sieht Ben stirnrunzelnd an und erinnert sich: „Sie waren doch dieser Anwaltstyp, der gestern meine Befragung von – also des Verdächtigen da behindert hat", er weist mit dem Kopf auf Djingo, an dessen Namen er sich offensichtlich nicht erinnern kann.

Wudler starrt Max an: „Und hier sitzen Sie nun mit all diesen Leuten beim Essen zusammen? Wirklich, Güdlein, Ihre Neutralität als Beamter …" Sein vorwurfsvoller Blick suggeriert, dass Max gerade mit einer Mafiafamilie beim Dinner sitzt, um üble Pläne auszubrüten.

Ben hebt in gespielter Kapitulation die Hände hoch und sagt: „Ich bin unschuldig, Herr Kommissar! Und ich hab ja sogar ein Alibi für den Mordfall."

Wudler starrt ihn noch misstrauischer an: „Aha, wo waren Sie denn?"

Ben zuckt die Achseln: „Ich war Sonntagabend auf so einem Business-Dinner nördlich von Bamberg – ewig lange Networking-Veranstaltung, grottenlangweilig."

Gerda kommentiert: „Des ganze Nedwörging, des is doch bloß die moderne Vedderleswerdschafd."

„Das war das Vergiftungs-Event?", fragte Flora neugierig nach.

Ben nickt: „Da war wohl was, ja. Aber ich mag keinen Fisch, also hat's mich auch nicht erwischt, Gott sei Dank."

Wudler zuckt ärgerlich die Achseln. Auf Djingos erneutes höfliches Essensangebot hin beäugt er kritisch die Bratkartoffeln, Spiegeleier und Gurken: „Bratkartoffeln? Also, von einem Sternekoch hätte ich ja doch etwas mehr erwartet."

Gerda sagt spöttisch: „Die Ausdern und den Kaviar hammer verschdeggd, als Sie neikumma sin."

Wudler starrt sie kurz unsicher an. Dann dreht er sich weg und marschiert zur Tür. Dabei wirft er über die Schulter: „Ich werde jetzt die Sucharbeiten des Taucherteams koordinieren!" Der Kommissar versucht, für einen eindrucksvollen Abgang die Tür hinter sich zuzuknallen, aber die klemmende Tür verhindert den Effekt. Nachdem er eine Weile vergeblich am Türknauf herumgefummelt hat, lässt er die Tür offen und verschwindet.

„Edserd könn mer in Ruhe zu Ende fuddern", meint Gerda zufrieden. „Und dann fahrn mer auch zum Weiher nüber und schaun amol, was sich da dud."

Nachdem alle angenehm satt sind, macht Max noch ein Selfie mit Djingo und der ganzen Runde. Dann lassen sie den Koch und Ben in der Probierküche zurück, wo die beiden mit Variationen einer Rockwurst-Idee experimentieren wollen. Während sie zum Weiher hinüberwandern, meint Flora: „Ben scheint ja sehr enthusiastisch zu sein mit dieser Rockwurst-Sache – sehr viel begeisterter als Djingo, hatte ich den Eindruck."

Basti zuckt die Achseln. „Klar, der Djingo hat ja sein Restaurant, der braucht irgend so einen Wurstimbiss nicht. Aber dieser Ben, das schien mir nicht so, als ob der im Moment was anderes hätte, der baut da vermutlich voll drauf."

Flora nickt nachdenklich. „Ja, deswegen ist er da wahrscheinlich so enthusiastisch. Bei Djingo schien es eher gebremst, ich frage mich, warum er da überhaupt mitmacht."

„Das sind ja wohl alte Freunde", meint Basti, „auf dem Foto sahen sie wie richtig dicke Kumpels aus, und das war bestimmt schon vor zehn Jahren, da war der Djingo noch deutlich jünger. Und deswegen will er seinen Freund halt unterstützen bei seinem Projekt – vielleicht auch mit Geld, aber auf jeden Fall mit seiner Reputation."

Max stimmt zu: „Ja, der Djingo ist in der kulinarischen Welt schon bekannt, der tritt ja manchmal sogar im Fernsehen auf. Und er ist halt Sternekoch. Wenn der hinter so ner Rockwurst-Sache steht, dann hat das gleich ein ganz anderes Format. Ich find's eh gut, ich mag Wurst."

„Ist aber nicht unbedingt das gesündeste", gibt Flora zu bedenken.

„Die wollen ja auch vegetarische Würstchen machen", verteidigt Max.

Flora schüttelt den Kopf: „Auch vegetarische Würstchen sind so eine Sache – da stopfen sie meistens alles an moderner Lebensmittelchemie und -technik rein, was es so gibt, damit das Endprodukt dann halbwegs wie ein klassisches Würstchen schmeckt, und sich auch so anfühlt. Ein quatschiges Lebensmittel, finde ich."

„*Quatschig* ist kein richtiges Wort", mault Max, „und überhaupt, was darf man denn dann noch essen?"

Flora zuckt die Achseln: „Dürfen darf man alles, aber sollen vielleicht nicht. Muss sich jeder selber überlegen. Und diese Rockwurst-Sache gibt es ja auch noch gar nicht, wer weiß, ob da überhaupt was draus wird."

Basti meint: „So begeistert, wie der Ben das betreibt, kommt das sicher bald, der lässt sich da bestimmt nicht abbringen."

Flora beschäftigt noch etwas anderes: „Ich weiß ja nicht, wie dieser Djingo ansonsten drauf ist, aber irgendwie kommt mir der total – fertig vor. Schon klar, sie haben auf seinem Parkplatz den Laster geklaut, sein Mitarbeiter ist verschwunden – aber sooo schrecklich ist das ja nun auch wieder nicht. Das mit dem Laster betrifft ihn ja eigentlich gar nicht, das ist halt bloß zufällig auf seinem Parkplatz passiert. Und dass dieser Urs verschwunden ist, das kann auch ganz harmlose Gründe haben, und der ist ja auch nur ein Mitarbeiter von ihm, den er wohl eher flüchtig kennt. Aber er wirkt total – down."

„Der drauerd hald", erklärt Gerda kurz.

Flora sieht sie verblüfft an: „Er trauert? Um wen denn?"

Gerda rollt die Augen: „Na, wer is ermorded worn?"

Auch Max ist erstaunt: „Die Miranda? Du glaubst, er trauert so heftig um die Miranda? Aber die haben sich doch dauernd gezofft, und sie hat ihm ja auch richtig geschadet!"

Gerda schüttelt leicht den Kopf. „Des haaßd ned, dass er ned in sie verliebd sei könerd."

Max nickt nachdenklich: „Dann würde das bedeuten, dass er sie auf jeden Fall nicht umgebracht hat."

Gerda schüttelt wieder den Kopf: „Max, du bisd fei naiv. Dass er verliebd in sie woa, haaßd doch ned, dass er sie ned umbrachd ham könnd."

Max nickt etwas reuig: „Ja, stimmt, viele Morde sind ja Beziehungstaten. Theoretisch weiß ich des schon. Aber wenn man es dann so direkt live mitkriegt – dann ist es doch irgendwie …", er lässt das etwas hilflos in der Luft hängen.

Aufmunternd meint Basti: „Der Max glaubt halt an das Gute im Menschen."

Gerda nickt: „Ja, genau des is ja so naiv." Sie legt dem etwas belämmert dreinschauenden Max freundlich die Hand auf den Arm: „Aber des bassd scho. Besser als ana wie der

Wudler – der glaubd nur an des Schlechde im Menschn, und liegd mindesdens genauso falsch."

„Also, dass der Djingo in die Miranda verliebt war, das ist schon eine steile These", meint Basti zweifelnd.

Gerda hält es offensichtlich nicht für nötig, ihre These zu begründen, sondern führt nur aus: „Dass die sich zoffd ham, und dass er in sie verliebd war, sowas is fei scho a briggelnde Mischung, da kann's mordsmäßig gnalln!"

# Leichengift und Weiher-Waffe

Am Niedlasreuther Weiher herrscht eifrige Geschäftigkeit rund um das Taucherteam.

Die kleine, rundliche Gestalt von Kommissar Wudler steht mittendrin – und offensichtlich dauernd allen im Weg.

Gerade rempelt er eine uniformierte Polizistin an, als er auf Freddie zumarschiert. Der steht mit düsterem Blick am Weiherufer und dreht sich nun zu Wudler um: „Sie müssen dann fei eine Pressekonferenz geben und allen sagen, dass des ein Gschmarri ist mit dem Leichengift, des war nie nicht in meinen Wasabi-Karpfen!"

Als Wudler ihn verwirrt anstarrt, erläutert Freddie: „Die Leute fangen jetzt an zu sagen, und vor allem halt zu posten, dass des mit der Vergiftung bei dem Business-Event ein Leichengift war – Leichengift in meinen Karpfen, weil die Leiche in meinem Teich geschwommen ist!"

Max schüttelt den Kopf: „Des ist natürlich eh ein Gschmarri, aber es haut auch zeitlich nicht hin. Die Miranda ist ja erst Sonntagabend ermordet worden, da haben die Leut' die Wasabi-Karpfen doch schon gefuttert."

Freddie schlägt Max dankbar auf die Schulter: „Mensch Max, du bist ein Super-Detektiv! Danke! Jetzt müsst ihr des nur noch auf so einer Pressekonferenz den Leuten erzählen, dass des mit der Vergiftung nix mit meinem Teich oder meinen Karpfen zu tun hat."

„Es steht noch nicht fest, was genau wir alles bei der Pressekonferenz enthüllen werden", knurrt Wudler, „aber eins weiß ich sicher: Leichengift-Storys über Ihren albernen Teich werden es nicht sein." Dann verengen sich seine Augen: „Apropos *Ihr Weiher* – einer der Taucher hat mir erzählt, dass Karpfenweiher in dieser Gegend normalerweise sehr flach sind – aber Ihrer hier ist ungewöhnlich tief. Was steckt da dahinter?" Er starrt Freddie so misstrauisch an, als ob der seinen Weiher extra für das Versenken von Leichen, geheimen Schätzen oder anderen illegalen Dingen konstruiert hätte.

Freddie zuckt die Achseln: „Des hat halt mein Vater damals so gemacht, und jetzt ist des halt so."

Gerda kommentiert: „Der had hald damals kaa Ahnung ghabd, wie ma sowas machd, der Alfons woa ja a Milchbauer, mid Fisch' had der sich erschd gar ned auskennd. Also had er so drauflosbuddld und had dachd, viel hilfd viel. Desweng had er hald dief nunderbuddld."

„Das macht uns jetzt das Leben unnötig schwer", Wudler sieht Freddie vorwurfsvoll an.

Ungeduldig sagt Gerda: „Der Freddie wird's seim Vadder ausrichdn, wenn er's nächsde Mal aufn Friedhof gehd. Aber flach oder dief – ob'S' a Messer in so am Deich finden – des is doch wie a Nadl in am Heuhaufn. Und es is ned amol sicher, dass der Mörder überhaubds des Messer in den Deich gworfn had."

Der Kommissar sieht Gerda böse an. Dann verkündet er: „Wir suchen ja auch nach anderen möglichen Spuren. Ich schau jetzt mal, was die Taucher machen."

Wudler wendet sich ab und marschiert auf einen schmalen hölzernen Steg zu, der einige Meter ins Wasser führt. Max eilt ihm hinterher und ruft: „Vorsicht, nicht auf den Steg! Der ist morsch! Des ist gefährlich!"

Der Kommissar stoppt und sieht sich ärgerlich um: „Also, wenn das Ding tatsächlich gefährlich morsch ist, dann gehört das da abgesperrt! Oder wenigstens ein Warnschild müsste da stehen."

Freddie kommt nun auch hinterhergeeilt: „Was glauben Sie, wie viele Schilder ich da schon hingestellt hab? Aber die werden immer wieder geklaut. Hier, ich hab sie alle fotografiert, das waren schon mindestens ein Dutzend, in ein paar Monaten!"

Er holt sein Handy hervor und fängt an zu scrollen. Dann hält er das Display den anderen hin. Basti winkt lächelnd ab: „Ich kenn die Schilder." Auch Max und Gerda nicken, sie kennen Freddies Schilder ebenfalls.

Doch Flora schaut neugierig, wie sich Freddie durch eine Galerie handgeschriebener Schilder wischt. Es geht los mit: *Wäckblaim!! Des Ding is moasch!*

Max erklärt nun: „Freddies Schilder waren schnell berühmt, oder berüchtigt, sozusagen, wegen der, äh, fantasievollen Rechtschreibung."

Freddie zuckt die Achseln: „Ich find' des einfach langweilig, dieses Rechtgeschreibe, des hat mich schon in der Schule genervt, und jetzt muss ich ja nicht mehr. Ich schreib des halt, wie ich des höre."

Max grinst: „Der Freddie war ja auch sehr einfallsreich und hat sich dann auf Bildsprache verlegt."

„Genau", stolz zeigt Freddie weitere Schilder-Bilder vor. In dicken schwarzen Strichen sind dort warnende Szenarios festgehalten: Strichmännchen mit übergroßem Kopf und entsetzt aufgerissenem Mund fallen unter großem Spritzen vom Steg in das blaugewellte Wasser.

Flora lacht: „Ja, das kann ich mir gut vorstellen, dass diese Schilder mit Begeisterung geklaut wurden. Haben Sie schon mal daran gedacht, die Sachen auf T-Shirts zu drucken, oder auf Hoodies? Da würden Sie bestimmt einige an die Niedlasreuther Jugend verkaufen."

Wudler blafft nun Max an: „Wie kann das sein, dass hier ständig Schilder gestohlen werden? Warum kümmern Sie sich nicht darum? Abgesehen von den Diebstählen, das ist schließlich sicherheitsrelevant!"

Max seufzt. „Mit dem Thema haben wir in den letzten Monaten schon ne Menge Stunden verbraten. Wir haben da abends immer wieder mal hingeschaut, und wir haben auch hinterher versucht, die Leute nachzuverfolgen, die das dann gepostet haben. Aber es hat nie zu was geführt. Und Sie sagen doch immer, wir sollen uns nicht verzetteln und keine Manpower verschwenden."

Da Wudler nicht weiß, was er Max entgegnen soll, raunzt er nun Freddie an: „Sie sind verantwortlich, wenn was passiert. Sie müssen den Steg abreißen!"

Freddie seufzt. „Ja, das hab ich schon versucht. Aber auch wenn das Ding obendrauf marode ist, untendrunter ist es mordsmäßig massiv. Das sind superdicke Planken, die hat er damals dann noch einbetoniert. Und oben sitzen riesige Eisennägel, die sich da teilweise so richtig fest reingerostet haben – da hab ich mir echt die Zähne dran ausgebissen."

„Sie sollen es ja auch nicht mit den Zähnen machen", der Kommissar schüttelt ungeduldig den Kopf, „es gibt schließlich Werkzeuge. So'n paar alte Planken mit rostigen Nägeln werden Sie doch wohl noch wegkriegen." Als Freddie etwas einwenden will, knurrt Wudler: „Dann nehmen Sie halt einen Presslufthammer. Oder eine Atombombe. Aber machen Sie das Ding weg!"

Dann wendet er sich vom Weiher ab und stapft auf ein Grüppchen Leute in weißen Overalls zu.

Flora mustert den Steg nun genauer: „Also, mit etwas gesundem Menschenverstand braucht man eigentlich sowieso kein Schild, um zu sehen, dass man sich auf das Ding da besser nicht rauswagt. Da ist ja schon ein Loch an der einen Stelle, und lauter Absplitterungen."

Gerda zuckt die Achseln. „Die meisdn Leud nudsn den ‚gsundn Menschenverschdand' nur als a Ausredn, wenns sonsd ka Argumende ham. Und wenns a Selfie wolln, dann trabbsns auch voll auf an morschn Schdeg."

Plötzlich herrscht hörbar Aufregung.

Als Flora auf den Weiher rausschaut, sieht sie, wie einer der Taucher einen Gegenstand schwenkt. Sie haben was gefunden!

„Eine Waffe!", ertönt ein begeisterter Ausruf von Wudler.

Der Kommissar kommt mit erstaunlicher Schnelligkeit angerannt. Er stürzt an ihnen vorbei – und Max kann ihn gerade noch hinten an seinem Mantel packen, bevor der Kommissar auf den Steg rausrennt.

„Güdlein!", kommt ein empörter Aufschrei. Dann merkt Wudler wohl, wovor Max ihn eben gerettet hat, und merklich ruhiger knurrt er: „Lassen Sie meinen Mantel los."

Der Taucher schwenkt immer noch stolz seine Trophäe.

„Sieht aus wie eine alte Kriegspistole", überlegt Max, „vielleicht eine von diesen alten Walthers?"

Ein lautes Schnauben kommt von Wudler: „Das ist keine Kriegspistole, sondern eine Wehrmachtpistole. Und keine Walther, sondern eine Sauer." Wudler schirmt die Augen mit der Hand ab und starrt konzentriert auf den Taucher. „Wenn mich nicht alles täuscht, ist das eine Sauer 38H. Eine echte Wehrmachtpistole, die wurde nur von 1938 bis 1945 produziert."

Max rollt die Augen und erklärt leise: „Der Wudler ist ein voller Experte, was Waffen angeht, das interessiert ihn total. Jetzt wird er sich da stundenlang drüber auslassen ..."

Tatsächlich leuchten Wudlers Augen nun, und er spekuliert begeistert: „Die Waffe liegt da wahrscheinlich schon seit dem Zweiten Weltkrieg, und –"

Freddie schüttelt energisch den Kopf: „Nee, den Weiher gibt's ja erst seit den Sechzigern. Und außerdem lass ich ja auch das Wasser hin und wieder mal ab. In der letzten Zeit seltener, wegen dem Wassermangel überall. Ist ja ein Himmelsteich."

„Himmelsteich?", fragt Flora erstaunt.

Freddie nickt: „Halt einer, wo das Wasser nur vom Himmel kommt – also Regen. Hier ist kein Fluss, nur ein ganz mickriger Bach, der oft sogar ausgetrocknet ist. Wenn ich den Teich leergelassen hab, muss ich also immer erst mal warten, bis es genügend regnet."

„Voll nachhaltig", nickt Basti beifällig.

„Himmelsteich – ein schönes Wort", meint Flora.

Max zuckt nüchtern die Achseln: „Halt eine große Pfütze, im Endeffekt."

Kommissar Wudler haut sich nun die Faust in die Handfläche und erklärt begeistert: „Na, da hat sich der Einsatz ja auf jeden Fall gelohnt, wir haben eine Waffe gefunden!"

Basti wendet ein: „Aber die Foodbloggerin ist doch nicht erschossen worden, sondern erstochen. Also, wenn Sie jetzt ein Messer gefunden hätten, okay, aber ein Gewehr?"

„Das ist doch kein Gewehr", korrigiert Wudler ihn entrüstet, „das ist eine Pistole."

Nun watet der Taucher, der die Pistole gefunden hat, Richtung Land, und Wudler ist nicht mehr zu halten. Er stürmt auf das Ufer zu, dem Taucher entgegen.

Flora fragt Max: „Wie seid ihr denn eigentlich insgesamt im Mordfall Miranda weitergekommen? Oder hat die Sache mit dem Laster das verdrängt, nachdem es Druck von oben gab?"

Max schüttelt seufzend den Kopf. „München hin oder her, Mord hat schon oberste Priorität. Wir haben da auch schon ne Menge abgearbeitet, aber das geht leider alles mehr in die Richtung: Das oder der war es *nicht*. Die Gastronomen, die die Miranda in die Mangel genommen hatte, also die sauer auf sie sein konnten, die haben alle ein Alibi. Sonntagabends sind die halt meistens in ihren Kneipen oder Restaurants. Bis auf den einen Kneipenwirt, aber der ist tot."

Auf die fragenden Blicke der anderen erläutert er rasch: „Nix Verdächtiges, des war ein ganz normaler Tod. Den hat ein betrunkener Autofahrer totgefahren. Ein Autofahrer aus Wuppertal, also der hatte überhaupt nix mit hier zu tun, der war nur auf der Durchreise. Und halt besoffen."

„Ein Kneipenwirt, der von einem betrunkenen Autofahrer totgefahren wird …", sinniert Flora.

„Die Kneipenwirte können nichts dafür", meint Max, „das meiste saufen die Leute doch heutzutage eh zu Hause."

Dann schüttelt er den Kopf: „Also, des ist schon eine ziemlich bunte Welt in der Gastronomie, die Empfindlichkeiten sind da sehr verschieden. Der eine, halt so ein schicker Möchtegern-Sternekoch, der hat sich wahnsinnig aufgeregt, bloß weil die Miranda ein Foto von seiner Küche gepostet hatte mit einem Fertigsoßenbehälter im Hintergrund. Er hat mir stundenlang zu erklären versucht, dass er nie im Leben Fertigsoßen in seiner Küche dulden würde, und dass sie da nur selbst gepflückte Kräuter drin aufbewahren. Ein anderer, so ein Kneipenwirt, der war nur ganz leicht angesäuert – obwohl sie von dem gepostet hatte, dass er mit dem Taschentuch, in das er gerade gerotzt hatte, die Biergläser poliert hat. Aber wie auch immer, von den Gastronomen scheint es keiner gewesen zu sein."

Basti überlegt: „Und ihr Privatleben? Gab es da Probleme, mögliche Verdächtige?"

Max seufzt. „Auch nicht wirklich. Die Miranda war ein Einzelkind und wohl auch ein bisschen eine Einzelgängerin. Ihr Geld hat sie sich hauptsächlich als Verkäuferin in einem Supermarkt verdient. Die Leute da haben alle gesagt, dass sie nett war, und hilfsbereit und fleißig, aber sie hat sich wohl immer etwas abseits gehalten."

„Familie?", fragt Basti.

„Der Vater ist schon tot, die Mutter lebt mit ihrem neuen Partner in Portugal. Die wird morgen oder übermorgen kommen, es war wohl etwas schwierig mit dem Flug."

Flora hakt nach: „Da war doch was mit einem Freund?"

Max nickt: „Ja, der Ollie, aber der hat ja auch ein Alibi. Uns gehen im Moment etwas die Verdächtigen aus. Obwohl", sein Gesicht hellt sich auf, „inzwischen hat es sich ja rumgesprochen, dass die Miranda ermordet worden ist, und die kennen viele von ihrem Blog. Deswegen kriegen wir jetzt ne Menge Hinweise aus der Bevölkerung. Vieles ist ja total unbrauchbar, aber es gibt auch echte Spuren. Wir haben da zum Beispiel diese Sache mit der Kneipe. Da haben wir von drei verschiedenen Leuten Hinweise bekommen, dass die Miranda vor ein paar Tagen in einer Erlanger Kneipe Streit mit einer Frau hatte, und die hat wohl wüste Drohungen ausgestoßen."

Flora wird blass. Sie spürt, dass Gerda ihr kurz die Hand auf den Arm legt. Dann ist die Hand wieder weg, und Flora fragt sich, ob das nun eine Ermutigung zum Durchhalten war, oder eine Aufforderung, Max zu beichten. Als sie Gerda ansieht, blickt diese aber ganz unbeteiligt drein. Sie will Flora also wohl nicht zwangsweise outen.

Max erklärt nun weiter: „Leider hat niemand die Frau gekannt, auch die Bedienung in der Kneipe nicht. Und die Zeugenbeschreibungen sind so unklar und teilweise widersprüchlich, da kriegen wir kein vernünftiges Phantombild zusammen. Also kommen wir da erst mal nicht weiter."

Flora wird klar, dass sie diese Kneipe nun auf jeden Fall meiden muss. Dabei weiß sie nicht mal mehr so genau, wie die hieß. Als sie da reinstolperte, war sie schon ziemlich „duhn", wie ihr Onkel den Zustand nach mehreren Gläsern Hochprozentigem nennt. Der Name dieser Kneipe – irgendwas mit Sofa vielleicht?

Max hat nichts bemerkt und fährt fort: „Aber die direkten Verdächtigen sind wegen ihrer Alibis halt aus dem Schneider. Der Wudler schießt sich deswegen leider total auf den Djingo ein, am liebsten würde er ihn sofort verhaften. Zum Glück reichen die Verdachtsmomente nicht aus, und er hat ja auch ein Alibi, wenn auch vielleicht kein tausendprozentiges – aber welches Alibi ist das schon."

Wudler, der mit der Waffe wohl erst mal fertig ist und näher stand als gedacht, scheint seinen Namen gehört zu haben. Er tritt auf Max zu und sieht ihn drohend an: „Güdlein, Sie werden doch nicht womöglich ermittlungsrelevante Infos diskutieren?"

Gerda erklärt fest: „Naa, mir redn brivad. Mir verabredn uns grad für heud Abnd, da dreffn mir uns in der Niedlasreuther Werdschafd. Wolln'S' aa kumma?"

Wudler schnaubt nur verächtlich.

Max erkundigt sich: „Weiß man schon was über die Waffe?" Der Kommissar schüttelt den Kopf.

In Gerdas Augen tritt nun ein boshaftes Funkeln, als sie zu Wudler sagt: „Vlleichd hat ja a durchdrehder Neonazi die Pisdoln bei geheime Versuch mit am chemischen Kambfschdoff infizierd und sie dann im Deich endsorgd. Und desweng ham dem Freddie sei Karbfn die Leud vergifd …" Wudler starrt sie mit offenem Mund an. „Glauben Sie?", bringt er schließlich heraus und setzt unsicher nach: „Haben Sie dafür Anhaltspunkte?"

Gerda schüttelt den Kopf: „Ich wolld bloß amol brobiern, wie sich des anhörd. Und des warn eh ned dem Freddie sei Karbfn, des mid dem Gifd."

Unwillig schüttelt Wudler den Kopf: „Was denn sonst?"

„Was annerschdes", sagt Gerda fest.

Wudler zögert kurz, dann zuckt er die Achseln und stapft davon.

Gerda sagt nun zu Max: „Des mit der Werdschafd, des mach mer fei wergli. Heud Abnd um siebn." Sie erklärt: „Wenn mer so bei ihm glingeld, machd der Ollie ja ned auf. Aber heud in der Werdschafd, des is dem Bürchermasder sei Sausn, also werd der Ollie woascheins auch da sein, der will dem ja immer in die Subbn spuggn. Also könn mer da midm Ollie redn."

Etwas verwirrt fragt Flora: „Ich dachte, Sie kannten Miranda nicht persönlich."

„Die Miranda ned, aber den Ollie. Die Miranda is ja erschd vor a boa Monade nach Niedlasreuth zong, zum Ollie. Aber der Ollie is hier aufgwachsn. Und der waaß vlleichd was, wo er gar ned waaß, dass er's waaß. Redn mer auf jedn Fall amol mid ihm."

Sie zielt streng mit dem Zeigefinger auf Flora: „Also, heud Abnd um siebn in der Werdschafd! Der Basdi zeigd dir, wo des is."

# Bürgermeister-Zipfel und Bälle

Am Abend parkt Flora auf Gerdas Hof. Basti, der den Nachmittag über dageblieben ist, kommt ihr entgegen: „Oma Gerda ist noch unterwegs, die kommt später nach."

„Was macht sie denn?", fragt Flora, aber dann fügt sie schnell an: „Sorry, geht mich ja nichts an."

„Mich eigentlich schon", seufzt Basti, „aber sie wollte es mir nicht sagen, hat ein richtiges Geheimnis draus gemacht. Und gerade zurzeit beunruhigt mich das schon. Wer weiß, was sie alles Verrücktes oder Gefährliches anstellt, wenn sie was rauskriegen will. Aber zu fragen hat natürlich keinen Sinn. Wenn sie es nicht sagen will, dann sagt sie es nicht. Und sie wollte eben nicht."

Flora wirft einen Blick auf das Küchenfenster: „Ist dieser Hermann eigentlich fertig mit der Installation?"

Basti schüttelt den Kopf: „Da fehlen wohl noch wichtige Teile. Und wenn alles fertig ist, muss auch gründlich aufgeräumt und geputzt werden, es schaut ja da drinnen aus wie die Sau." Er grinst schief, als er an den Erzeuger des Chaos' denkt. „Oma Gerda schätzt, dass die Küche frühestens fürs Wochenende wieder benutzbar sein wird."

„Das wird ihre Laune nicht gerade verbessern", spekuliert Flora.

Basti zuckt die Achseln: „Bei ihr macht sowas gar nicht so viel Unterschied."

„Sie ist immer schlecht gelaunt?"

Basti lacht. „Nicht unbedingt schlecht gelaunt, aber sie ist halt, wie sie ist."

Er wirft einen Blick rundum und nickt zufrieden. „Okay, alles erledigt, die Hühner sind auch drinnen."

Das erinnert Flora an etwas: „Dieser Hannes, also der Hahn, den Gerda geschlachtet hat, den wollte sie ja marinieren und später kochen. Ich hoffe, der vergammelt jetzt nicht, nach dem ganzen Küchendrama."

Basti schüttelt den Kopf: „Bei Oma Gerda vergammelt nie was, sie ist die absolute Reste-Königin. Aber was jetzt genau mit dem Hannes ist, weiß ich auch nicht."

Mit einem Blick auf das Auto meint er nun: „Am besten lässt du das hier, und wir gehen zu Fuß rüber zur Werdschafd, weil man da im Dorfkern nicht so gut parken kann."

Sie machen sich auf den Weg, und Flora überlegt: „Ein Sterne-Restaurant und eine Wirtschaft, dazu Freddies Fisch-Imbiss – da ist Niedlasreuth ja bombig versorgt mit Gastronomie. Ich meine, in vielen Dörfern gibt es inzwischen doch nicht mal mehr eine kleine Kneipe. Und Niedlasreuth ist doch eher ein kleines Dorf, oder?"

Basti zuckt die Achseln: „Zusammen mit den Eingemeindungen haben sie insgesamt über 2500 Einwohner, das ist auch wieder nicht sooo klein."

„Eingemeindungen?"

„Ja, in den Siebzigern haben sie zwei kleinere Dörfer nach Niedlasreuth eingemeindet. Zum Beispiel Schißlashofen, das liegt ein paar Kilometer nach Nordosten raus."

„*Schißla* wie Schiss?", fragt Flora amüsiert.

„Nein, das kommt angeblich von *Schüssla*, also Schüssel, weil sie hier schon ziemlich früh Tongeschirr hergestellt haben. Und außerdem haben sie dann noch Kotzbach eingemeindet, ein paar Kilometer nach Süden raus."

„Also wie Kotzen?"

„Nee, das kommt von *Katze*, angeblich. Aber wenn man das halt immer wieder dazusagen muss, das nervt. Insofern sind die ganz gut bedient, dass sie jetzt unter *Niedlasreuth* laufen. An dem Namen sieht man jedenfalls, das Essen wahnsinnig wichtig für die Niedlasreuther ist, und schon immer war."

„Wieso? Ich dachte, das kommt von niedrig, also dass das Dorf halt niedrig liegt."

Basti schüttelt den Kopf: „Wenn du mal mit dem Fahrrad hierher fährst, was ich ja öfters mache, dann wirst du merken: Niedlasreuth liegt alles andere als niedrig."

„Stimmt eigentlich", muss Flora zugeben. Selbst mit dem Auto hat sie gemerkt, dass sie bei der Fahrt nach Niedlasreuth immer wieder mal mehr Gas geben muss, weil es bergauf geht. „Aber woher kommt der Name *Niedlasreuth* denn dann? Was soll das mit Essen zu tun haben?"

„Das kommt von den Knödeln – da hat man hier *Kniedla* oder *Gniedla* dazu gesagt und im Laufe der Zeit hat sich das K oder G vorne halt weggeschliffen. Die Franken sind eben maulfaul."

„Also, ich finde viele recht gesprächig."

Basti grinst sie an: „Im Vergleich zu Hamburgern vielleicht."

„Na ja, alle Menschen sind irgendwo maulfaul. Wenn man was weglassen kann, tun sie's."

„Könnte man auch effektiv nennen."

Flora überlegt nun: „Und irgendwas mit -*reuth* heißen hier viele Orte, wenn man sich so die Karte anschaut."

„Ja, das bedeutet einfach, dass man da was gerodet hat, um das Dorf hinzubauen."

„Okay, also Knödel im Namen, ja, das deutet schon auf Verfressenheit hin."

Basti zuckt die Achseln. „Aber wenn man genauer hinschaut, ist es mit der gastronomischen Versorgung in Niedlasreuth heutzutage dann letzten Endes doch wieder eher mau. Der Freddie betreibt seine Fischbude ja nur nebenberuflich, hauptberuflich ist er technischer Zeichner bei einer Firma in Erlangen. Bei ihm ist nur manchmal offen, er macht das so ein bisschen nach Lust und Laune, manchmal auch wochenlang nur auf Anfrage. Das Djingos ist die Sorte Nobelschuppen, wo man als Dörfler normalerweise nicht einfach so essen geht. Da kommen ja meistens eher so Typen von außerhalb. Und die Werdschafd – das ist auch keine richtige. Die letzte echte Wirtschaft hat schon vor über zehn Jahren zugemacht."

Sie sind jetzt bei einem alten fränkischen Sandsteinhaus angekommen, mit einem großen Schild über der Tür: „Niedlasreuther Werdschafd".

„Das ist so ein Projekt, ein Dorfgemeinschaftshaus", erklärt Basti. „Den Ausbau von dem alten Haus hat die EU gefördert, und jetzt betreiben das Ehrenamtliche. Es ist auch bloß Freitag- und Samstagabend offen, und Sonntagmittag. Und auch dann nur, wenn sich genügend Freiwillige finden, die Zeit haben."

Flora stutzt: „Aber heute ist doch Dienstag?"

„Ja, aber es ist auch Wahl, also jedenfalls bald. Und im Wahl-kampf macht es sich halt gut, wenn der Herr Bürgermeister seinen hoffentlich auch zukünftigen Bürgern Blaue Zipfel und Bier spendiert."

„Blaue Zipfel?"

„Ja, das sind Bratwürste, die in einem Essigsud mit Gewürzen gekocht werden. Ist eine fränkische Spezialität."

Flora verzieht das Gesicht.

„Das ist aber echt lecker", versichert Basti ihr. „Da sind auch viele Zwiebeln dabei und –"

Flora schüttelt sich: „Gekochte Bratwürste, und dazu noch gekochte Zwiebeln? Das wird ja immer schlimmer."

Basti stößt nun lächelnd die Eingangstür auf: „Probier's einfach mal, ich denke, es könnte dir durchaus schmecken. Ist ja eh kostenlos, weil's der Bürgermeister ausgibt."

„Das ist immerhin großzügig von ihm", meint Flora.

Basti schüttelt den Kopf: „Das ist Wahlwerbung, das kriegt der vermutlich von irgendwo finanziert. Außerdem könnte er sich das eh locker leisten, bei dem, was der als Bürgermeister verdient, und seine Praxis als Rechtsanwalt in Erlangen hat er ja auch noch."

„Ich dachte, so ein Bürgermeister in einem Dorf, sowas ist ehrenamtlich?"

Basti schnaubt: „Ehrenamtlich, hah, was sich halt so nennt. Für dieses ‚Ehrenamt' kriegt er gut 4000 Euro im Monat. Als Altenpfleger hätte ich von so einem Gehalt nicht mal träumen können, trotz Wochenendarbeit, Extra-Schichten, Überstundenzulage und allem. Na, und jetzt als Student natürlich sowieso …"

Dann sieht er Flora an und grinst. „Du kannst es dir also guten Gewissens schmecken lassen, das trifft keinen Armen."

„Dann ist Max sicher auch da, oder? Wenn es kostenloses fränkisches Essen gibt?"

„Er hat mich vorhin angerufen, er wird etwas später kommen. Eigentlich hat er schon längst Feierabend, aber er hängt halt noch in der Inspektion fest."

Im Eingangsflur entdeckt Flora erstaunt: „Da hängt ja ein Plakat, das Werbung für das Djingos macht. Also wird man quasi zur Konkurrenz geschickt?"

„Konkurrenz kann man das echt nicht nennen. Das Djingos ist ja ein Sterne-Restaurant. Und hier gibt's hauptsächlich Aufgewärmtes aus der Metzgerei oder Sachen vom Bäcker oder von Freddies Fischimbiss, oder was Leute zu Hause vorgekocht haben. Ich glaube, sie haben zwei oder drei Mikrowellen in der Küche stehen, und Riesentöpfe, um Sachen im oder auf dem Herd aufzuwärmen."

Die Wirtsstube ist simpel, aber freundlich eingerichtet, mit viel hellem Holz. Und sie ist im Moment gut gefüllt.

Mindestens siebzig, achtzig Leute sitzen lachend und schwatzend an den Tischen oder drängeln sich um zwei riesige Töpfe auf einem Tisch an der Wand. Sie fischen mit großen Zangen blass aussehende Würste aus den Töpfen und häufen glasige Zwiebelringe darauf.

Flora versteht echt nicht, wie sowas eine kulinarische Spezialität sein kann. Gut, es gibt ja auch Kulturen, wo gekochte Schafsaugen eine Spezialität sind ... Aber von einem fränkischen Gericht hätte sie eigentlich was Besseres erwartet, bis jetzt war alles, was sie hier gegessen hat, ziemlich lecker.

Obwohl … Der würzige Duft, der über den Wurst-Töpfen in der Luft hängt, ist eigentlich gar nicht mal so schlecht …

„Das dahinten ist übrigens der Bürgermeister", Basti zeigt auf einen noch ziemlich jungen Mann im teuren schwarzen Polohemd und eleganten cremefarbenen Slacks. Er hat schon einen ordentlichen Ansatz von Glatze, was er durch einen überlangen Pony um die Stirnmitte wettzumachen versucht. Den wirft er dauernd aus dem Gesicht, während er sich mit einem leicht angestrengt wirkenden Lächeln mit diversen Leuten unterhält.

Flora legt sich nun zögernd auch eine Wurst auf einen Teller, und zwei oder drei Zwiebelstückchen. Dazu nimmt sie sich ein großes Stück von dem dunklen Bauernbrot, das in Körbchen überall herumsteht. Wenn die Wurst zu schrecklich schmeckt, kann sie sich immer noch an das Brot halten, das sieht lecker aus.

Basti zapft sich ein kleines Bier aus einem Metallfass, Flora, die noch fahren muss, nimmt ein Fläschchen Apfelschorle. Basti nickt grüßend nach links und rechts, steuert aber den letzten leeren Tisch an; Max und Gerda werden ja auch noch kommen.

Flora starrt die blasse Wurst auf ihrem Teller an, pikt probeweise mit der Gabel an ihr herum.

„Komm, probier!", ermuntert sie Basti.

Flora seufzt: „Also, fränkische Bratwürste sind ja sehr lecker. Aber sie heißen eben nicht umsonst Bratwürste – so richtig schön braun gebraten oder gegrillt, da sind sie wunderbar. Aber so gekocht … Und bei den Zwiebeln ist das genauso."

„Es wird dir schmecken. Oder von mir aus auch nicht – aber du weißt es erst, wenn du es probiert hast."

„Man muss vielleicht nicht alles im Leben probieren …"

Basti sieht sie an: „Aber wenn dir aus vertrauenswürdiger Quelle versichert wird, dass das was Tolles ist, und du echt was verpasst, wenn du es nicht probierst – dann solltest du es schon probieren."

Flora überlegt, ob sie Basti als vertrauenswürdige Quelle infrage stellen soll, schneidet dann aber doch vorsichtig eine Scheibe von der Wurst ab und schiebt sie in den Mund.

Während sie langsam kaut, beginnt ihr Gesicht sich aufzuhellen: „He, das ist ja gar nicht so schlecht!"

Flora probiert jetzt auch ein Stück Zwiebel – es schmeckt ganz anders, als sie das von Zwiebeln sonst kennt, aber eigentlich auch lecker, mild und würzig.

„Siehst du!" Basti grinst selbstzufrieden.

Plötzlich fliegt die Tür auf, und ein schlanker junger Mann mit wirren dunklen Locken kommt in die Wirtsstube. Er bleibt stehen und sieht sich um.

Als die Leute ihn sehen, verstummen sie für einen Moment. Dann geht ein wildes Getuschel los.

Leise sagt Basti zu Flora: „Das ist der Ollie, der Freund von der Miranda."

Flora nickt mitleidig. „Der arme Kerl. Gerda hat ja gesagt, dass Miranda erst vor Kurzem zu ihm gezogen ist. Vielleicht wollten sie bald heiraten?"

Zögernd meint Basti: „Nee, wohl eher nicht. Ich glaube, das mit dem Zusammenleben hat nicht so gut geklappt. Sie

149

haben sich in letzter Zeit öfters gestritten. Sie haben sogar überlegt, ob sie sich trennen."

„Ich dachte, du hast Miranda nicht gekannt?"

„Die Miranda nicht, aber den Ollie. Wir haben früher beide bei den Niedlasreuther Kickers gespielt. Er macht da immer noch mit. Ich bin jetzt nicht mehr dabei, nur manchmal, wenn sie dringend noch jemanden brauchen und es ist kein wichtiges Spiel, das ich versauen könnte, dann springe ich ein."

Da Ollie nun zu ihnen herübersieht, winkt Basti ihm zu. Ollie hebt ebenfalls die Hand und kommt langsam zu ihnen herübergeschlendert.

Irgendwie sieht er nicht besonders trauernd aus, findet Flora. Auch nicht strahlend fröhlich, aber – eher gelassen.

Basti steht auf und geht auf Ollie zu. Etwas linkisch umarmt er ihn und sagt leise und mit bedrücktem Gesicht etwas, vermutlich Worte des Beileids.

Ollie reagiert darauf mit eher unwilligem Gesicht und einem sehr lauten: „Ist schon gut, Basti."

Basti zieht ihn an den Tisch und stellt ihm Flora vor.

Verlegen murmelt auch Flora, dass ihr das mit Miranda leidtut.

Ollie winkt ab und sagt mürrisch: „Ich krieg das schon hin." Und er erläutert: „Ich werde Mirandas Blog weiterführen. Ich hab dazu schon immer viele Fotos gemacht, und auch viele von den Videos. Die sind ja eh am wichtigsten für so einen Blog, die Texte sind da eigentlich fast nebensächlich, aber die kriege ich schon auch noch hin. Und ich werde auch schaun, dass ich ein paar Werbepartner reinkriege, müsste bei einem Gastro-Blog ja echt drin sein."

Flora schaut auf, als nun ein sehr lautes Lachen ein paar Tische weiter ertönt. Das kommt vom Bürgermeister.

Auch Ollie schaut hoch. „Dann muss ich mal weiter", sagt er zu Basti, „den Bürgermeister in den Hintern zwicken. Dafür bin ich ja schließlich hier."

Flora sieht ihm hinterher. „Das meint er aber nicht wörtlich, oder?"

„Natürlich nicht. Er will ihn halt ärgern, ihm sein gemütliches Werbe-Event verderben. Er hasst sowohl den Bürgermeister selber als auch seine politische Richtung – kann ich verstehen, ich mag den Typen auch nicht. Aber Ollie wird halt immer wieder richtig ausfallend, und ich finde, das nutzt überhaupt nichts. Er macht auch so Sachen, wie auf dem Wahlplakat das zweite E in ‚Bürgermeister' auszustreichen, oder eine Teufelsfratze um das Foto zu malen, und so Zeug. Ist schon etwas kindisch. Aber er wohnt halt im Dorf, also muss er die Sachen, die der Bürgermeister macht und erzählt, dauernd ertragen."

„Wenn der Ollie so gegen ihn und seine Politik ist, warum kandidiert er dann nicht selber?", meint Flora.

„Weil er die nötigen Unterschriften nicht zusammengekriegt hat. Den meisten im Dorf ist der Ollie zu – aggressiv. Kompromisslos."

Flora nickt nachdenklich: „Ja, so wirkt er auch auf mich. Gut, man muss die Trauer abziehen – obwohl, so arg trauernd kommt er mir gar nicht vor. Aber jedenfalls, trotz der Lage, er wirkt schon irgendwie – unangenehm."

Sie sieht, wie Ollie mit mürrischem Gesicht gerade eine ältere Frau abfertigt, die ihm vermutlich ihr Beileid ausgesprochen hat. Er lässt sie nun einfach stehen und wandert zu dem Metallfass, wo er sich ein großes Bier zapft.

Stirnrunzelnd meint sie: „Ich weiß nicht – wenn ich bedenke, dass der Mirandas Partner war – also, bei dem könnte ich mir schon vorstellen, wenn der sich über sie geärgert hat, dass der dann womöglich gewalttätig wird – und wenn das aus dem Ruder gelaufen ist – muss ja nicht Mord sein, sondern eher so Totschlag, aber das könnte ich mir bei dem wirklich vorstellen."

Als Basti den Mund öffnet, um etwas zu sagen, erklärt Flora: „Ich weiß, dass er ein alter Kumpel von dir ist, aber die meisten Mordtaten sind Beziehungstaten, oder?"

Basti sagt nun ärgerlich und mit Nachdruck: „Der Ollie ist überhaupt nicht so schlimm, wie du tust. Eher so der Typ raue Schale, weicher Kern. Gut, seine Schale ist manchmal schon sehr rau, aber der Miranda hätte er nie was getan. Und außerdem hat er ein Alibi", erinnert er sie. „Er hat auf einer Feier fotografiert und gefilmt."

„Trotzdem", Flora schüttelt störrisch den Kopf. „Wer weiß, wie er das gedreht hat. Vielleicht hat er einen Ersatzmann hingeschickt?"

Basti sieht sie mit hochgezogenen Augenbrauen an. „Also echt, wieso schießt du dich so auf den Ollie ein?"

„Ich finde das irgendwie – respektlos, wenn er jetzt einfach ihren Blog übernimmt und weiterführen will, so als ob nichts passiert wäre."

„Vielleicht ist das ja seine Art, um Miranda zu trauern?"

Flora schaut zweifelnd: „Er hat ja auch eher abfällig über ihre Texte gesprochen, so als ob da gar nichts dran wäre. Und als ob der Blog früher nichts getaugt hätte, und er ihn jetzt selber erst so richtig aufmöbeln will."

Etwas unbehaglich meint Basti: „Na ja, das waren, glaube ich, auch so die Themen, über die sie oft gestritten haben – sie hat ihm wohl vorgeworfen, dass er ihre Arbeit an dem Foodblog nicht würdigt. Und dass er geldgierig ist, weil er den Blog kommerziell erfolgreicher machen wollte. Und ihn hat es genervt, dass sie so viel Zeit da reinsteckt, obwohl finanziell nichts rauskam bei dem Blog."

„Siehst du, da hätte dieser Ollie voll ein Motiv gehabt", meint Flora triumphierend.

Ärgerlich schüttelt Basti den Kopf: „Wenn man sich mit seiner Freundin über lauter so Zeug streitet, dann trennt man sich vielleicht von ihr, aber man bringt sie doch nicht um!"

Flora beharrt: „Vielleicht hat er ja eine kurze Zündschnur, und hat sie in einem Wutanfall bei einem Streit umgebracht."

Da bemerkt sie, dass Ollie mit seinem Bierglas nur zwei Tische weiter steht. Er fährt nun herum und starrt Flora an. Mist, er hat da wohl was mitgehört, zumindest teilweise.

„Ihr quatscht über den Mord an Miranda?", zischt er Flora nun an. Basti schaut verlegen auf den Boden, aber Flora sieht Ollie herausfordernd an: „Ja, klar, das beschäftigt uns. Wenn es da einen in Niedlasreuth gibt, der Menschen umbringt, das ist doch schlimm, oder?"

Sie versucht, Ollies Reaktion darauf zu deuten, aber sein Gesicht ist wie eine undurchdringliche Maske. Dann sagt sie laut: „Aber wer immer das war, Gerda kriegt das raus."

Ollie grinst spöttisch. „Ach ja, die ist ja inzwischen die Miss Marple von Niedlasreuth! Da hat der Mörder natürlich keine Chance, wenn sie Detektivin spielt."

„Tut sie gar nicht", geht Basti nun dazwischen. „Oma Gerda ist keine Detektivin, und spielen tut sie schon gar nicht. Aber sie beobachtet die Menschen und stellt die richtigen Fragen und zieht ihre Schlüsse daraus. Da findet sie dann eben auch meistens heraus, was sie herausfinden will."

„Sie mischt sich ja immer in alles ein, auch wenn es sie nichts angeht", Ollie zuckt verächtlich die Achseln und wendet sich ab.

„Siehst du?", sagt Flora leise zu Basti, „der will doch gar nicht, dass jemand rauskriegt, wer das war. Also, du kannst sagen, was du willst, ich finde den Typen schon verdächtig."

Ärgerlich sagt Basti: „Das ist kein Typ, das ist der Ollie."

Flora macht sich klar, dass Ollie ein langjähriger Kumpel von Basti ist. Also beschließt sie, ihr Misstrauen gegenüber Ollie erst mal für sich zu behalten.

Dann widmet sie sich wieder ihrem „Blauen Zipfel". Die Wurst schmeckt tatsächlich erstaunlich lecker, und die Zwiebeln dazu erst recht. Die sehen ja nicht so toll aus, blass und glibberig, aber sie haben was, irgendwie. Schon ist ihr Teller leer und sie steht auf, um sich noch was zu holen.

Basti grinst triumphierend: „Ich wusste ja, dass dir das schmecken wird!"

Einen Moment lang erwägt sie, zu behaupten, dass sie bloß den Teller wegbringen wollte. Damit der selbstgefällige Ausdruck auf seinem Gesicht verschwindet. Aber dann schüttelt sie den Kopf. Nee, auf dieses leckere Zeug verzichten, bloß um Basti ein bisschen zu ärgern, das wäre albern.

# Leichenteile in Kotkanälen

Ollie steht neben dem Tisch mit den großen Töpfen. Er sieht nun herausfordernd zum Bürgermeister hinüber und sagt sehr laut: „Manche essen halt gerne zerstückelte Leichenteile vom Schwein, in die Kotkanäle von Schafen gefüllt. Plus noch ein paar gesundheitsschädliche Scheußlichkeiten wie Phosphate und Nitrate und Nitrite."

„Die Bratwurst ist frisch vom Niedlasreuther Metzger", protestiert der Bürgermeister, „da ist außer Fleisch und Gewürzen nichts drin."

Ollie zuckt die Achseln: „Bei einer normalen Wurst kommt so ein Zeug rein. Aber gut, dann sind das hier halt bloß die puren Leichenteile in Kotkanälen. Guten Appetit." Dann schiebt er noch nach: „Und die vielen Schweine pupsen das Klima kaputt. Aber lasst euch nicht beim Fressen bremsen."

Flora schüttelt den Kopf: „Das sind doch die Rinder, die so klimaschädlich pupsen, oder?"

Ollie zuckt ungeduldig die Achseln: „Schweine pupsen auch."

„Vegetarier auch", kontert Flora, „besonders, wenn sie dann so viele Linsen und Bohnen essen."

Ollie sieht sie verächtlich an: „Du bist wohl so'n militanter Anti-Veggie?"

Flora beißt sich auf die Lippen. Sie ist überhaupt nicht anti-veggie, ganz im Gegenteil. Bevor sie hier nach Franken gekommen ist, hat sie monatelang fast überhaupt kein Fleisch gegessen. Aber der Typ nervt sie einfach. Gereizt fragt sie zurück: „Und du bist wohl so'n militanter Super-Veggie?"

Zu ihrem Erstaunen kommt nun so etwas wie ein Kichern vom Bürgermeister: „Der Ollie ist überhaupt kein Vegetarier! Neulich erst wieder habe ich mitgekriegt, wie der Ralfi ihn zum Essen eingeladen hat – Margas Schäuferla halt, also so richtig volle Kanne Schweinefleisch. Und da hat der Ollie freudig zugesagt!"

Verteidigend erklärt Ollie: „Ich bin eben Flexitarier."

Flora findet dieses Wort bescheuert. Aber es existiert nun mal offiziell. Und so wie dieser Ollie drauf ist, legt er seine Worte im Moment eh nicht auf die Goldwaage.

Der Bürgermeister zeigt nun in Richtung eines Tisches, auf dem Schüsseln mit runden braunen Klößchen stehen, und verschiedene Schüsselchen mit Soßen: „Wir haben natürlich auch vegetarische und vegane Alternativen, für jeden Geschmack etwas – Käse- und Kürbisbällchen, mit verschiedenen Dips." Er grinst Ollie boshaft an: „Du musst also gar keine bösen Blauen Zipfel essen, sondern kannst dich mit Käse- und Kürbisbällchen vollstopfen!"

„Steck dir deine Bällchen sonst wohin", knurrt Ollie. Dann erscheint auch auf seinem Gesicht ein boshaftes Grinsen. „Mit Englisch hast du's ja bekanntlich nicht so, Mr. Bürger-master", sagt er süffisant, „aber du weißt schon, was es auf Englisch bedeutet, wenn einer *balls* hat, oder? Und du hast halt keine. Nix außer Käse und Kürbis."

Die Hand des Bürgermeisters schießt nach vorne, in Richtung Ollies Brust. Er packt sein T-Shirt mit der Faust und schüttelt: „Du miese kleine Ratte! Wenn du nur stänkern willst, dann hau ab!"

Auf einmal ertönt Gerdas Stimme: „Bidde rechd freundlich! Des wird echd a schöner Schnabbschuss!"

Sie hält ihr Handy hoch und ist offensichtlich am Fotografieren.

Der Bürgermeister lässt so plötzlich Ollies T-Shirt los, als ob es glühend heiß wäre.

Ollie schüttelt sich und starrt den Bürgermeister hasserfüllt an. In Gerdas Richtung sagt er laut: „Willst du stattdessen ein schönes Bild machen, wie ich dem Herrn Bürgermeister eine reinhaue?" Er hebt dabei drohend die Hand, und der andere weicht zurück.

„Mach ich", sagt Gerda, „an vollen Boxhieb. Und da drunder kommd dann: *So agiert der Ollie, der für Frieden und Abrüstung ist, und dafür sogar eine eigene Partei gründen wollte.*"

Ärgerlich knurrt Ollie: „Wenn die Gerda schon anfängt, hochdeutsch zu quatschen …"

Damit dreht er sich weg und zapft sich sein Bierglas wieder voll.

Der Bürgermeister wirft ein nervöses Grinsen in die Runde und versucht dann leise, aber intensiv, Gerda zu überreden, das Foto sofort wieder zu löschen. „Schau Gerda, die Leute jetzt hier, die wissen, dass das nur so ein kurzer Moment war, und auch eher so ein Scherz, verstehst du, aber wenn das Foto irgendwie die Runde macht, das könnte – irreführend sein."

„Brauchsd ka Angsd ham", versichert ihm Gerda mit boshaftem Grinsen, „du waaßd ja, dass ich ka Leud ned irreführn däd, ich schdeh für die volle, hadde Wahrheid."

Die Miene des Bürgermeisters drückt Verzweiflung aus.

Nach einer kurzen Pause sagt Gerda: „Ich hab ja aa ga ka Fodo gmachd."

Die Miene des Bürgermeisters entspannt sich. Seine eben noch geradezu unterwürfige Haltung gegenüber Gerda wandelt sich schlagartig. Er reckt sich und schaut sie etwas herablassend an: „Ach, du hast gar kein Foto gemacht? Dann hast du auf deinem Handy falsch gedrückt?"

Gerda neigt den Kopf: „Die Einschdellung woa falsch."

Der Bürgermeister grinst erleichtert.

„Desweng hab ich ka Fodo gmachd, sondern a Video. Da hörd ma auch gud des mid der miesn klaan' Radsn."

Der Bürgermeister sackt zusammen.

Dann rafft er sich noch mal auf: „Ich kann immer noch sagen, dass das ein Deepfake ist! Eine clevere Fälschung!"

Gerda macht nur eine vielsagende Bewegung in die Runde. Schließlich haben ja rund achtzig Leute das Ganze neugierig verfolgt.

Damit wendet sie sich ab und lässt ihn stehen.

Ein älterer Herr, der neben ihnen das Geschehen begeistert verfolgt hat, meint nun bedauernd: „Schade, das hätte noch interessant werden können. Früher hat's bei solchen Festen immer ein paar gute Raufereien gegeben. Zwei haben angefangen, alle haben sie angefeuert, es haben sich zwei Lager gebildet, die haben sich eingemischt, und schließlich hat dann jeder im Saal mitgerauft. So eine richtig klasse Stimmung war das damals!"

Gerda sieht ihn kopfschüttelnd an: „Dieder, du hasd a schlechds Gedächdnis. Des mid die Rauferein, des war meisndns ga ned so lusdig. Dei Schneidezahn rechds undn fehld dir immer noch, weilsd ja so an Bammel vorm Zahnarzd hasd. Und a andersmol had dir ana die Hand brochn, des is aa nimmer so richdig gud gwordn. Sei froh, dass' heudzudag friedlicher is."

Ollie hat den neuen Inhalt seines Bierglases in einem Zug geleert. Nun steht er unschlüssig da und dreht das leere Bierglas in den Händen.

Auf einmal ruft er aus: „Ihr könnt mich alle mal!"

Damit wirft er das Bierglas in Richtung Bürgermeister. Der versucht erschrocken, sich wegzuducken, aber genau in die falsche Richtung, sodass das Glas ihm gefährlich nahekommt. Aber letzten Endes trifft es ihn doch nicht, sondern zerschellt auf dem Boden.

Dann stürmt Ollie hinaus.

Da steht Basti auf und ruft laut: „Der Ollie trauert halt! Er hat gerade seine Freundin durch einen brutalen Mord verloren, sowas nimmt einen Menschen eben mit." Und etwas leiser fügt er an: „Wenn der Ollie wirklich mit dem Glas den Bürgermeister hätte treffen wollen, dann hätte er ihn auch getroffen."

Das nun aufbrandende allseitige Gemurmel enthält zwar noch skeptische Untertöne, aber Bastis Hinweis auf Ollies Verlust hat der Sache wohl die Spitze genommen. Allerdings bekommt er dafür einen bösen Blick vom Bürgermeister ab. Basti ist echt ein guter Freund, überlegt Flora. Ollie hat ihn ja auch mürrisch abgefertigt, aber trotzdem hat er sich jetzt für ihn eingesetzt.

Gerda seufzt. „Also des, wesweng mer eingdlich hier sind, gehd ja edserd nimmer. Der Ollie is weg, den könn' mer nix mehr fragn."

„Im Moment kriegst du aus dem eh nix Vernünftiges raus", Basti schüttelt traurig den Kopf. „Der ist so – verbiestert, der wütet gegen Gott und die Welt … Aber ich bin sicher, wenn er irgendwas wüsste, wer die Miranda umgebracht haben könnte, dann würde er das sagen."

„Wem denn?" Flora schüttelt den Kopf. „Uns wohl kaum. Und der Polizei würde er auch nichts sagen, da bin ich mir ziemlich sicher."

# Gerüchteküche
# in der Werdschafd

Basti fragt nun drängend: „Wo warst du denn jetzt eigentlich, Oma Gerda?"

Gerda dreht sich einfach weg, schnappt sich einen Teller und fängt an, Würstchen und Zwiebeln darauf zu laden.

„Sie will es einfach nicht sagen", Basti schüttelt unglücklich den Kopf. „Und je sturer sie sich weigert, desto mehr Sorgen mache ich mir, was sie da wieder Gefährliches ausgeheckt hat …"

Als sie alle sitzen, will Basti wieder damit anfangen. Zur Ablenkung wendet Flora sich nun laut mit einer kulinarischen Frage an Gerda: „Was ist denn jetzt eigentlich mit dem Hannes?"

„Den hadd ich mid zum Dscharlie gnomm."

Flora meint nachdenklich: „Ist eigentlich schon ziemlich brutal, einfach so Schluss zu machen mit dem armen Kerl, nur weil er die Hennen angebaggert und sich mit dem Alten angelegt hat. Er war eben noch jung …"

„A bissla was vo seiner Jugnd had er ja noch ghabd. Edserd liegd er erschd amol beim Dscharlie auf Eis, im Diefkühler."

„Aber der war doch schon mariniert, mit dieser indischen Gewürzmarinade. Kann man denn ein mariniertes Hähnchen einfrieren?"

„Ja, des gehd. Wird ned besser davo, aber bevor mers wegwirfd", Gerda zuckt die Achseln.

Flora wird sich plötzlich bewusst, dass eine Frau an einem nahen Tisch sie intensiv anstarrt. Sie hat wahrscheinlich zumindest Fetzen der Unterhaltung von Flora und Gerda aufgeschnappt.

Die Frau wendet sich nun rasch ab, und Flora hört, wie sie ihrem Mann zuzischt: „Du, die Gerda hatte anscheinend einen jungen Lover, einen Hannes, so ein manierierter Typ. Aber er hat andere Frauen angebaggert, und deswegen hat sie ihn jetzt wohl wieder abserviert!"

Ihr Mann meint nur achselzuckend: „Bei der Gerda wundert mich gar nichts."

Flora sieht Gerda an, die hat das doch bestimmt auch gehört. Wird sie sich jetzt aufregen? Oder amüsieren?

Doch Gerda schneidet nur seelenruhig ein Stück Wurst ab und meint: „So fungdsioniert hald die Gerüchdeküchn hier."

Flora bewundert Gerdas Gelassenheit und meint zögernd: „Wenn ein Gerücht aber gar zu haarsträubend ist, dann fühlt man doch irgendwie den Drang, das richtigzustellen, oder?"

„Des hab ich mir abgwöhnd. Je mehr dass du brodesdiersd, desdo mehr dengns: Da is also doch was dro! Also lass ich's bleibn. Man muss sei Schbuggn ned auf alles verschwendn, was die Leud daherredn."

Damit schiebt sie sich eine Gabel mit Wurst und Zwiebel in den Mund.

Flora nimmt sich vor, in Zukunft ähnlich gelassen zu reagieren, zum Beispiel wenn sie mal wieder gewisse Posts über sich selber liest …

Da kommt Max in die Wirtsstube und steuert auf ihren Tisch zu. Er sieht ängstlich zu den großen Töpfen an der Wand hinüber: „Ist denn noch was da? Oder bin ich zu spät?" Flora versichert ihm, dass eben noch ganz viele Würste da waren. Erleichtert sprintet er hinüber, schaufelt sich den Teller voll mit Würsten und Zwiebeln, schichtet noch zwei Scheiben Brot darauf, schnappt sich mit links eine Flasche Apfelschorle und kehrt dann mit seiner Beute vorsichtig balancierend zu ihrem Tisch zurück.

Während er sich auf einen Stuhl fallen lässt, erklärt er: „Es war echt schwer, jetzt loszukommen. Wir haben halt gerade so viel auf dem Tisch – der Mord, die Vergiftung, der Diebstahl von dem Kühllaster, und dass der Urs verschwunden ist – über vierzehn Stunden hab ich jetzt schon gemacht, ich dachte schon, ich häng' morgen früh noch auf der Wache … Am Schluss hab ich gesagt, ich hab noch einen wichtigen Termin, und bin einfach gegangen. Ich hab ja auch einen Termin." Er strahlt das Essen auf seinem Teller an. Dann hebt er den Kopf, grinst etwas schuldbewusst Flora, Gerda und Basti an und schiebt nach: „Ich freu mich echt auch, euch zu sehen."

„Vor lauder Wörschd siehsd du uns doch goa ned", kommentiert Gerda boshaft.

Max schaut etwas betreten, und Basti sagt schnell: „Ich dachte, das mit dem Laster wäre immerhin schon so gut wie erledigt?"

Max zuckt die Achseln: „Wir suchen halt immer noch nach dem Fahrer von dem gestohlenen Kühllaster, diesem

Werner Kohlhiesl. Dass der jetzt abgehauen ist, spricht ja eine deutliche Sprache."

„Was für a Schbrachn schbrichd des denn?", fragt Gerda stirnrunzelnd.

„Na, dass er schuldig ist. Dass er des Ding selbst hat verschwinden lassen."

„Da könnerd's aa andre Gründe gebn", meint Gerda nachdenklich.

„Wie woa denn des, wann und wie is er abghaun?"

Max zuckt die Achseln. „Er hat in einer Pension in Forchheim übernachtet, und wir haben ihm gesagt, dass er sich zu unserer Verfügung halten soll. Hat er erst mal auch gemacht. Am Morgen hatte er sogar noch bei uns vorbeigeschaut und gefragt, ob wir ihn brauchen. Ich habe ihm gesagt: Ja, später am Tag vielleicht noch. Und da hat er eigentlich ganz friedlich zugestimmt. Dann habe ich erwähnt, dass sein Chef da ist, also halt in Franken – das hatte er vorher nicht gewusst. Das hat ihm, glaube ich, gar nicht gefallen. Er hat sich so nervös umgeschaut und war dann ganz erleichtert, dass sein Chef zu der Zeit nicht direkt da war auf der Wache. Dann hat er noch ,Okay' gemurmelt und sich verdrückt. Aber als ich ihn dann später anrufen wollte, hat er nicht mehr reagiert. Und in der Pension haben sie erzählt, dass er ziemlich eilig ausgecheckt und bar bezahlt hat. Seitdem haben wir kein Lebenszeichen mehr von ihm."

„Noch einer, der verschwunden ist", meint Flora nachdenklich.

Gerda hakt nach: „Aber der had doch edserd kaa Audo nimmer, oder?"

Max seufzt: „Ja, weit kann er nicht gekommen sein."

„Kann er doch", gibt Flora zu bedenken, „wenn er per Anhalter gefahren ist, oder vielleicht sogar jemanden angerufen hat, der ihn mit dem Auto abholt. Oder er ist mit dem Bus oder dem Zug gefahren, oder mit einem Taxi – es ist ja nicht so, dass ohne eigenes Auto gar nix geht."

Max seufzt wieder. „Wir checken des ja auch schon, soweit es halt möglich ist. Aber die Manpower haben wir im Moment echt nicht, dass wir des lückenlos durchziehen könnten. Und Münchner Druck hin oder her, so ganz der Riesenfall ist es auch wieder nicht, gegen den Mord und so. Insofern werden wir ihn nicht so bald finden, fürchte ich."

Gerda sagt nun nachdrücklich: „Doch, mir müssn den Fahrer findn, des is wichdig."

Max starrt sie an: „Du glaubst also doch auch, er ist in die Sache verwickelt?"

„Naa, des glab ich ned, der würd ja dann sein' Dschob verliern, vom Eingschberrdwerdn mal abgsehn. Und zerschdamol isser ja aa dobliebn. Erschd wie er ghörd had, dass sei Schef odanzd, da hat er sich verdrüggd."

Max kratzt sich am Kopf: „Du meinst, sonst wäre er gleich abgehauen?"

Flora nickt nachdenklich: „Wenn er sowas abzieht, seinen eigenen Laster klauen, also den von seinem Chef, dann muss er danach eigentlich sofort von der Bildfläche verschwinden. Wenn er das nicht getan hat, dann war er es vermutlich nicht."

Basti überlegt: „Oder er wollte das mit vollem Pokerface durchziehen, aber hat dann doch kalte Füße bekommen."

Max schüttelt zweifelnd den Kopf: „Also, der schien mir nicht so pokerfaceig, sozusagen. Und des war tatsächlich erst, nachdem ich erwähnt hatte, dass sein Chef angereist ist, dass er blass in die Gegend geschaut hat. Könnte durchaus sein, dass ihn das einfach in Panik versetzt hat."

„Hat man so viel Angst vor seinem Chef?" Basti zweifelt. „Ich meine, würdest du schlagartig abhauen, bloß weil dein Chef anrückt?"

Flora grinst: „Wenn Kommissar Wudler anrückt, packt Max doch immer der Fluchtreflex, oder?"

Auch Max grinst: „Zum Glück ist der Wudler ja nicht wirklich mein Chef, sondern nur – na ja, halt ein höherrangiger und in dem Fall weisungsbefugter Beamter. Mein richtiger Chef ist aber der Manni, und der ist cool, mit dem komm ich echt gut aus."

Er sieht Gerda an: „Aber wenn der Fahrer doch nicht in die Sache verwickelt ist, und vielleicht wirklich nur abgehauen ist, weil er Schiss vor seinem Chef hat – warum ist es dann wichtig, dass wir ihn finden?"

„Weil ich a boa Frang an den hab. Wär zum Beischbiel indressand, warum er so a Baanig vor seim Schef had. Ich hab da so a boa Vermudungen ... Echd wichdig wär aber, wie lang er scho gwarded had auf den Dschingo, am Mondagabnd."

„Wieso?", fragt Max verblüfft.

Aber Gerda sagt nur bestimmt: „Mir müssn den findn."

Seufzend schüttelt Max den Kopf. „Wir suchen ihn ja schon mit Hochdruck. Aber wenn er halt untergetaucht ist ..."

Gerda überlegt und beschließt dann: „Mir müssn noch amol midm Dschingo redn."

Entschlossen steht sie auf.

Unglücklich starrt Max auf seinen immer noch gut gefüllten Teller: „Aber das ganze Essen – das kann ich doch nicht einfach liegen lassen – aber mitnehmen kann ich es ja auch nicht gut –"

Gerda legt ihm die Hand auf die Schulter: „Du issd edserd in Ruhe weider. Du kummsd eh ned mid, des mach mer brivad."

„Aber ich –"

„Glabb dei Goschn widder zu. Und die schberrsd ersd widder auf, wennsd weider fuddersd. Mir machn edserd bloß a klaans Exberimend zwengs Fahrer-Fangn. Vlleichd glabbd's, vlleichd ned. Is erschd amol besser, du waaßd vo nix. Wenn mer a vernünfdigs Ergebnis ham, erfährsd es scho noch."

Max öffnet wieder den Mund – doch dann siegt wohl die pragmatische Erkenntnis, dass mit Gerda nicht zu verhandeln ist, wenn sie diesen Ton draufhat. Also nutzt er den geöffneten Mund tatsächlich nur, um eine große Portion Wurst hineinzuschieben.

„Wir geben dir echt sofort Bescheid, wenn wir was Interessantes haben", versichert Basti Max aufmunternd.

# Saisonal und regional

Floras Ortskenntnisse sind noch nicht so gut, daher bemerkt sie nichts. Aber Basti stutzt schließlich: „Sag mal, hier geht es doch gar nicht zum Djingos?"

„Naa, mir wolln ja auch zum Dscharlie. Da vorn is auch scho sei Hof."

„Aber du hast doch gesagt, du willst nochmal mit dem Djingo reden?"

„Des bassd scho." Gerda gibt keine weitere Erklärung ab, sondern beschleunigt ihren Schritt, und schon stehen sie vor Charlies Eingangstür.

Als Charlie öffnet, sieht er sie etwas erstaunt an und sagt zu Gerda: „Du bist schon wieder da? Was ist los?"

„Hah!", rufen Flora und Basti gleichzeitig aus und grinsen sich an. Triumphierend erklärt Basti: „Das war es also, wo du vorhin hinwolltest, Oma Gerda! Du warst also beim Charlie!"

Gerda rollt die Augen: „Des is ned verbodn, oder?" Zu Charlie sagt sie: „Als ich gangn bin, is ja der Dschingo grad kumma. Is der noch da?"

Charlie nickt und runzelt die Stirn: „Du wirst es nicht glauben, aber es sieht so aus –"

„– wie wenn er die Miranda wergli gmochd had?"

„Genau. Er benimmt sich echt komisch. Also, das hätte ich echt nicht gedacht. Ich meine, ich kenne ihn ja eigentlich nur beruflich, aber gerade die Miranda, die ihm so viel Ärger gemacht hat … Es sieht aber fast so aus. Ich hab ihm das Video gezeigt, das mit dem Hundefutter. Und ich habe ihm erzählt,

168

dass die Miranda es nicht gegen ihn verwenden wollte, und es mir deswegen gegeben hat. Da hat er irgendwie – ganz seltsam geschaut, und sich schnell weggedreht. Ich glaube, er hat – geweint … Seitdem ist er jedenfalls voll neben der Kappe. Er hängt jetzt in meinem Arbeitsraum rum und schaut Videos an, von Miranda, glaube ich." Besorgt fügt Charlie an: „Er sollte ja eigentlich jetzt arbeiten – ich meine, auch wenn Montag und Dienstag Ruhetage sind, heißt das ja nicht, dass dann nichts getan werden muss. Normalerweise ist er an einem Dienstagabend schon immer voll am Schuften. Aber jetzt – na ja, könnt ihr selber sehen …"

Er führt seine Besucher in die hintere Hälfte des Hauses, in einen großen, hellen Raum. Die Holzwände lassen erahnen, dass dies früher mal ein angebauter Schuppen war. Hier steht noch viel mehr verschiedenes Zeug herum als im Rest des Hauses, offensichtlich ist das hier nicht nur Charlies Arbeitszimmer, sondern auch sein Abstellraum.

An einem alten Holztisch sitzt Djingo vor einem Bildschirm. „Sie war so witzig und clever und frech", sagt er düster. Er startet ein Video, und Mirandas ansteckendes Grinsen ist zu sehen. Sie sagt fröhlich in die Kamera: „Sie erzählen ja alle dasselbe. Wenn du einen von diesen Köchen nachts aufweckst und ihn fragst, wie er kocht, dann spuckt er noch im Halbschlaf automatisch aus: *saisonal und regional*. Das machen sie alle, das ist nichts mehr Besonderes."

Basti grinst: „Das stimmt echt, das sagen sie alle."

Miranda Stimme wird nun ironisch: „Eine besondere lokale Spezialität ist anscheinend Lachs – dabei hab ich immer gedacht, hier in der Gegend gibt's eher Karpfen. Aber die

Leute wollen halt Lachs essen, also schwimmen inzwischen offenbar in Regnitz, Rednitz und Main ständig zig Tonnen Lachse rum."

Das Video endet mit einer simpel handgemachten Animation, in der riesige knallrote Lachse in und über einem kurvigen Fluss herumspringen, untermalt von dem quäkigen „Fishy on me"-Song.

Flora stöbert inzwischen neugierig zwischen all den Bildern, Schildern und Bannern, die hier herumliegen und -stehen. Sie hebt nun grinsend ein Schild hoch und liest laut vor: *„Farmerschinken statt Pharmaschinken!"*

Wie sie gehofft hat, entlockt das sogar Djingo ein schiefes Lächeln. Der Koch spekuliert: „Das könnte man auch machen mit *Parmaschinken statt Pharmaschinken.*"

Charlie zuckt die Achseln. „Wenn sie nicht bio sind, dann sind die meisten Parmaschinken sicher auch Pharma. Außer denen, die sie da wirklich vor Ort für sich selber machen, die Tiere füttern sie vermutlich ganz anders."

„Gab es hier auf dem Hof auch mal Schinken?", fragt Flora. Basti nickt, und Charlie schaut etwas reuevoll: „Tja, das war noch vor Oskar. Da haben wir hier noch Schweine geschlachtet und Schinken gemacht."

„Wer ist Oskar?", fragt Flora. „Ein Tierwohlaktivist?"

Charlie lacht. „Nee, Oskar war ein Ferkelchen, das ich mit der Flasche großgezogen habe. Danach wollte ich keine Schweine mehr schlachten lassen. Jetzt mache ich nur noch Tierhaltung für den Käse. Also ein paar Kühe, Ziegen und Schafe. Und halt Gemüse und Kartoffeln, und die Kräuter und Blüten."

Flora meint: „Das muss ja ein bezauberndes Ferkelchen gewesen sein, wenn es den ganzen Hof umgestellt hat, sozusagen."

Charlie nickt und zeigt stolz auf ein Bild an der Wand. Auf dem Foto hält er ein kleines, rosa-schwarzes Ferkelchen auf dem Arm.

„Das ist ja echt niedlich!", begeistert sich Flora.

Stirnrunzelnd meint Gerda: „Der schaud edsd fei scho dodal andersch aus. Des is a Mords-Eber gwordn, der wiechd logger über 200 Kilo."

Dann sieht Gerda Djingo an. „Ich häd amol a Frag."

Djingo zuckt matt die Achseln.

„Als Sie den Fahrer droffn ham, wie lang had der da scho gwarded?"

Djingo schaut etwas erstaunt und zuckt dann die Achseln: „Wohl schon ziemlich lange. Er hat mich nämlich so um zwei angerufen. Ursprünglich war die Lieferung ja erst für abends geplant, aber er hat irgendwas erzählt, dass ihm an dem Nachmittag ein paar Lieferungen ausgefallen wären, und ob ich bald komme. War blöd für ihn, aber ich bin halt bis gegen sechs auf der Polizeiwache festgesessen."

„Also hat er rund vier Stunden warten müssen", rechnet Flora.

Djingo nickt: „Er hat erzählt, dass er halt lange spazieren war, er ist da bis zu der kleinen Kapelle am Waldrand gelaufen, und noch drüber raus."

Gerda fragt: „Aber der Lasder woa da noch dagschdandn, als Sie den Fahrer droffn ham?"

Djingo nickt: „Ja, klar, der war erst weg, als wir von der Kneipe zurückgekommen sind."

Gerdas Gesicht verdüstert sich, und sie seufzt. „Des glingd ned gud", sagt sie knapp.

Aber dann strafft sie die Schultern und fragt Djingo: „Der Fahrer, der Werner Kohlhiesl, ham'S' sich mid dem geduzd? Oder sin'S' noch per Sie?"

Djingo schüttelt langsam den Kopf. „Gestern in der Kneipe haben wir aufs Du gewechselt. Warum?"

Gerda nickt nur zufrieden: „Könna'S' mir dem Fahrer sei Nummer gebn?"

Der Koch nickt ergeben und fragt nicht weiter nach.

„Willst du den Fahrer anrufen?", fragt Basti skeptisch. „Da wirst du aber keinen Erfolg haben. Der Max hat doch gesagt, sie haben das schon x-mal versucht, aber er hebt einfach nicht ab."

„Können die sein Handy nicht tracken?", wundert sich Flora. Basti schüttelt den Kopf: „Nicht so einfach, hat der Max gesagt, da kriegen sie keinen Beschluss oder wie das heißt. Ist ja nur Diebstahl, und das einzige richtige Verdachtsmoment gegen den Fahrer ist wohl, dass er im Moment auf toten Mann macht."

„Meinst du, er ist vielleicht tatsächlich tot?", überlegt Flora. Basti starrt sie erschrocken an. „Nee, das ist doch bloß so eine Redewendung." Er sieht nun Gerda an: „Meinst du, dass er tot ist?"

Gerda schüttelt den Kopf: „Naa, er had sich ja selber verdrüggd aus dera Bension. Ich schreib ihm nacherd a Messidsch, mal sehn, ob er reagierd."

Auf einmal ertönt eine tiefe, raue Männerstimme, die nach einer Menge Whisky und Zigaretten klingt, wie aus einem alten Western. Sie sagt ganz laut: „Ey, da ist einer an der Tür, der will rein."

Rasch erklärt Charlie: „Das ist meine Türklingel." Er zieht sein Handy aus der Tasche und starrt darauf. Offensichtlich hat er eine App, die ihm ein Bild von der Eingangstür liefert. „Es ist dieser Freund vom Djingo, der Ben", erklärt er dann.

Als Charlie Ben in den Arbeitsraum gelotst hat, schaut Djingo nicht mal hoch.

Ben sieht ihn prüfend an. Dann sagt er langsam: „Du siehst echt elend aus, richtig fertig. Vielleicht solltest du das Restaurant schließen, für die nächsten paar Tage. *Wegen Krankheit geschlossen*, das kann dir keiner übel nehmen."

Djingo korrigiert müde: „Wegen *Trauerfall* geschlossen, meinst du."

Ben zuckt die Achseln. „Wie auch immer. Aber ehrlich gesagt siehst du mir nicht so aus, als ob du das die nächsten Tage schaffen wirst."

Djingo nickt nur matt.

Charlie zögert kurz und schlägt dann stirnrunzelnd vor: „Könnten nicht Matteo und das Team – ?"

Ben schüttelt entschieden den Kopf: „Wenn Djingo so ein Totalausfall ist, wie er jetzt ausschaut – also, das macht doch keinen Sinn."

Wieder nickt Djingo nur müde.

Ben sagt energisch: „Ich bring dich jetzt heim. Und dann sag ich dem Team Bescheid, und Madeleine soll die Buchungen für diese Woche absagen."

Er zieht Djingo sanft am Arm hoch. „Ich fahr dich jetzt rüber, und dann lassen wir den Tag in aller Ruhe bei einem Glas Wein ausklingen. Und dann schläfst du dich erst mal gründlich aus."

Gerda sagt stirnrunzelnd: „Wenn ma am Menschn, der so am Bodn is, an Algohol gibd, des is wie wenn ma a Flieng ohne Flügl in a Glas Schnabbs schdößd."

Ben wirft ihr einen irritierten Blick zu und meint: „Also, der arme Kerl braucht jetzt jedenfalls was –"

„Nacherd machn'S' ihm hald a schöne Dassn heiße Schokolad'."

Zu aller Erstaunen hellt sich Djingos Gesicht auf: „Ja, genau, ein richtig schöner Sahnekakao mit Zimt!"

Ben verdreht die Augen und sagt: „Okay, mach ich dir halt einen Kakao."

„Den mach ich selber", erklärt Djingo, „du kannst das nicht. Einen richtig guten Kakao zu machen, das ist so schwer wie – wie gute Bratkartoffeln hinzukriegen."

Er grinst schief in Gerdas Richtung und fängt an, langsam seine Sachen einzusammeln – Handy, Schlüsselbund, Jacke ...

Basti wendet sich an Gerda: „Also, diese Message, die du schreiben willst –"

Gerda sieht ihn so scharf an, dass er verstummt. Dann erzählt sie auf einmal ein paar belanglose Sachen über ihren Garten. Sie stoppt ihr Schwatzen abrupt, als Ben und Djingo mit Charlie den Raum verlassen haben.

Basti sieht Gerda erstaunt an: „Was war *das* jetzt?"

Flora meint: „Sie wollten nicht, dass Ben das mitkriegt, oder?" Basti schaut verständnislos: „Warum denn nicht?"

„Mir müssen's ned in ganz Niedlasreuth rumschrein", erklärt Gerda. „Des is a gheimer Plan, ka öffendlicher Aggd."

Basti wendet ein: „Aber der Ben ist doch –"

„Der Ben is a Fremder, der womöglich sogar was midm Mord zu duhn ghabd haben könnerd", sagt Gerda fest. „Mer waaß ja nie."

„Er hat doch überhaupt kein Motiv", Basti schüttelt den Kopf.

Charlie kommt nun zurück. „Ich hoffe echt, der Djingo kommt bald wieder auf die Beine", meint er besorgt. „Ich weiß nicht, ob das so eine gute Idee ist, das Restaurant zu schließen. Der Matteo – sein Stellvertreter – hätte vermutlich auch was Akzeptables hingekriegt, und das Team – na ja, minus Urs, im Moment, aber die hätten das schon geschafft. Ich weiß schon, der Ben meint es gut, aber –"

„Der Ben will hald, dass der Dschingo fid für sei Roggwurschd bleibd", kommentiert Gerda trocken.

Flora sieht Charlie fragend an: „Hat Ben Miranda eigentlich gekannt?"

Charlie zuckt die Achseln: „Nur flüchtig, glaube ich." Dann erinnert er sich: „Er hat sie vor Kurzem erwähnt, da hatte er sie wohl angemailt, ob sie über *Rockwurst* berichten würde. Und sie hatte gerade zurückgemailt, dass das interessant klingt, und er soll sich melden, wenn es konkreter wird. Da war er happy."

„Siehst du", Basti nickt zufrieden, „er hat also kein Motiv – eher im Gegenteil, sie hätte ihm und seiner geliebten Rockwurst geholfen."

Charlie überlegt: „Er könnte es höchstens für den Djingo gemacht haben."

„Als stellvertretender Rächer, sozusagen?", fragt Flora zweifelnd. „Das wäre aber kein guter Plan gewesen. Es war ja absehbar, dass das passieren wird, was tatsächlich gerade abläuft: dass Djingo in Verdacht gerät."

Basti stimmt ihr zu: „Wenn er das für den Djingo machen wollte, dann hätte er eigentlich dafür sorgen müssen, dass der ein knallhartes Alibi für die Tatzeit hat. Sonst hätte er ihm mit der Sache echt einen Bärendienst erwiesen."

„Bärendienst, was heißt das eigentlich genau?", überlegt Flora.

„Des is aus aner Fabl", erklärt Gerda, „da wolld a Bär am Freund helfn, weil dem a Fliegn aufm Gsichd gsessen is, und da had er dann an großn Staa danach gworfn."

Ungläubig übersetzt sich Flora das: „Er hat einen großen Stein auf das Gesicht seines Freundes geworfen?"

Gerda nickt. „Nacherd war die Fliegn dod, aber der Freund hald aa. Desweng – Bärndiensd is hald, wenn's gud gmaand is, aber fadale Folng had."

Ungeduldig meint Basti: „Aber wenn wir schon von Alibis reden – der Ben hat ja auf jeden Fall eins. Er hat doch erzählt, dass er den ganzen Abend bei diesem Business-Event war. Und das war hinter Bamberg, also ziemlich weit weg."

„Das hat er gesagt", Flora nickt nachdenklich, „aber woher wissen wir denn überhaupt, ob das stimmt?"

Wieder erklingt die raue Männerstimme, die jemanden an der Haustür ankündigt. Nach einem Blick auf sein Handy-Display verkündet Charlie: „Es ist der Max."

# Mitternachts-Message

Als Max reinkommt, starrt Basti ihn an: „Wie kommst du denn hierher?"

„Mit meinem Rad", meint Max. „Ich hab erst mal schnell aufgegessen, und dann bin ich los, euch hinterher."

„Aber wie hast du uns gefunden?", wundert sich Flora.

Max zuckt die Achseln: „Die Gerda hat ja gesagt, dass sie nochmal mit dem Djingo sprechen will."

„Ja, aber warum bist du dann nicht zum Djingos? Woher wusstest du, dass wir hier sind?"

„Detektivische Folgerung!" Max grinst stolz und erläutert: „Gestern hat der Charlie ja beim Telefonieren mit dem Djingo ausgemacht, dass der heute Abend hierherkommt. Des hab ich mir gemerkt, also dachte ich mir, ich versuche es erst mal hier, ist ja auch nicht weit weg. Wenn ihr hier nicht gewesen wärt, wäre ich rausgefahren zum Djingos."

„Du hast echt schon was gelernt von der Gerda", meint Basti anerkennend.

Max sieht ihn entrüstet an: „Ich war fei schon Polizist, als die Gerda noch nicht mal Krimis gelesen hat! Bloß weil sie letzte Woche eine Leiche gefunden hat –"

„Vor allem hat sie dann einen Mörder gefunden", gibt Flora zu bedenken.

Max nickt zögernd, und Flora meint nun: „Apropos Polizist – du hast ja da ganz andere Möglichkeiten als wir, ein Alibi zu prüfen." Sie erklärt ihm, was sie gerade wegen Ben und seinem Alibi besprochen haben, und endet: „Das könntest du doch rausfinden, oder? Ihr müsst wegen der Vergiftung doch eh die Leute befragen, die bei diesem Business-Event waren, da könntest du auch beiläufig nach Ben fragen, ob den da einer gesehen oder gesprochen hat, wie lange er da war und so."

Max schaut nicht begeistert: „Also, den Ben finde ich jetzt nicht sonderlich verdächtig. Und außerdem, des Business-Event mache ich ja eigentlich gar nicht, des bearbeitet die Miri."

Flora grinst ihn an: „Die ist doch bestimmt froh, wenn ein netter Kollege ihr da etwas unter die Arme greift, oder? Und sie findet es sicher aufregend, wenn ihr Fall etwas zu einem Alibi in dem Mordfall beiträgt."

Max freundet sich sichtlich mit dem Gedanken an: „Na ja, okay, könnte ich vielleicht machen …"

„Dann mach mer's so", entscheidet Gerda. Sie zieht ihr Handy aus der Tasche und fängt rasch an zu tippen. Schließlich nickt sie zufrieden und steckt das Handy wieder ein.

„Was hast du denn jetzt gemessaged?", will Max wissen.

„Des mussd du ned wissn", Gerda sieht ihm fest in die Augen. „Es is besser, du waaßd nix davo. Wenn nix draus werd, is' ghubfd wie dubfd. Und wenn was draus werd, sag ich's dir soford."

Max zögert. Basti ermuntert ihn: „Du könntest doch einfach nochmal rüber in die Wirtschaft. Es sind wahrscheinlich noch Würste da. Und außerdem gab es Kürbis- und Käsebällchen mit verschiedenen Dips. Die könntest du doch versuchen, die sind bestimmt auch lecker."

Und Gerda setzt nach: „Auf in die Werdschafd, Max! Des muss mer dir doch sonsd ned exdra sagn!" Dann wendet sie sich an Charlie: „Wie wär's, begleidsd den Max in die Werdschafd? Die Würschd sind fei echd gud."

Charlie wirft ihr einen prüfenden Blick zu. Dann zuckt er die Achseln und schlägt Max auf die Schulter. „Also, auf zum Wurstfuttern und Bürgermeister-Ärgern!" Über die Schulter ruft er noch: „Ihr könnt natürlich bleiben, so lange ihr wollt." Gerda nickt zufrieden.

Flora wundert sich: „Warum haben Sie Charlie denn jetzt auch noch rauskomplimentiert? Aus seinem eigenen Haus? Der ist doch wirklich kein Verdächtiger, oder?"

Gerda legt den Kopf schief: „Der Dscharlie machd gern a Schou, der erzähld die Leud Sachn, damids schdaunen und lachn. Und da vergissd er scho amol, dass was vlleichd eher verdraulich wär. Und womöglich däd er sich auch neimischn. Also, es is besser, mir haldn ihn da raus."

Dann wiederholt Basti Max' Frage: „Was hast du denn jetzt gemessaged?"

Er bekommt dieselbe Antwort: „Des mussd du ned wissn."

Flora erinnert sich: „Sie wollten dem Fahrer eine Message schicken?"

Gerda nickt, und Basti schüttelt den Kopf: „Das hat die Polizei doch schon versucht, ohne Erfolg."

„Ich bin ja aa ned die Bolizei. Und ich logg ihn hald a weng, dass er sich mid mir dreffn will."

Basti schaut besorgt: „Deswegen muss ich sehr wohl wissen, was du ihm geschrieben hast, schon aus Sicherheitsgründen. Wenn wir dann auf ihn warten –"

„Ned *wir*, sondern *ich*. Des is nix für euch. Mir könna doch da ned als a ganze Hordn durch den Wald drambln, da machsd ja die Reh scheu – und den Fahrer aa."

„Durch den Wald?" Basti starrt Gerda stirnrunzelnd an.

Sie zuckt die Achseln: „Hald da bei der glaan' Kabelln. Des is a guder Dreffbungd, da is edsd in der Nachd schö ruhig, und kaane Leud drambln umanand. Im Dorf oder in am Haus, da wird er woascheins ned hiwolln. Und er kanns auch findn – der kummd ja aus Münchn, der kennd sich hier ned aus, aber da war er ja schbaziern, had er dem Dschingo erzähld. Also schau ich, ob er sich da um Middernachd mid mir driffd."

Basti starrt sie an: „Du willst dich um Mitternacht im Wald mit einem verdächtigen Typen treffen, der auf der Flucht vor der Polizei ist?"

„Mach ned so a Drama, Basdi. Der is ned so sehr auf der Fluchd vor der Bolizei, sondern vor seim Schef. Und wenn er sich vo der Messidsch loggn lässd, is er aa ned so bsonders hell, mid dem werd ich logger ferdich."

Basti sieht Gerda an: „Du gehst da nicht alleine hin. Wenn du schon dahin musst, dann komme ich mit."

Gerda wirft ihm einen prüfenden Blick zu. Dann erkennt sie wohl, dass Basti in diesem Punkt nicht nachgeben wird, und zuckt die Achseln.

„Ich komme auch mit", erklärt Flora nun entschlossen.

Als Basti protestieren will, lässt sie ihn nicht zu Wort kommen: „Zu zweit kann euch immer noch was passieren, wenn das zum Beispiel ein großer, starker Typ ist. Aber zu dritt, da ist man deutlich sicherer. Drei auf einmal kann er nicht mehr im Blick behalten, im Zweifelsfall."

Basti zögert, doch Gerda sagt nun: „Des Madla had rechd. Na gehn mer hald doch zu dridd."

Basti seufzt, doch es ist eindeutig ein Rückzugsgefecht, als er nun fordert: „Aber du musst uns wirklich sagen, womit du ihn „gelockt" hast in deiner Message, damit er kommt. Wir müssen doch wissen, was los ist, damit wir richtig reagieren können."

Als Gerda immer noch zögert, sagt Flora ehrlich: „Wir sind halt neugierig …"

Zu ihrer Überraschung wirkt das, und Gerda streckt ihr stumm ihr Handy hin. Flora liest, während Basti ihr über die Schulter schaut: *Hallo Werner, ich weiß Bescheid über deine Extratouren, aber mach dir keine Sorgen, ich verrat nix. Wir müssen uns aber treffen. Heute um Mitternacht an der kleinen Kapelle am Waldrand, wo du heut spazieren warst. Djingo."

„Extratouren?", fragt Basti verwirrt.

Gerda zuckt die Achseln. „Is a Schuss ins Blaue, aber irgndwas wird scho dro sei. Vlleichd beißd er, vlleichd ned."

Basti schaut unzufrieden, erkennt aber offensichtlich, dass Nachbohren zwecklos ist.

Flora fragt stirnrunzelnd: „Warum haben Sie das mit *Djingo* unterschrieben?"

Gerda zuckt die Achseln. „Wenn ihn da a unbekannde Frau Obmüller oofungd, is er missdrauisch. Aber den Dschingo kennd er, mit dem war er in der Gneibn."

„Aber es kommt ja von deiner Nummer", überlegt Basti. „Und wenn er Djingos Nummer kennt –"

„Manche Leud ham aa mehrere Händis, oder mehrere Nummern, der Dschingo könnerd ja so aner sei."

Flora schaut auf ihre Uhr. „Bis Mitternacht sind es noch gut drei Stunden", seufzt sie ungeduldig.

„Wir müssen ihm ja auch etwas Zeit lassen, dahin zu kommen", meint Basti. „Falls er das überhaupt schafft. Und falls er will."

„Ich deng scho, dass der in der Näh bliebn is. Weiter weg hädd er irgndan Dransbord nudsn müssen, und da wär er aufgfalln. Und auf die Messidsch hin könnd er scho herkomm'. Woascheinds is ihm eh langweilig, der ko ja nix machn."

Dann geht sie zu einem Regal an der Wand und zieht einen Karton und ein dickes, abgegriffenes Wörterbuch heraus: „Und damids uns ned aa langweilig wird, schbieln mir derweil a boa Rundn Skräbbl."

Basti seufzt.

„Magst du kein Scrabble?", fragt Flora.

„Doch, eigentlich schon, aber Oma Gerda gewinnt immer so haushoch."

„Ich bin auch ganz gut in Scrabble", sagt Flora selbstbewusst. Doch Gerda ist wirklich eine harte Nuss. Das erste Spiel gewinnt sie. „Aber lange nicht so hoch wie sonst", kommentiert Basti, der die Punkte aufschreibt, schadenfroh.

Mit rauchenden Köpfen spielen sie weiter. Schließlich nutzt Gerda das Wort „Tat" zum Anlegen links und rechts und legt „qualitativ" so, dass sie auf den dreifachen Wortwert kommt. Da sie alle sieben Steine verwendet hat, bekommt sie auch noch die 50 Extrapunkte. Frustriert schiebt Basti den Stift

beiseite. „Das sind so viele Punkte, davon explodiert mein Gehirn", beschwert er sich. „Und warum soll ich das noch ausrechnen, die Oma Gerda hat auf jeden Fall gewonnen."
Gerda wirft nun einen Blick auf die schöne große Standuhr aus hellem Holz. „Mir sind zwar noch ned ganz ferdig mid dem Schbiel, aber mir solldn uns langsam vorbereidn."
Sie geht voran zu einem Schuppen hinter dem Haus. Drinnen zeigt sie auf einen Haufen Gerätschaften in einer Ecke: „Des is die Ausrüsdung für unsere Ausflüch zu den Höhln in die Fränggische."
Basti erklärt: „In der Fränkischen Schweiz gibt es jede Menge interessante Höhlen. Nicht nur so große Schauhöhlen, wo man mehr oder weniger in Badeschlappen durchlatschen kann, sondern auch so richtige, die man nur mit Vorbereitung und Ausrüstung und so begehen kann. Halt richtiges Höhlen, das ist ein Hobby von Oma Gerda und Charlie."
„Edserd brauch mer aber nur die Lambn." Gerda fischt drei Stirnlampen von dem Haufen und drückt eine davon Flora in die Hand. Das Ding wirkt ziemlich durchgeschwitzt, und sieht auch sonst nicht sehr sauber aus, mit braunen Flecken, vermutlich Höhlenschlamm oder sowas.
Hastig sagt sie: „Ich brauche das gar nicht, ich nehme einfach die Taschenlampenfunktion von meinem Smartphone."
Gerda schüttelt den Kopf: „Mir wissn ned, wie lang mer da wardn müssn. Nacherd gehd dir dein Aggu middn im Wald in die Gnie, und du schdehsd im Dungln. Die Dinger hier leuchdn ewig."
Da sie nicht ganz unrecht hat, steckt Flora die Stirnlampe dann doch in ihre Jackentasche, und sie brechen auf.

# Fahrer-Fangen

Der Wald liegt still und dunkel da.

Wirklich dunkel. Hier gibt es weit und breit keine Straßenlampen, und Häuser sind auch nicht in der Nähe.

Angespannt sieht Flora sich um. Überhaupt kein Grund, Angst zu haben, versucht sie sich selbst Mut zu machen. Das hier ist einfach ein friedliches kleines Wäldchen bei einem netten fränkischen Dorf. Wenn es ein warmer Sommerabend wäre, dann würde sie hier womöglich sogar alleine herkommen, um nett im Grünen spazieren zu gehen, fröhlich beschwingt, ganz ohne Angst.

Aber an einem Sommerabend wäre es halt auch nicht so dunkel ...

Immerhin ist sie ja nicht alleine. Gerda geht ein gutes Stück voran, und irgendwo hinter Flora folgt Basti.

Jetzt ist sie doch froh über die Stirnlampe, auch wenn die nur ein winziges Löchlein in die Dunkelheit macht.

Nun wird der Wald weniger dicht, sie nähern sich vermutlich ihrem Ziel. Ein Mond ist nicht zu sehen, aber dafür umso mehr Sterne. Jede Menge Sterne, die in der Dunkelheit ringsum super zu sehen sind. Sie spenden kein Licht, das es hier unten nennenswert hell machen würde, aber sie funkeln einfach toll.

Der ganze, weite Himmel voller Sternenlicht – so einen schönen Nachthimmel hat sie schon lange nicht mehr gesehen ...

Flora schaut in den Sternenhimmel und staunt.

Und läuft voll gegen Gerda, die nun stehen geblieben ist. Sie sind bei der Kapelle angekommen.

Flora stößt einen kurzen Überraschungslaut aus, legt sich dann aber schnell die Hand auf den Mund. Gerda hält warnend die rechte Hand hoch und legt die linke auf die Lippen.

Flora verspürt einen wilden Impuls, jetzt zu reden – irgendwas, belangloses Geschwätz, einfach nur reden, gegen die Dunkelheit, die Stille, ihr Unbehagen – aber das verkneift sie sich. Sie muss den Mund halten und sich leise bewegen, wie die beiden anderen. Wer weiß, sonst haut der Fahrer ab, bevor sie ihn überhaupt treffen. Wenn er denn kommt …

Nun schließt auch Basti auf und Gerda bedeutet ihnen, die Stirnlampen auszuknipsen. Sie selbst lässt ihre an. Flora erkennt, dass das Sinn macht: Wenn da drei Typen auf ihn warten, dann kommt der Fahrer wahrscheinlich gar nicht erst näher. Aber eine einzelne älterer Frau, das würde ihn wahrscheinlich kaum verschrecken.

Schweigend lauschen sie nun in die dunkle Umgebung hinein.

Auch wenn es ringsum eigentlich still ist – nach einer Weile hört Flora immer mehr kleine Geräusche. Nicht weil es lauter wird, sondern weil sie hellhöriger wird. Der Wind raschelt leise durch die Blätter, hin und wieder knackt irgendwo leise ein Ästchen, und etwas brummt und summt, vielleicht ein verspäteter Käfer …

Doch auf einmal ein lautes Krachen, ein schwerer Körper, irgendwo im Unterholz im Wald, nicht weit weg.

„Gibt's hier Wildschweine?", fragt Flora verängstigt. Sie hatte mal bei einem Spaziergang ein Erlebnis mit einer wütenden Bache ...

Aber Gerda urteilt: „Na, des is ka Wildsau – die fluchn ned."

Jetzt hört Flora es auch – „Scheißgebüsch", „verdammte Dunkelheit!"

Sehr laut ruft Gerda in Richtung der Geräusche: „Werner? Mir warn verabreded. Ich bin hier!"

Automatisch weichen Basti und Flora an den Waldrand zurück, sodass man erst mal nur Gerda sieht.

Ein großer Mann mit ziemlich dickem Bauch kommt aus dem Wald gestolpert. Er blinzelt misstrauisch in das Licht von Gerdas Stirnlampe: „Sie sind aber nicht der Djingo!"

Nun bemerkt er auch Basti und Flora und starrt in ihre Richtung. Viel kann er vermutlich nicht sehen, er selbst hat offenbar kein Licht.

Basti tritt vor und nennt seinen Namen, Flora folgt seinem Beispiel.

Automatisch murmelt auch der Fahrer: „Ich bin der Werner."

Schließlich erklärt Gerda: „Ich bin die Gerda, ich hab Ihna die Messidsch gschriebn."

Flora erwartet weitere Nachfragen von Werner, aber den beschäftigt offenbar hauptsächlich eine Sache: „Woher haben Sie das mit meinen Extratouren gewusst?"

„Ich waaß a Menge Sachn", raunt Gerda geheimnisvoll. Werner starrt sie an.

Sie fährt fort: „Wenn so a Verbrechn bassierd, wie a Diebschdahl, dann kummd hald alles Mögliche drumherum ans Dageslichd. Wie Eggsdradourn hald."

Werner nickt unglücklich. „Weiß es der Konny auch? Mein Chef?"

„Noch ned", erklärt Gerda und sieht ihn fest an.

Eine lange Pause entsteht.

„Es ist ja nicht wirklich so echt – kriminell", meint Werner dann verteidigend. „Jedenfalls das meiste nicht. Am Anfang überhaupt nicht."

Gerda sagt nichts, sieht ihn nur stumm immer weiter an.

Da bricht es schließlich aus ihm heraus: „Ich konnte eigentlich gar nicht richtig was dafür, ich bin da so reingerutscht. Da war halt ein Kunde, der wollte was haben, so ne ganz spezielle asiatische Gewürzpaste, und auch so Meereszeugs, was der Konny nicht hatte. Aber ich kannte einen von früher, der hatte sowas, also hab ich dem Kunden das besorgt und hab es ihm auf der nächsten Tour mitgebracht. Ein kleiner Gefallen halt, man hilft ja gerne."

„Gegn a glane Aufwandsendschädigung, schdell ich mer vor", meint Gerda ironisch.

„Klar, ich hatte ja auch Aufwand. Und der Kunde war total happy, und – na ja, dann habe ich sowas immer öfter gemacht, und den Leuten dann auch angeboten. Und die Nachfrage war mega. Meine Preise waren halt gut. Ich bin kaum noch nachgekommen, hab's kaum noch geschafft, die Ware herzukriegen – "

„Und da ham'S' dann auch immer öfder was von Ihrm Schef ‚ausgliehn' – und dann sind'S' hald nimmer dazu kumma, des zrüggzudun, schdimmd's?"

Werner schaut unglücklich drein.

Erstaunt fragt Flora: „Aber hat Ihr Chef das denn nicht gemerkt?"

Unbehaglich meint Werner: „Na ja, dafür hab ich dann halt schon Sachen anpassen müssen, um Ärger zu vermeiden …"

Gerda übersetzt: „Also ham'S' a weng die Bücher gfälschd, oder die Dadensäds am Däbled, oder was des hald heudzudag is."

Werner seufzt: „Das ist sehr unfreundlich formuliert. Ich versuch doch bloß, über die Runden zu kommen … Woher wissen Sie das alles überhaupt? Hat der Konny Sie beauftragt, mir hinterherzuspionieren?"

„Naa, ich kenn Ihrn Schef überhaubds ned. Aber wenn'S' so an Bammel vor ihm ham, dass Sie abhaun, dann ham'S' was vor ihm zu verberng. Was des genau für Eggsdradurn warn, des hab ich ned gwussd. Des häd viel sein könna, vom Glaun oder Schmuggln bis zu am Drogenlieferdiensd."

Werner schaut interessiert: „Drogenliefern? Daran hatte ich noch gar nicht gedacht – "

Gerda funkelt ihn an: „Du lernsd wohl überhaubds nix, Bürschla? Hasd doch edserd scho Schererein gnug! Aber was glaubsd, wennsd dich mid Drogngaunern eilässd – da kommsd ned bloß in Schwierigkeidn, wennsd vesuchsd, dein' Schef zu bscheißn, da kommsd aufn Friedhof."

Dann fügt sie an: „Aber morng früh kummsd erschd amol mid zur Bolizei."

„Nicht zur Polizei!" Werner will wegrennen, doch Gerda hält ihn an beiden Handgelenken fest. Es scheint zu funktionieren. Er scheut wohl davor zurück, mit einer älteren Dame zu raufen. Oder vielleicht ist auch Gerdas Griff um seine Handgelenke richtig fies und eisern, Flora traut ihr das durchaus zu.

„Edserd deng amol nach. Wie lang willsd noch davorenna? Des bringd doch nix. Je eher du dich schdellsd, desdo eher kann mer alles glärn. Du hasd den Lasder doch ned glaud, oder?"

Werner schüttelt heftig den Kopf: „Nein, ich hab keine Ahnung, wer das war, und wo das Ding jetzt ist. Deswegen ist das ja so blöd – also, wenn die ihn vielleicht zu früh finden, dann hab ich ein Problem."

„Zu früh?"

„Mir sind gestern Nachmittag ein paar Aufträge ausgefallen, von den Extra-Lieferungen, sozusagen. Deswegen war ich ja schon um zwei da statt erst abends. Wenn bei so ner Extra-Lieferung einer kurzfristig abspringt und ich auf dem Zeug sitzenbleibe – na ja, bei der Polizei kann ich mich dann natürlich nicht beschweren. Und wenn sie den Laster schnell finden – also, wenn der Dieb den bis dahin leer geräumt hat, ist alles okay. Aber wenn nicht – es ist halt so: Wenn zu *wenig* drin ist, dann kann ich immer sagen, das war der Dieb. Aber wenn zu *viel* drin ist – wie soll ich das erklären?"

Basti meint: „Es ist trotzdem immer besser, reinen Tisch zu machen."

Werner sieht ihn zweifelnd an: „Also, wenn der Tisch an sich schon aus dreckigem Holz ist …"

Streng fragt Gerda: „Was für an Dregg hasdn noch am Schdeggn?"

Werner zögert, doch schließlich seufzt er und zuckt die Achseln: „Ach, ist ja auch schon egal. Also, ich bin mir nicht mehr ganz sicher, ob ich den Laster tatsächlich abgeschlossen hatte. Der Polizei hab ich natürlich versichert, dass ich das getan habe. Aber ich kann mich nicht mehr so genau erinnern – als wir mit dem Ausladen für die Sachen vom Djingo fertig waren, da hab ich das mit der Kneipe in Forchheim überlegt, und – also ob ich da jetzt wirklich voll abgeschlossen habe, weiß ich echt nicht. Vielleicht ja auch nicht ..."

„Aber dann muss man den Laster ja auch starten können", überlegt Basti. „Dazu braucht man doch einen Schlüssel, oder ist das so ein modernes Ding, wo alles nur noch über Elektronik geht?"

„Nee, das ist schon noch so ein klassisches Modell mit Schlüssel. Aber", er zögert unbehaglich, „ich hab halt immer einen Ersatzschlüssel im Handschuhfach."

„Wozu?", fragt Flora erstaunt. „Wenn Sie den Schlüssel verlieren, dann nützt Ihnen der Ersatzschlüssel *im* Auto doch auch nichts, oder? Da kommen Sie dann ja nicht dran."

Verteidigend meint Werner: „Ja, schon, aber der Chef hat uns die Ersatzschlüssel aufgedrückt, der wollte sie nicht im Büro liegen haben, wegen Sicherheit und so. Und ich hatte irgendwie ein ungutes Gefühl, wenn der Schlüssel bei mir zu Hause in meiner Wohnung rumliegt, deswegen wollte ich ihn lieber immer bei mir haben – halt auch wegen Sicherheit und so ..."

Flora rollt die Augen: „Na, das ist dann ja auch supersicher gewesen – für den Dieb. Das heißt, wer immer das Ding geklaut hatte, musste nicht mal ein Fachmann sein. Der konnte einfach die Tür aufmachen, sich umschauen, den

Schlüssel finden und starten. Ins Handschuhfach schaut man ja meistens so ziemlich als Erstes rein, und dann – voll easy."

„Dem haben Sie es wirklich leichtgemacht", Basti starrt Werner kopfschüttelnd an.

Werner starrt trotzig zurück: „Eben, das ist es genau, warum ich nicht zur Polizei will. Wenn *Sie* mich schon blöd anquatschen deswegen, was glauben Sie, was die bei der Polizei da erst sagen werden?" Ein Gedanke lässt ihn erblassen: „Und mein Chef erst! Der Konny tut immer so, *wir alle sind Kumpels* und so, aber der kann richtig fies werden."

Flora überlegt nüchtern: „Also, nach dieser Geschichte jetzt, da wird Ihr Chef insgesamt nicht gerade happy sein, selbst wenn er gar nicht die ganze Story rausfindet. Da wäre es vielleicht sowieso das Beste, sich einen neuen Job zu suchen."

Tröstend meint Basti: „Lastwagenfahrer sind ja sehr gesucht zurzeit, da finden Sie bestimmt schnell was Neues."

Werner seufzt tief auf.

Einen Moment lang schweigen alle.

Nun fällt wieder auf, wie still es um sie herum ist.

Doch plötzlich – ein dunkles Rumoren.

Werner fährt sich entschuldigend über den Bauch: „Ich hab seit heute Morgen nichts mehr gegessen – ich hab Hunger! Ich hab mich ja nicht getraut, irgendwo was zu kaufen, falls sie mich schon per Steckbrief suchen."

Gerda erklärt Werner streng: „Du kriegsd was zum Essn, aber morgen früh gehsd mid zur Bolizei, damid die ned länger nach dir fahndn müssn. Wasd dena erzählsd, oder ned, is dei Sach, erschd amol. Aber des ewige Wegrenna had kan Sinn ned, irgendwann mussd dich eh schdelln."

191

Flora fügt an: „Und nach mehr als einem Tag jetzt ist der Laster bestimmt auch auf jeden Fall leergeräumt, da kommen Sie nicht mehr in – Bilanzschwierigkeiten."

Werner schaut nicht begeistert, macht schließlich aber ein vage zustimmendes Geräusch.

Gerda überlegt kurz: „Bei mir daham gehd's ned, in der Küchn schaud's immer noch aus wie d'Sau, und des Wasser leffd noch ned. Also gehn mer zum Dscharlie."

Flora wirft einen Blick auf ihre Armbanduhr. „Jetzt? Aber es ist schon fast halb eins. Müssen Bauern nicht früh ins Bett, weil sie früh rausmüssen?"

Gerda meint: „Der Dscharlie is ja nur noch a Halbdagsbauer. Obwohl, im Bed is er woascheinds scho, so gegen elfe machd er meisdns Schluss, und die Bürchermasder-Sausn woa ja nur bis zehne. Aber des machd nix, da gehn mer edsd droddsdem hi."

„Sie schmeißen also Charlie aus dem Bett und präsentieren ihm einen fremden, gesuchten Flüchtigen, dem Sie in Charlies Küche was zu essen machen wollen?"

Gerda sagt ungerührt: „Der Dscharlie kann des ab."

# Mitternachtssnack
# im Geisterhaus

Als sie im Hof vor Charlies Haus stehen, überlegt Gerda:
„Ich hab ja an Schlüssl, aber mir klingeln edserd doch besser.
Weil, wenn mir so reingehn und der Dscharlie erschriggd
sich, dann kommd er womöglich mid der Flindn.“
Flora starrt sie erschrocken an: „Charlie hat ein Gewehr?
Und das würde er dann benützen?“
Basti nickt langsam: „Na ja, wenn er nachts Lärm im Haus
hört und denkt, da bricht jemand ein – andere nehmen da
halt eine Bratpfanne oder sowas.“
„Also, eine Bratpfanne ist schon irgendwie deutlich weniger
tödlich als ein Gewehr.“
„Der Dscharlie däd nie wergli auf jemand schießn, der is
a voller Bazifisd. Aber a Gwehr däd an Einbrecher scho
orndlich derschreggn. Und im Nodfall kannsd es ja auch
nuddsn wie a Bfanne: mim Kolbn einfach an übern Schädl.“
Flora setzt an, etwas zum Thema „Pazifist“ zu erwidern, aber
dann lässt sie es doch bleiben.
Gerda legt nun den Finger an den Klingelknopf und warnt:
„Ned derschreggn!“
Bevor Flora fragen kann, *wovor* sie nicht erschrecken soll –
erschrickt sie.
Ein langgezogener, schriller Schrei zerreißt die Stille auf dem
Hof, ein zeichenblattgroßes Display neben der Tür leuchtet
gleißend grell auf. Ein weiß wallendes Gespenst mit einem

riesigen, grünlichen Gesicht und vielen spitzen Zähnchen im Mund grinst sie boshaft an und tönt mit kieksender Stimme: „Der Charlie hat sich schon zurückgezogen, hier macht heute Nacht keiner mehr auf. Hier gibt's nur noch mich, den bösen Geist des Hauses! Harharharhar!" Mit einem wahrhaft geisterhaften, hohlen Lachen dreht das Gespenst sich um und weht davon, ist schließlich nur noch ein kleiner weißer Punkt, der dann ganz verschwindet.

Basti kommentiert grinsend: „Also, der Charlie ist schon ein echter Kindskopf. Das Programm habe ich noch gar nicht gekannt."

„Er hat auch noch andere?", fragt Flora.

Basti nickt: „Mit Fledermäusen und Draculas und Werwölfen und Zombies, und was weiß ich. Der Charlie ist ziemlich kreativ."

Gerda erläutert: „Wenn der Dscharlie ins Bed gehd, na schdelld er des oo."

Auch Werner ist sichtlich erschrocken. Halb geschockt, halb bewundernd meint er: „Mann, hier in Franken auf dem Land habt ihr echt krass was drauf, da ist es in München fast langweilig dagegen."

Basti schmunzelt: „Das hätte jetzt den Max gefreut."

Doch nun geht die Tür auf. Charlie steht vor ihnen, das lange graue Haar zerzaust, über einem roten Pyjama trägt er einen knallblauen Bademantel mit lauter kleinen Snoopys drauf. Er wirkt nicht sonderlich überrascht, sie zu sehen, und Flora erinnert sich: Er kann auf seiner Handy-App sehen, wer klingelt. Jedenfalls wirkt Charlie sehr gelassen, wenn man die Umstände bedenkt.

Er tritt mit einem etwas müden, aber freundlichen Lächeln beiseite: „Kommt rein."

Gerda erklärt: „Der Werner hier brauchd was zum Essn und an Schlafblads für die Nachd."

Drinnen marschiert sie schnurstracks zum Gefrierschrank. Dann hält sie inne und fragt über ihre Schulter: „Reis mit Rahm-Bilzn, Nudln mit Bolonäse oder Rouladn mit Glöß'?" Werner kapiert erfreut, dass er sich was aussuchen soll, und wählt die Nudeln.

Gerda zieht eine Tüte und eine Glasbox aus dem Tiefkühler und schiebt sie in die Mikrowelle.

Während das Essen wärmt, setzt sich Gerda Werner gegenüber und sieht ihn an: „Ich hab noch a boa Fragn."

„Alles, was Sie wollen", versichert Werner.

„Du woarst ja scho um zwaa beim Dschingo. Was hasdn dann gmachd? Hasd jemand droffn?"

Werner nickt. „Ich hab ja gehofft, dass jemand da ist, damit ich meine Lieferung machen und wieder abhauen kann, dann hätte ich richtig früh Feierabend gehabt, wäre auch mal schön. Aber der Djingo war ja nicht da, und die anderen konnten mir nicht helfen, also musste ich warten."

„Die andern?"

„Erst war da so einer in dieser alten Küche neben dem zweiten Lagerraum."

„Der Ben?", fragte Basti nach.

Werner zuckt die Achseln: „Er hat nicht gesagt, wie er heißt, aber er hat mir ein Würstchen zum Probieren angeboten, das war in so einem Brotteig eingebacken."

„Also war es der Ben", nickt Basti.

„War sehr lecker, aber er wusste nicht Bescheid über die Lieferung und hat gemeint, ich sollte am besten auf den Djingo warten, oder vielleicht jemanden vom Restaurant fragen. Also bin ich Richtung Restaurant gelaufen, da ist einer davor rumgeschlendert."

„Wer war das?"

„Keine Ahnung, aber er hatte so einen komischen Dialekt, irgendwie – schon ziemlich deutsch, aber eben – ein Dialekt."

„Ein Schweizer vielleicht?", fragt Flora gespannt.

„Ja, genau, das war Schweizerisch, die haben ja so einen sanften Singsang, und dazwischen immer mal wieder so röchelnde Laute. Ja, das war eindeutig ein Schweizer."

„Also Urs", folgert Flora. „Und, was hat der gesagt?"

„Der konnte mir auch nicht wirklich weiterhelfen. Aber zumindest wusste er, dass keiner von den anderen da ist, weil die wohl alle frei hatten. Also brauchte ich mir nicht die Mühe zu machen, noch lange rumzusuchen. Ich bin dann in der Gegend spazieren gegangen und schließlich bei dieser netten kleinen Kapelle am Waldrand gelandet, wo wir uns vorhin getroffen haben. Da habe ich mich dann eine Weile hingesetzt."

Flora fragt nun nach: „Wie war denn der Schweizer drauf – war der fröhlich, oder schlecht gelaunt, oder wie?"

„Nervös war der, total nervös. Ist die ganze Zeit auf den Füßen rumgewippt. Er ist auch ziemlich erschrocken, als ich ihn von hinten angesprochen habe – da ist er rumgefahren und hat mich angestarrt."

Charlie stellt einen großen Krug seiner selbst gemachten Limonade auf den Tisch. Und das *Ping* der Mikrowelle kündigt an, dass die Nudeln und die Soße aufgewärmt sind. Nachdem Gerda ihm das Essen auf einem großen Teller serviert hat, fängt Werner an reinzuschaufeln: „Mann, tut das gut!", schmatzt er verzückt.

Aus ihm ist jetzt vermutlich nicht mehr viel rauszuholen. Die anderen diskutieren leise die neue Info.

Flora meint: „Das heißt, da war irgendwas, der Urs hatte offenbar vor etwas Angst."

Kritisch wendet Basti ein: „Aber wohl nicht so viel, dass er zur Polizei gegangen wäre."

Flora schüttelt den Kopf: „Wieso sollte er denn zur Polizei gehen?"

„Na, wenn er Angst hatte?"

„Das muss ja nichts Kriminelles gewesen sein. Kann doch sein, dass er einfach nur nervös war wegen – was weiß ich, vielleicht wollte er sich heimlich treffen mit einem Konkurrenten von Djingo, der ihn abwerben wollte? Dann würde er auch zusammenzucken, wenn ihn jemand plötzlich anspricht, weil er Angst hat, dass Djingo Wind von solchen Verhandlungen bekommt."

„Des is a guhde Deorie", Gerda nickt beifällig. „Aber warum is der Urs dann schburlos verschwundn und meld' sich nimmer? Wenn er wergli zu am andern Resdorang gehd, dann muss er des doch eh bekanndgebn."

Basti spekuliert nun: „Oder vielleicht hatte er ja einfach Angst, dass irgendwelche dubiosen Geldeintreiber ihn beim Djingos erwischen könnten und – na ja, irgendwas Unangenehmes mit ihm machen. Da wäre es vielleicht schlauer, schon vorher zur Polizei zu gehen, um sich beschützen zu lassen – aber die meisten Leute sind dann wahrscheinlich eher nicht so schlau. Sonst hätten sie sich eh kein Geld von solchen Typen geliehen."

Wieder nickt Gerda beifällig: „Auch a guhde Deorie. Aber dann wär er ned nur nervös gwesn, sondern häd richdig Angsd ghabd."

Sie wendet sich an Werner, der mit Nudelnschaufeln beschäftigt ist: „Der Schweizer, had der richdig an Bamml ghabd, echd Angsd?"

Werner hält kurz inne. Während er einen großen Haufen Nudeln auf der Gabel balanciert, denkt er darüber nach. Er setzt an, die Schultern zu zucken, lässt es dann aber angesichts des prekären Gleichgewichts der aufgetürmten Nudeln lieber bleiben. „Also, es war jetzt nicht so, dass er geschlottert hätte vor Angst. Mehr nur so – ein bisschen angespannt. Nervös, eben." Dann schiebt er vorsichtig die Gabel voll Nudeln in den Mund und kaut.

Gerda überlegt kurz, dann steht sie auf: „Des wern mer heud nimmer lösn. Mir gehn edserd am besdn schlafn."

Sie wendet sich an Charlie, der in seinem Snoopy-Bademantel bequem zurückgelehnt dasitzt und alles interessiert verfolgt hat.

„Hasd du für den Werner a Blädsla zum Schlafn?"

Als Charlie nickt, kündigt Gerda an: „Und morgn um zehne, da holn mir den Werner ab, und nehm' ihn mid auf die Wachn."

Gähnend korrigiert Charlie: „Du meinst, *heute* um zehn."

„Schdimmd. Desweng müss mehr edserd wergli schlafn gehn."

„Eine sehr schöne Idee; so eine lange, ungestörte Nachtruhe ist was Feines", Charlies Stimme trieft vor Ironie.

Aber das tropft an Gerda natürlich ab. Sie beugt sich zu Charlie hinüber und flüstert ihm etwas ins Ohr. Er nickt mit derselben Gelassenheit, mit der er auch alles andere bei seinen nächtlichen Besuchern hingenommen hat. Gerda winkt Flora und Basti ungeduldig und verlässt das Zimmer. Nachdem sie sich bei Charlie bedankt und verabschiedet haben, folgen sie Gerda nach draußen.

Neugierig fragt Basti: „Was hast du denn dem Charlie ins Ohr geflüstert?"

Gerda grinst: „Des würdsd gern wissn, was?"

Basti und Flora finden sich damit ab, dass Gerda es ihnen bestimmt nicht sagen wird.

Doch da zuckt sie die Achseln: „Ich hab ihm bloß gsagd, er soll aufn Werner aufbassn. Dass der in der Früh noch do is, wenn mern abholn."

„Meinst du, der würde doch noch mal abhauen?", fragt Basti.

Flora nickt nachdenklich: „So wirklich Lust hat der nicht, zur Polizei zu gehen. Kann ich irgendwie verstehen. Wenn sich die Gelegenheit bieten würde, dann würde er womöglich wieder die Fliege machen."

„Aber dem Dscharlie kummd er ned aus", meint Gerda zuversichtlich. Dann läuft sie noch zügiger voraus: „Also, mir machn edserd nach Haus!"

# Herrenbesuch vorm Frühstück

Gefühlte fünf Minuten nach dem Einschlafen trötet die Wohnungsklingel durch Floras schlaftrunkenes Hirn. Sie hofft, dass sie das vielleicht nur träumt – aber dann fällt ihr ein: das Paket aus Hamburg! Das mit dem Spezial-Kaffee, den sie bestellt hat, das sollte doch heute ankommen! Weil das Paket ziemlich groß und schwer ist, lässt sie es sich direkt hierher liefern. Diese Lieferung will sie nicht verpassen, obwohl sie hundemüde ist.

Sie springt schnell aus dem Bett, wirft sich den weißen Fleece-Bademantel über und eilt zur Tür. Dann drückt sie den Öffner für die Haustür und wartet, während sie versucht, ihr schlafzerzaustes Haar etwas glattzustreichen.

Sie hört rasche Schritte die Treppe hinaufeilen. Ein flotter Postbote, wie es scheint.

Bevor sie die Wohnungstür aufmacht, wirft sie vorsichtshalber noch schnell einen Blick durch ihren Türspion – und fährt zurück wie von einer Wespe gestochen.

Gordon!

Sie hätte es wissen müssen, nach dem Anruf ihrer Mutter – aber irgendwie hatte sie gehofft – na ja, unangenehme Sachen verdrängt man halt gern. Und ihr Ex-Mann gehört dazu.

Während sie noch entsetzt die Tür anstarrt, ruft es von draußen: „Ich hab dich gehört, Flora! Du kannst ruhig aufmachen."

Sie zögert kurz. Aber dann kommt sie sich doch albern vor, sich hier schweigend hinter der Tür zu verstecken und mit angehaltenem Atem zu lauschen, bis Gordon sich wieder verzieht. Außerdem würde er dann zurückkommen, immer wieder. Er kann verdammt hartnäckig sein.

Sie reißt die Tür auf – so plötzlich und so schnell, dass Gordon, der sein Gesicht zum Lauschen ganz nahe an die Tür gebracht hatte, überrascht wird und beinahe in die Wohnung fällt.

Eins zu null für mich, denkt Flora befriedigt, als sie sein erschrockenes Gesicht sieht.

Aber erstens ist das kindisch, und zweitens ist es genau gerechnet mehr eins zu eins, weil er sie mit seinem Überraschungsbesuch ja schon erwischt hat, sozusagen.

Also versucht sie, möglichst würdevoll zu wirken – schwierig, so verschlafen, mit verstrubbeltem Haar und in einem himmelblauen Nachthemd mit viel zu weitem Fleecemantel darüber. Sie richtet sich trotzdem auf und sagt so kühl wie möglich: „Du hättest nicht gleich mit der Tür ins Haus fallen müssen, oder in die Wohnung. Aber wenn du jetzt schon mal da bist, komm rein. Da drüben ist das Wohnzimmer."

Sie deutet auf die geschlossene Tür, damit er vorausgeht, um sie zu öffnen. Hinten auf ihrem Fleece-Bademantel prangt nämlich ein großes pinkes Kätzchen mit Glitzersteinen, das muss er nicht unbedingt sehen.

Gordon grinst sie frech an: „Tja, dass du mich gleich ins Schlafzimmer einlädst, das hätte ich auch nicht zu hoffen gewagt."

„Ich habe dich überhaupt nicht eingeladen!", schnaubt Flora.

„Wenn du dich mal erinnerst: Das Letzte, was ich dir zum Thema Besuch gesagt hatte, war –"

*„Bleib mir bloß von der Pelle, sonst rufe ich die Polizei"*, zitiert Gordon grinsend und ohne jegliche Verlegenheit.

„Genau." Ein Impuls lässt Flora sagen: „Das gilt inzwischen sogar ganz besonders. Ich hab nämlich einen neuen Freund, Max, und der ist Polizist."

Gordon sieht sie überrascht und etwas unsicher an: „Wirklich? Oder behauptest du das jetzt nur so?"

„Wirklich", sagt Flora fest. Max ist inzwischen echt ein Freund, hat sie das Gefühl. Und wenn Gordon das ein kleines bisschen in eine bestimmte Richtung missversteht – sein Problem.

Nun marschiert Gordon tatsächlich zur Wohnzimmertür, öffnet sie und schlendert hinein. Er sieht sich neugierig um und lässt sich dann in einen der beiden Sessel fallen.

Flora lässt sich nach kurzem Zögern in den anderen Sessel sinken und sagt müde: „Ich hätte es wissen müssen. Nachdem meine Mutter dir dummerweise meine Adresse verraten hat, war klar, dass du sofort auf der Matte stehen würdest."

Gordon schüttelt den Kopf: „Überhaupt nicht *sofort*. Ich musste beruflich hierher, und ich bin schon Montagnachmittag angekommen, am Nürnberger Flughafen. *Albrecht-Dürer-Airport* – was für eine komische Idee, einen Flughafen nach einem Maler aus dem Mittelalter zu benennen."

Flora verspürt den altbekannten Drang, ihm zu widersprechen: „Wieso Mittelalter – wenn ich mich recht erinnere, war Dürer ein Maler der Renaissance?"

Gordon muss das natürlich so hinbiegen, dass er alles weiß und am Ende immer recht hat: „*Renaissance* ist jahreszahlenmäßig eh ein bisschen schwammig definiert, und es kommt auch darauf an, ob man Kunst, Architektur oder Wissenschaften betrachtet. Jedenfalls ist Dürer 1471 geboren, da war weltgeschichtlich noch Mittelalter. Da war Amerika noch nicht entdeckt – also, wenn man den klassischen Theorien mit Kolumbus und so Glauben schenkt. Und das mit dem Fliegen, das lag noch in weiter, ferner Zukunft."

Flora widerspricht: „Leonardo da Vinci hat um die Zeit aber schon Flugapparate gezeichnet."

„Okay, okay, aber Dürer nicht. Mit einem Hasen kann man nicht fliegen, und mit Betenden Händen auch nicht. Obwohl, wenn man sich vorstellt, wie die an allem sparen, sicher auch an der Wartung, vielleicht sollte man doch … Na ja, jedenfalls war ich nicht so begeistert von dem Flughafen, das war schon irgendwie widerlich."

„Widerlich?"

„In der Toilette, da war einer, der hat ein Waschbecken total vollgekotzt. Dann hat er getaumelt und den Kopf geschüttelt und gesagt: *Nee, so kann ich nicht fliegen, ich geh wieder heim.*"

„Das war ja immerhin vernünftig. Und der Flughafen kann nichts dafür, wenn einem schlecht wird."

„Stimmt. Aber irgendwie ist das jetzt halt das Bild, das ich vom Nürnberger Flughafen im Kopf habe: Wie da jemand …"

„Es reicht", Flora hebt die Hand. „Sowas will ich jetzt vor dem Frühstück überhaupt nicht so genau wissen."

„Frühstück!" Gordon strahlt sie an. „Klasse Stichwort. Ich hab heute noch nichts gegessen, ich wohn ja in so einem Apartment, und hab gestern nicht daran gedacht, was einzukaufen."

„In einem Apartment?" Flora runzelt alarmiert die Stirn. „Du bist aber nicht für länger da, oder?"

Gordon schüttelt den Kopf, und als Flora schon erleichtert aufatmen will, sagt er: „Nur für einen Monat. Das Berufliche wird ungefähr drei Wochen dauern, ich habe eine ganze Reihe von Terminen in der Region. Danach will ich dann noch eine Woche Urlaub hier machen."

Ein ganzer Monat! Vier lange Wochen, in denen Gordon vermutlich immer wieder versuchen wird, ihr auf die Pelle zu rücken ...

Flora springt auf und sagt schroff: „Es gibt hier ein nettes Café ein paar Hundert Meter weiter, da kriegst du sicher ein gutes Frühstück."

Herausfordernd starrt sie ihn an.

Er zögert lange, aber schließlich steht er seufzend auf. „Im Moment bist du wohl nicht auf Schmelztemperatur", meint er bedauernd.

Da klingelt es wieder an der Wohnungstür.

Flora wirft einen Blick auf die Uhr – es ist inzwischen schon nach neun. „Das wird Basti sein, um mich abzuholen", überlegt sie. Es schadet nicht, Gordon noch einen männlichen Namen hinzuwerfen ...

Sie will schon zur Tür gehen, da fällt ihr die pinke Glitzer-Katze auf ihrem Rücken wieder ein. Gordons ironischen Kommentar dazu braucht sie wirklich nicht. Also bedeutet sie ihm vorauszugehen, was er langsam und widerwillig auch tut.

Es könnte jetzt natürlich auch das Kaffeepaket sein, überlegt Flora, als sie auf den Haustüröffner drückt.

Aber es ist tatsächlich Basti, der die Treppen hochgerannt kommt, als Flora gerade versucht, Gordon aus der Tür zu schieben.

Als er Flora und Gordon sieht, weiten sich Bastis Augen. Sie ahnt, welche Vermutungen nun durch sein Gehirn schießen: Flora, verschlafen und verstrubbelt im Nachthemd, die gerade einen Mann in der Wohnung hat ...

Sie öffnet den Mund, um die Situation zu erklären, aber ihr fällt nicht wirklich ein, wie sie das schnell, kompakt und verständlich tun könnte. Und es geht Basti verdammt nochmal sowieso überhaupt nichts an, was sie mit ihrem Ex-Mann macht, oder nicht macht.

Also sagt sie nur ziemlich mürrisch: „Hallo Basti. Das ist Gordon, mein Ex-Mann." Mit einem strengen Blick auf Gordon fügt sie an: „Er will gerade gehen."

Gordon grinst sie an: „Ich verstehe, Blümchen, es ist dir peinlich.

Klar, klar, ich gehe schon. Aber wer ist das denn? Auch ein Freund?"

„Basti ist einer meiner Studenten, in einem Mathe-Tutorium", erklärt Flora, bereut ihre Erklärung aber gleich wieder. Soll Gordon doch denken, was er will.

„Das Café ist ein paar Hundert Meter die Straße runter, rechts", sagt sie nachdrücklich. „Tschüss." Sie weicht dabei zurück, um zu verhindern, dass er sie womöglich umarmt.

Gordon grinst, wirft ihr eine altmodische Kusshand zu und hebt dann die Hand noch ein Stück weiter in die Luft: „Bye-bye, love!"

Dann läuft er leise vor sich hinsingend an Basti vorbei zur Treppe. Über seine Schulter wirft er ihr noch hin: „Die pinke Katze ist übrigens süß, aber für ein Tutorium ziehst du dir doch besser was anderes an, oder?" Damit ist er verschwunden.

Basti starrt ihm hinterher, dann sieht er Flora an. Steif sagt er: „Ich wollte nicht stören, sorry."

Sie seufzt: „Du störst nicht, ich wollte ihn sowieso gerade rausschmeißen." Eigentlich denkt sie, dass die Situation damit erklärt wäre – alles, was sie mit Gordon will, ist, ihn loszuwerden.

Aber nach Bastis Gesicht zu urteilen, ist hier nichts geklärt. Ihr wird bewusst, dass sie ja auch durchaus eine wilde Nacht mit Gordon verbracht haben könnte, ihn aber trotzdem jetzt rausschmeißen würde, weil sie keine Zeit mehr hat. Und genau das ist es vermutlich, was Basti jetzt denkt.

Er sagt nun genauso steif wie eben, mit ausdruckslosem Gesicht: „Ich wollte dich abholen, wir müssen ja nach Niedlasreuth, und dann nach Forchheim. Aber ich warte am besten draußen."

Flora seufzt wieder. „Nee, komm rein, du kannst im Wohnzimmer warten. Gib mir zehn Minuten, ja?"

Im Wohnzimmer nimmt sie ein Buch über Wahrscheinlichkeitsrechnung aus dem Regal und drückt es ihm in die Hand. „Damit kannst du dich auf das Tutorium heute Nachmittag vorbereiten", sagt sie bewusst geschäftsmäßig. „Das dritte Kapitel ist besonders interessant, da werde ich heute auch eine Aufgabe dazu machen."

Basti nickt und greift eifrig nach dem Buch. Er scheint erleichtert, sich an etwas Unpersönliches halten zu können.

Flora macht sich in Windeseile fertig. Geduscht hat sie gestern Abend noch – nein, heute Morgen war das ja eher, als sie schließlich nach Hause kam … Jetzt gibt es nur eine kurze Katzenwäsche und ein paar Bürstenstriche durchs Haar. Gerade an Tutoriumstagen gibt sie sich immer bewusst low-key, um nüchterne Kompetenz auszustrahlen – kein Make-up, simples T-Shirt und Jeans. Das kommt ihr jetzt zugute, wo es schnell gehen muss.

Ein bisschen abgelenkt wird sie durch die Frage, wie Gordon eigentlich die pinke Glitzer-Katze auf ihrem Rücken sehen konnte? Sie hat doch höllisch aufgepasst, dass sie ihm nie den Rücken zugekehrt hat … Und der Bademantel ist neu, den haben ihr ihre Hamburger Studienkollegen erst vor wenigen Wochen zum Abschied geschenkt, den kennt er nicht. Also, woher hat er das mit dem geschmacklosen Kätzchen gewusst?

Egal. Sie eilt ins Wohnzimmer und packt den Rechner in ihren Uni-Rucksack. Dabei sieht sie, wie Basti verstohlen auf die Uhr schaut.

„Na, wie lange habe ich gebraucht?", fordert sie ihn heraus.

Er grinst schief: „Genau neun Minuten, nicht schlecht."

Flora nickt triumphierend: „Da soll einer noch sagen, *Frauen brauchen immer ewig*. Und das schreien auch meistens diejenigen am lautesten, die erwarten, dass ihre Frauen immer bis ins kleinste Detail perfekt bemalt, frisiert, angezogen und accessorisiert sind. Das dauert eben. Sowas", sie streicht an sich herunter über T-Shirt und Jeans, „geht halt viel schneller."

„Sieht doch super aus", sagt Basti, dreht sich dann aber schnell weg und will vorausstürmen. Bis ihm einfällt: „Wo hast du denn eigentlich dein Auto geparkt?"

# Lieferung für die Polizei

Nach einer weitgehend stummen Fahrt nach Niedlasreuth nehmen sie die wartende Gerda mit und fahren mit ihr zu Charlies Hof hinüber.

Als sie ankommen, steht der Hausherr schon draußen. Neben ihm Werner, der sehr blass aussieht, mit dunklen Ringen um die Augen.

„Heute Nacht ist es etwas feuchtfröhlich geworden", meint Charlie mit einem Seitenblick auf seinen verkaterten Gast. Charlie selbst ist nichts anzumerken, entweder ist er sehr trinkfest, oder er hat sich zurückgehalten.

„Ich hoffe, er muss sich nicht in meinem Auto übergeben", meint Flora besorgt. „Es ist zwar eine alte Kiste, aber sowas brauche ich dann doch nicht. Und ich hab keine Spucktüten."

Werner winkt müde ab. „Keine Angst, ist schon alles draußen. Und ich fühl mich jetzt auch schon viel besser, der Charlie hat mir so einen richtigen Zaubertrank zum Frühstück gemixt, einen Kater-Killer."

Langsam klettert er in das Auto.

Flora bekommt mit, wie Gerda Charlie zuzischt: „Du hädsdn ned so zuschüddn müssn, dass er an volln Blädderer griegd!"

Charlie zischt zurück: „Sobald der aufgefuttert hatte, wollte er sofort wieder abhauen. Irgendwas musste ich tun."

Da Gerda keine Anstalten macht, sich bei Charlie für seine – von ihr eingeforderte – Gastfreundschaft zu bedanken, übernimmt Basti das. Charlie nickt freundlich und winkt ihnen dann noch kurz hinterher.

Werner nuschelt vom Rücksitz her: „Dem Charlie sein selbstgebrannter Birnenschnaps ist klasse, und sein Birnen-Cidre – die Kombi ist absolut irre. Echt gut, dass ich heut nicht selber fahren muss. So viel Promille hab ich schon lange nicht mehr gehabt, glaube ich." Dann nickt er weg und fängt an, laut zu schnarchen.

Bei der Forchheimer Polizeiinspektion lassen sie den schnarchenden Werner erst mal im Auto auf dem Parkplatz zurück. Max freut sich, als er sie sieht, und erklärt: „Ich bin gerade im Kopf noch mal die ganzen Sachen durch, mit denen wir zu tun haben, mit Timeline. Also, am Sonntagabend wurde die Miranda erstochen und im Weiher versenkt, und es hat das Business-Event stattgefunden, bei dem massenweise Leute vergiftet wurden. Am Montagabend wurde dann der Kühllaster geklaut, und dieser Schweizer ist verschwunden."

„Und da is auch noch des Video", sagt Gerda plötzlich. Alle starren sie an.

„Aber des ist jetzt nicht direkt ein Verbrechen", meint Max. „Das war zwar eine Gemeinheit, dass jemand das gedreht hat und dann wollte, dass die Miranda das veröffentlicht. Da wollte jemand dem Djingo massiv schaden. Wir haben das inzwischen offiziell als Beweismittel aufgenommen, weil es mit der Miranda zu tun hatte, aber wie gesagt, strafbar ist es ja nicht."

„Aber es is a Rädsel", beharrt Gerda. „Wer had des gfilmd, und wer had des der Miranda gebn, und warum? Wenn sowas

Ungewöhnlichs bassierd, kurz vor am Mord, des könnerd scho zsammhängn. In am Kaleidoskob brauchd mer alle Scherbla, um des Bild zu sehn."

Basti meint stirnrunzelnd: „Letzten Endes – der Einzige, für den sich daraus ein Motiv ergeben könnte, wäre der Djingo."

„Aber der Charlie hatte ihm ja noch gar nichts davon erzählt", wendet Max ein.

Flora spekuliert: „Vielleicht hat es ja was zu tun mit dem, der das Video gemacht und dann Miranda zugesteckt hat."

Max überlegt weiter: „Du meinst, dass sie die Miranda ermordet haben, weil sie das Video nicht veröffentlichen wollte?"

Flora schüttelt den Kopf: „Nee, wegen sowas braucht man doch niemanden umzubringen. Dann hätte es halt jemand anders veröffentlicht. Warum haben die das nicht überhaupt selber gemacht?"

Basti nickt nachdenklich. „Wenn sie nicht in Erscheinung treten wollten, hätten sie es ja anonym machen können. Im Netz kannst du ziemlich einfach alles Mögliche anonym posten."

„Aber von der Miranda aus hätte es auf Anhieb mehr Leute erreicht", erklärt Max. „Ihr Blog hat ne Menge Follower, und ich schätze mal, sogar die örtlichen Zeitungen schauen da hin und wieder rein, weil sie ja als Skandal-Aufdeckerin bekannt war."

Flora schüttelt ungeduldig den Kopf: „Stimmt zwar, aber sie umzubringen, nur weil sie das nicht veröffentlicht, das macht trotzdem keinen Sinn."

Sie sieht Gerda etwas ratlos an: „Echt, wie sollte das zusammenhängen?"

„Des waaß ich no ned, aber wichdig könnerd's scho sei."

Nun erklärt Max: „Wie das mit der Vergiftung war, das haben wir immerhin inzwischen aufgeklärt."

Flora sieht ihn gespannt an: „Und, war es Freddies Wasabikarpfen?"

Max schüttelt den Kopf. „Nee, des hab ich eh nie geglaubt. Ich hab da eher auf die anderen Fischsachen getippt, den Lachs und die Forelle und so. Aber es war überhaupt keine Fischvergiftung."

Basti fragt erstaunt: „Hat also doch jemand das Essen vergiftet?"

„Nicht absichtlich, es war schon so eine Lebensmittelvergiftung. Aber jedenfalls war das Gift wohl nicht im Fisch, sondern im Reis. Irgend so ein Zerberus-Bazillus oder so ähnlich."

„Bacillus cereus", Basti nickt. „Ich kenne das von einem Altenheim, wo ich gearbeitet habe, da hatten die mal so einen Fall nach einer Feier. Wenn man Reis lange warm hält, besonders so eher lauwarm, da breiten sich dann oft diese Biester aus, die Bacillus-cereus-Sporen."

Max nickt. „Die haben das da wohl zu lange lauwarm rumstehen lassen. Das erklärt auch, warum es praktisch alle Gäste erwischt hat, weil von dem Reis halt fast alle gegessen haben, egal ob sie dazu Fisch, Fleisch oder vegetarisch oder sonst was genommen haben. Also, *der* Fall ist jetzt wenigstens geklärt." Dann fällt ihm noch ein: „Ach ja, ihr wolltet doch, dass ich das Alibi vom Ben überprüfe, also ob er da wirklich war auf dem Event. War natürlich etwas spät, weil ja die meisten schon befragt worden waren. Aber ich hab teilweise einfach noch mal angerufen unter dem Vorwand, dass ich sie informieren will, dass das im Reis war. Und dabei habe ich dann nachgehakt wegen dem Ben."

„Clever", lobt Basti, und Flora fragt grinsend: „Das hattest du mit der Miri abgestimmt?"

„Natürlich." Max' Ohren röten sich, und er erzählt schnell weiter: „War auch gar nicht so einfach, ich musste ja Leute finden, die ihn da gesehen oder mit ihm geredet haben. Aber es waren dann doch eine ganze Menge, die sich mit ihm unterhalten haben. Die meisten haben sich erinnert, wie der Ben sie mit seinem Hobby zugelabert hat, Geocaching, das hat er wohl neu entdeckt und ist jetzt voller Fan. Und dann hat er ihnen noch von irgendwelchen Versicherungen vorgeschwärmt. Jedenfalls hat er wohl viel geredet, mit vielen Leuten, auch um die Zeit rum, als der Mord passiert ist, und das war ja eh ziemlich weit weg von Niedlasreuth."

Max fischt nach seinem Handy: „Und außerdem ist er auf einem Bild mit drauf, das ungefähr um die Zeit des Mordes gemacht wurde." Er scrollt das Bild herbei. Grüppchen von Menschen in Business-Kleidung stehen herum, und im Hintergrund, eher klein und unscharf, aber doch zu erkennen: Ben, mit Dutt, Bärtchen und blauer Brille. „Also, des Alibi steht, hätte ich auch nicht anders erwartet."

Er sieht Gerda mit einem leichten Kopfschütteln an: „Was hast du denn eigentlich gegen den Ben? Der ist doch ganz nett."

„Ich hab ned gsagd, dass ich was gegn ihn hab. Aber wemmer rausfindn will, was bassierd is, muss mer alles rundum abglobfn, was irgndwie – unebn is, nacherd ergibd sich vlleichd was draus."

„Was ist denn da *uneben*?", wundert sich Basti.

„Hald des Roggwurschd-Ding vom Ben und vom Dschingo. Der Dschingo schdeggd immerhin sei ganze Rebudation da nei, in die Wurschdgschichdn. Des is eh ned so a Hai-Glass-Brojegd, und wenn's vlleichd aa noch schiefgehn däd, des däd dem Dschingo seim Ruf scho arg schadn." Nach einer kurzen Pause fügt sie an: „Des erinnerd mich a weng an die alde Schdory, wo a Kuh, a Huhn und a Schwein zamm' an Früschdüggs-Imbiss aufmachn wolln, mit Milchkaffee und Bäiken änd Äggs und so."

Sie führt das nicht weiter aus und Flora überlegt erst mal: Die Kuh steuert wahrscheinlich die Milch bei, das Huhn die Eier, und das Schwein –

„Wer ist denn dabei das Schwein?", fragt Flora stirnrunzelnd.

„Die Miranda wollte da doch bestimmt nicht einsteigen, oder? Und die ist es ja, die – na ja, nicht geschlachtet, aber halt getötet wurde."

„Dass die Miranda vielleicht beim Ben und beim Djingo einsteigen wollte – die Spur könnten wir nachverfolgen", meint Max eifrig.

Gerda schüttelt ungeduldig den Kopf: „Des glab ich ned. Ich hab einfach bloß gmaand, dass der Dschingo da am meisdn invesdierd."

„Aber der ist ja nicht umgebracht worden", überlegt Max. Dann starrt er Gerda an: „Oder meinst du, der Djingo war das eigentliche Ziel?"

Flora schüttelt den Kopf: „Also, den Djingo und die Miranda verwechseln, da müsste einer aber schon mehr als augenkrank sein."

„Na ja, vielleicht nicht so direkt", spekuliert nun Basti. „Aber wenn sie den Djingo dadurch treffen wollten, dass sie die Miranda umbringen – genau das ist nun auch passiert, er ist ja völlig fertig."

„Aber das mit seiner Schwäche für die Miranda hat doch kaum einer gewusst, oder?", wendet Flora ein. „Und vor allem irgendwelche Leute nicht, die ihm schaden wollen."

„Und warum sollte jemand überhaupt dem Djingo schaden wollen?", überlegt Max. Dann verdüstert sich sein Gesicht. „Ich glaube, diese ganze Sache behalte ich erst mal für mich. Wenn wir jetzt auch noch offiziell alle möglichen Feinde vom Djingo untersuchen sollen, dann kommen wir überhaupt nicht mehr hinterher – aber andererseits, wenn er tatsächlich in Gefahr ist –"

Gerda erklärt: „Wenns den Djingo häddn umbringn wolln, häddns des diregd gmachd. Aber die ham die Miranda umbrachd, und zwar mid Absichd. Mer erschdichd ja kan aus Versehn. Also is der Djingo erschd amol sicher, deng ich."

Max nickt erleichtert. „Was wir jetzt vor allem mit Hochdruck verfolgen, ist der geklaute Kühllaster. Wir suchen nach dem Fahrer und dem Laster. Ist wahrscheinlich eh dasselbe."

Basti schüttelt den Kopf: „Nee, ist es nicht. Den Fahrer haben wir gefunden – also, Oma Gerda hat ihn gefunden. Aber wo der Laster ist, weiß der Werner auch nicht."

Max starrt Gerda vorwurfsvoll an: „Du wolltest mir doch gleich Bescheid sagen!"

„Rech di ab, desweng sin mer ja da. Du derfsd es edserd nach oben weidermeldn und so dun, als ob's auf deim eignen Misd gwachsn wär. Dann bisd widder *Misder Subberkobb*."

# Laster-Theorien

Sie bringen Max nun auf den neusten Stand, und Basti erklärt: „Der Werner sitzt draußen im Auto, wir können ihn dann reinholen. Das bringt euch vermutlich nicht viel weiter, aber zumindest müsst ihr nach dem Fahrer jetzt nicht mehr fahnden."

Max nickt langsam. „Also gut. Aber das heißt, den Laster haben wir immer noch nicht. Obwohl der Wudler mit Hochdruck danach suchen lässt – dieser Küppler, der Besitzer von dem Unternehmen, sitzt ihm ja voll im Nacken. Der ist sogar nach Bamberg hochgefahren, als er gehört hat, dass die Kripo eigentlich da sitzt. Und als er dann gehört hat, dass die Musik aber eher hier in der Gegend spielt, ist er wieder zurückgefahren. Und immer dem Wudler dicht auf den Fersen, der ist schon total genervt. Weil er selber ja eigentlich wegen der Waffe ermitteln will – also diese Wehrmachtspistole, die sie im Weiher gefunden haben. Aber dazu kommt er halt im Moment kaum."

Gerda sieht Max an: „Wo suchd ihr denn die Karrn?"

„Na ja, der Wudler meint, wir müssen da ziemlich große Kreise ziehen. Der Dieb ist wahrscheinlich mit dem geklauten Laster so schnell wie möglich so weit wie möglich geflohen. Deswegen ist er inzwischen wahrscheinlich schon irgendwo in Holland, oder in Frankreich, oder in der Tschechei …"

„Naa, des glab ich ned."

Etwas ärgerlich fragt Max Gerda: „Na gut, dann erzähl uns du mal, wo wir den Laster suchen sollen. Du weißt ja bestimmt mal wieder genau, wo der ist, oder? Am besten gibst du uns die GPS-Koordinaten, dann brauchen wir nur noch hinzufahren und ihn einzusammeln." Max kann Sarkasmus nicht besonders gut, aber er gibt sich alle Mühe.

Gerda schüttelt gelassen den Kopf. „Naa, wissn du ich nix, ich hab bloß so mei Vermudungen."

Alle starren sie neugierig an und sie erklärt: „Ich glaub, des is des genaue Gegndeil. Ich däd in am Umgreis suchn, wo mer innerds a oder zwa Schdund hifoan ka."

Max sieht sie ungläubig an: „Du meinst, der Laster ist nur ein oder zwei Stunden Fahrt von hier entfernt? Warum?"

Gerda sieht ihn leicht boshaft an: „Ich soll doch ned immer alles wissn, oder?"

„Du weißt es aber", beharrt Max. „Oder vermutest es jedenfalls."

„Überleg's der selber", bescheidet ihn Gerda und geht auf die Tür zu. „Ich hol edserd den Werner nei."

Als sie gegangen ist, taucht schließlich Kommissar Wudler auf. Ein kurzer Blick in die Runde bewirkt, dass sein Gesicht sich aufhellt: „Ich sehe, Ihre Oma haben Sie diesmal nicht dabei!"

„Sie ist nicht wirklich unsere Oma –", hebt Basti pedantisch an zu erklären.

Max sagt schadenfroh: „Doch, doch, die kommt gleich wieder."

Wudler wischt beides beiseite und erklärt gewichtig: „Ich habe die Suche nach dem Laster jetzt auf ganz Europa ausweiten lassen – Grenzübergänge, Häfen, Bahnhöfe, Flughäfen …"

„Mit dem Flugzeug werden die den Laster kaum transportieren", wendet Basti ein.

Ärgerlich starrt Wudler ihn an: „Den Fahrer suchen wir natürlich auch."

„Des brauchn'S' ned", ertönt es hinter ihm. „Der Fahrer is scho do."

Der Kommissar fährt herum und starrt Gerda an, die Werner am Arm festhält. Der Fahrer sieht aus, als ob er am liebsten sofort wieder abhauen würde, aber Gerdas Griff ist vermutlich unerbittlich.

Wudler läuft rot an und bellt: „Wo ist der Laster?!"

Werner blinzelt den Kommissar müde, aber trotzig an: „Keine Ahnung – aber *Sie* sollten das eigentlich wissen, Sie sind doch die Polizei, und Sie suchen ihn doch schon seit fast zwei Tagen. Ich hätte ihn auch gern endlich wieder."

Wudler starrt ihn an: „Wenn Sie angeblich nichts mit dem Diebstahl zu tun haben, warum sind Sie dann abgehauen?"

Gerda schaltet sich ein: „Der Werner had vlleichd selber nach seim Lasder suchn wolln?"

Wudler sieht sie unsicher an. Doch der verkaterte Werner verdirbt den Effekt, indem er nuschelt: „Ich hab halt irgendwie Schiss gekriegt ..."

Wudler schüttelt den Kopf: „Ich sage Ihnen mal, wie das war. Sie haben den Laster irgendwo beiseitegeschafft, das kulinarische Zeugs verscherbelt, den Laster vermutlich dann auch noch verkauft, und jetzt sind Sie wieder hergekommen, um den Unschuldigen zu spielen."

„Das stimmt überhaupt nicht!", Werner schüttelt hilflos den Kopf. „Ich hab mich den Tag über einfach nur um

Niedlasreuth herum rumgetrieben, und dann hat die Dame hier", er deutet auf Gerda, „mich überredet, dass ich auf die Wache komme."

„Er ist quasi freiwillig gekommen", bestätigt Max.

Flora denkt an Gerdas eisernen Griff – „freiwillig" ist manchmal ein ziemlich dehnbares Konzept.

Wudler zuckt die Achseln. „Na und? Jedenfalls steht Ihre Aussage gegen meine." Triumphierend setzt er drauf: „Und ich bin die Polizei!"

Max zögert kurz, sagt dann aber mutig: „Nicht ganz. Ich meine, Sie sagen doch selber immer, wenn der Präsident da ist, dass wir alle ein Team sind, und es gibt kein Ich, sondern nur ein Wir –"

Wudler wischt das mit einer ungeduldigen Handbewegung beiseite: „Wirklich, Güdlein, das ist doch jetzt irrelevant – alles zu seiner Zeit."

„Und Ihres ist eigentlich auch gar keine Aussage", analysiert Flora, „sondern nur eine Annahme."

Wudler sieht sie ärgerlich an: „Wir sind hier nicht an der Uni, sondern haben es mit knallharten Verbrechern zu tun, da kann man nicht nur so daherphilosophieren."

Basti protestiert: „Sie können dem Werner nicht einfach unterstellen, dass er ein Verbrecher ist, in unserem Rechtsstaat gilt ja immer noch die Unschuldsvermutung!"

Nun wandert Wudlers ärgerlicher Blick zu Basti: „Ich vermute aber stark, dass er schuldig ist." Verächtlich schnaubt er: „Dieses Gesäusel von *Im Zweifel für den Angeklagten* ist was für Anwälte und solche Typen. Aber die harte Wahrheit ist doch in neunundneunzig Prozent der Fälle: *Im Zweifel war es der Angeklagte.* Und überhaupt, Sie sind nicht sein Anwalt, keiner von Ihnen!"

Gerda starrt Wudler an: „Desweng könn mer ihn drodsdem vor am wildgwordnen Bulln beschüdsn."

Wudlers Augen verengen sich: „Aha, Beamtenbeleidigung!"

Gerda setzt eine Unschuldsmiene auf: „Wieso, wer red denn vo Beamde? Ich hab vo Rindviechern gred, weil ich fei a Bäuerin bin."

Auf einmal wirkt sie wie eine einfältige alte Bauersfrau. Flora starrt sie fasziniert an. Hat Gerda da was mit ihrem Gesicht gemacht, oder mit ihrer Haltung, oder mit beidem? Sie ist auf jeden Fall eine klasse Schauspielerin.

Während Wudler noch überlegt, wie er darauf reagieren könnte, kommt ein schlanker junger Mann in einem knallblauen Blazer in den Raum gefegt.

Der Kommissar sagt matt: „Ach, der Herr Küppler …"

Dann rafft er sich auf und erklärt stolz: „Wir haben Ihren Fahrer gefunden!"

Werner ist regelrecht blass geworden und weicht so weit zurück, dass er gegen die Wand stößt.

Er tut Flora fast leid – aber nur fast. Er hat immerhin kräftig seinen Chef betrogen und bestohlen. Und er bereut es auch nicht wirklich, außer, dass er in ständiger Panik lebt, erwischt zu werden.

Werners übelster Albtraum scheint nun wahr zu werden, als sein Chef auf ihn zusticht.

Doch der haut ihm nur auf die Schulter und sagt freudig grinsend: „Mensch Werner, da bist du ja! Ich hab mir echt Sorgen gemacht!"

Kleinlaut meint Werner: „Ich hab Schiss gekriegt, deswegen hab ich mich verdrückt. Aber ich war's nicht, echt nicht! Tut mir echt leid, die ganze Sache, aber ich konnte echt nichts dafür. Wenn halt einer die Kiste klaut …"

Flora findet, das sind ein bisschen viele echts, vor allem, weil Werner den Laster ja vermutlich nicht abgesperrt hatte. Aber das ist letzten Endes nicht ihr Problem.

Küppler haut Werner noch mal auf die Schulter: „Ach, halb so wild, das zahlt ja die Versicherung."

Werner Gesicht hellt sich auf: „Echt jetzt? Klasse!"

Küppler hat seinen Arm locker um Werners Schultern gelegt, und die beiden wandern schwatzend Richtung Türe.

„Stehnbleiben!" bellt Wudler sie an.

„Moment bitte noch", kommt es gleichzeitig von Max. „Wir sind noch nicht fertig."

Wudler zögert kurz, dann sagt er zu Max: „Güdlein, Sie machen das – Aussage, Unterschrift, zur Verfügung halten und so weiter. Für einen Haftbefehl reicht es leider nicht."

Er starrt Werner bedeutsam an: *Noch* nicht."

Dann zischt er Max nicht ganz so leise, wie er vielleicht vorhatte, ins Ohr: „Und ordentlich ermahnen, den Typen."

Damit verdrückt sich Wudler eilig. Max sagt mit einem boshaften kleinen Lächeln zu Küppler: „Am besten lassen Sie sich von Kriminaloberkommissar Wudler das weitere Vorgehen noch mal genauer erklären, während wir den Herrn Kohlhiesl befragen."

Küppler nickt und eilt Wudler hinterher.

Nun schaut Max den Fahrer an: „Herr Kohlhiesl, wenn wir Einsicht in Ihre Handydaten beantragen, können wir herausfinden, ob Sie wirklich nur hier in der Gegend waren. So können wir dann beweisen, wenn das nicht stimmt, aber auch, wenn es stimmt."

Werner zuckt müde die Achseln: „Dann ist das ja okay."

Er war es also wirklich nicht, denkt Flora erleichtert. Nachdem sie sich so für ihn eingesetzt haben, wäre das doch peinlich.

Doch dann meldet sich ein Zweifel: Was, wenn er einen Komplizen hatte, den er von Niedlasreuth aus telefonisch gesteuert hätte? Oder wenn er zur Irreführung einfach sein Handy in Niedlasreuth gelassen hätte, während er herumreiste?

Sie seufzt. Das ist ziemlich unwahrscheinlich, und dieser Werner scheint auch wirklich nicht der Typ raffinierter Verbrecherboss zu sein. Sonst hätte er ihnen gegenüber auch kaum seine „Extratouren" zugegeben. Aber wenn jemand so vorgeht wie Wudler, und sich einen als Schuldigen ausguckt, dann ist es für diesen Beschuldigten gar nicht so leicht, seine Unschuld jenseits jeden Zweifels zu beweisen ...

Max sieht nun Gerda an und zögert: „Also, jetzt –"

Gerda nickt und steht auf: „Mir verdrüggn uns edserd." Sie sieht Werner streng an: „Und bring dich ned gleich widder in die Bredullie. Wennsd schon lügn mussd, dann so wenig wie möglich und so simbl wie möglich. Sonst verwigglsd dich in dei Lügngschdrübb, und nachher wirsd dran aufghängd. Also versuch, ned zu schlau zu sein."

Werner nickt, aber Flora hat ihre Zweifel ...

Auf dem Weg zum Auto meint Basti seufzend: „Also, das mit dem Lasterklau war er wohl nicht. Aber er hat seinen Chef ja ganz schön beschissen und beklaut, und er wird das wohl kaum zugeben. Wir wissen es aber jetzt – also, müssten wir da nicht was sagen?" Er sieht allerdings selbst alles andere als begeistert von diesem Gedanken aus.

Gerda zuckt die Achseln: „Ward mer's ab. Ich deng mir, mid dem windign Schef, die zwa kriegn am End scho ihrn verdiendn Ärger middernand."

# Mittwochmittag
# nicht im Miezenpuff

Als sie ins Auto steigen, bekommt Gerda einen kurzen Anruf und verkündet dann: „Der Anlasser is fei kumma."

Basti schaut etwas ratlos. „Und wie kriegst du den jetzt eingebaut? Dein Auto steht doch immer noch kaputt in Erlangen auf dem Großparkplatz, oder?"

Besorgt meint Flora: „Das Auto steht da ja jetzt seit letztem Mittwoch – wird das dann nicht von Strafzetteln übersät sein? Oder sogar schon abgeschleppt?"

Basti schüttelt den Kopf: „Der Max hat mir erzählt, dass er Kontakte zur kommunalen Verkehrsüberwachung hat, und er hat da die entscheidenden Leute informiert. Die drücken bei dem Auto ein Auge zu."

Flora schaut zweifelnd: „Selbst wenn die dazu bereit sind – dann muss der Max ja auch das Kennzeichen durchgeben, und die müssen sich das alle merken, sowas Kompliziertes macht doch keiner!"

„Das ist kein Problem", Basti schüttelt grinsend den Kopf, „Oma Gerdas Auto erkennt jeder sofort, das kann der Max in drei, vier Worten beschreiben."

Bevor Flora nachfragen kann, verkündet Gerda: „Die Flora fährd mich edserd zum Großbargblads, dann bau ich des Deil nei. Und vorher müss mer noch beim Berdi vorbeischaun, der had des Ding, und der kann mir aa a Wergzeug gebn. Des is in Alderlangn, des liegd fasd aufm Weg."

Flora wendet sich an Gerda: „Wollen Sie davor noch mal raus auf Ihren Hof?"

Gerda schüttelt den Kopf: „Wie der Hermann da rumbfuschd in meiner Küchn, des mag ich goa ned sehn. Und ihm is aa lieber, wenn ich ned da bin, er meind, ich macherd ihn nervös. A Middag kochn kann ich aa ned."

Sie beschließen, nachher einfach in Erlangen essen zu gehen, und diskutieren eine Weile, wo sie hingehen könnten.

Flora hat eine Idee: „Ich hab gesehen, es gibt da so ein Katzencafé in Erlangen, wo man nicht nur Essen und Trinken bekommt, sondern es gibt auch Katzen, die man streicheln kann und so."

„Des is dieser Miedsn-Buff", nickt Gerda.

„Ein Miezen-Puff?", fragt Flora erstaunt.

Basti nickt grinsend: „Das ist halt Oma Gerdas Wort dafür."

„Jedenfalls kenne ich das aus Hamburg, ich fand das ganz nett. Wollen wir uns da treffen?"

Basti schüttelt langsam den Kopf: „Lieber nicht."

„Wieso? Magst du keine Katzen?"

„Doch, sehr sogar. Das Problem bin nicht ich, sondern die Oma Gerda."

„Warum denn das?", fragt Flora verblüfft und sieht sie an: „Sie lieben doch Tiere, oder?"

Gerda nickt, überlässt es aber Basti, zu erklären: „Ja, aber die Oma Gerda hat da – quasi schon fast so was wie Hausverbot – na ja, also nein, nicht wirklich, aber jedenfalls ist sie da nicht so wahnsinnig gern gesehen."

„Wegen dem ‚Miezen-Puff'?"

„Nee, wegen der Katzen."

„Mögen die die Gerda nicht, oder wie?"

„Ganz im Gegenteil, die stehen total auf sie."

„Wo ist dann das Problem?"

„Na, die anderen Gäste. Die Katzen da haben ja freie Partnerwahl, sozusagen. Und außerdem dürfen sie sich zurückziehen, wenn sie ihre Ruhe haben wollen. Schließlich schlafen Katzen normalerweise rund 16 Stunden am Tag. Und das bedeutet, dass es manchmal genauso selten eine Miezen-Sichtung im Café gibt, wie man auf einer Safari Löwen zu Gesicht bekommt. Deswegen buhlen viele Besucher regelrecht um die Gunst der Katzen, dass die zu ihnen kommen. Aber sobald die Oma Gerda reinkommt, stürzen sich alle verfügbaren Katzen auf sie, und alle anderen Gäste sind abgemeldet und können nur noch zugucken, wie die Katzen um die Oma Gerda rumschnurren. Das kommt natürlich nicht so gut."

Gerda zuckt die Achseln. „Dabei logg ich die überhaubds ned. Ich hab ja selber gnug Kaddsn, die könnerd ich den ganzn Dag schdreichln, wenn ich wolld. Des würd dena fei scho gfalln!"

Flora nickt amüsiert. „Und den Hektor, den kann man da natürlich auch nicht mitnehmen – ein Hund im Katzencafé, das geht gar nicht."

„Den Heggdor nehm ich eh ned mid, die meisten Lokale erlaubn des ja ned. Und es is auch schwierig. Er is zwar brav, aber er had hald sein' Schwanz auf Dischhöhe, wenn er wedeld. Obwohl –"

Gerda späht aus dem Autofenster in den Himmel. Der ist wolkenlos blau.

„Und mild is aa", erklärt Gerda, „also gehn mer ins Bred-
derhodel."

Kurz durchzuckt es Flora: War das die Kneipe? Wo sie mit
Miranda zusammengerumpelt ist?

Doch nach kurzem Nachdenken entscheidet sie: Nein, die
hieß definitiv anders. „Das kenne ich nicht", meint Flora
erleichtert.

Basti zuckt die Schultern: „Das heißt auch schon lange nicht
mehr *Bretterhotel*, sondern anders, aber es gibt da auf jeden
Fall gutes Essen."

„Da könn mer uns draußn hihoggn, da ko der Heggdor
sogar mid. Der is aa froh, wenn er dem Gwerch da in der
Küchn endkommd."

Basti seufzt. „Aber das heißt, Flora muss jetzt doch erst noch
mal nach Niedlasreuth raus, um Hektor aufzusammeln."

„Schdörd dich des?", fragt Gerda Flora direkt.

Flora zögert kurz und fragt dann zurück: „Würde es Sie
stören, wenn es mich stört?"

Gerda grinst sie an: „A gude Frage. Waaßd was, Madla, du
hasd bei mir was gud für dei Karrn, a Rebaradur oder a
volle Inschbegtion, was hald so anfälld. Des is a Jahrgang,
da kamma noch a bissla was selber machn, des sind ned
nur lauder so softwärgschdeuerde Moduln mit komische
Fabrignummern."

Flora erinnert sich, dass Gerda laut Basti eine echte Auto-
flüsterin ist. Sowas könnte sie für ihre alte Kiste tatsächlich
sehr gut gebrauchen.

Nach dem Essen parkt Flora auf dem Großparkplatz. Basti nimmt die große Werkzeugkiste, und Gerda den Karton mit dem Anlasser und eine Tüte mit Kleinteilen – alles Sachen, die sie „beim Berdi" auf einem Alterlanger Hinterhof eingepackt haben. Dann laufen sie, gefolgt vom schwanzwedelnden Hektor, auf eine Ecke des Parkplatzes zu.

Neugierig folgt Flora ihnen – was für ein Auto Gerda wohl hat?

Es ist ein uralter Land Rover – aber nicht in dem gewohnten Dunkelgrün, sondern in Quietschorange. Mit ein paar leicht andersfarbigen, reingeschweißten Teilen. Und es ist wohl ein original britisches Fahrzeug, denn das Lenkrad sitzt rechts.

Ja, jetzt versteht sie, warum Basti gemeint hat, dass Gerdas Auto leicht zu erkennen ist …

Als Gerda aufgesperrt hat, setzt Basti sich auf den Fahrersitz und versucht zu starten.

Gerda schüttelt den Kopf: „Ich hab der doch gsagd, da gehd ga nix! Des is wie beim Anlass-Jodler von Fredl Fesl", sie verstellt ihre Stimme: *„Ein Auto, das nicht fährt, ist überhaupt nix wert!"*

Sie blickt auf Bastis und Floras verständnislose Gesichter und seufzt: „Da mergsd hald, dassd ald werschd, wenn kaana mehr die Songs kennd, mit dena du aufgwachsn bisd."

Doch dann öffnet sie die Motorhaube. „Also, als Erschdes den Schdrom abglemm' – naa, vorher erschd amol des Rosdlöser-Schbräi suchn, des is bei der Karrn immer nödig."

Basti seufzt: „Willst du das nicht doch lieber in einer Werkstatt machen lassen, Oma Gerda? Du hast ja auch noch die Verletzung am Arm."

„Des bassd scho", erklärt Gerda, „und ich geh doch ned in a Wergschdadd. Da zahlsd dich dumm und dämlich und die verhundsn dir auch noch dei Audo. Und an so aner Karrn wolln die sich doch eh die Flossn nimmer schmudsig machn. Aber der Heggdor und ich, mir baggn des scho."

„Der Hektor hilft?", fragt Flora erstaunt.

Gerda grinst sie an: „Des machd der fei. Wenn ich sag, bring mer an Zehner-Schlüssl, dann abbordierd der den!"

Basti schüttelt den Kopf: „Lass dich nicht auf den Arm nehmen. Aber der Hektor reagiert verständnisvoll auf Oma Gerdas Flüche und liefert moralischen Support, insofern sind sie schon ein gutes Team."

# Trouble nach dem Tutorium

Träumerisch schaut Flora aus dem Fenster. Die Studenten brüten über einer größeren Aufgabe, an der sie sich erst mal mindestens zehn Minuten selbstständig versuchen sollen. Danach wird Flora eingreifen, wo und wie nötig.

Doch bis dahin hat sie etwas Zeit, aus dem Fenster zu schauen. Und das lohnt sich. Die hohen Fenster des Raums im zweiten Stock des altehrwürdigen Kollegienhauses bieten eine tolle Aussicht auf den Schlossgarten. Die Sonne lässt das Herbstlaub der vielen hohen, alten Bäume leuchten. Menschen laufen hin und her oder sitzen auf den Bänken, Hunde und Kinder wuseln herum, es herrscht friedliches Leben.

Bis ein Radfahrer durch den Schlossgarten rast – in dem Radfahren verboten ist – und eine junge Mutter mit Kinderwagen anfährt. Er will davonschießen, doch ein älterer Mann mit einem Hund an der Leine tritt dem Radfahrer mutig in den Weg, sodass dieser absteigen muss, um nicht umzukippen. Eine heftige Diskussion zwischen dem älteren Mann, dem Radfahrer und der jungen Mutter entbrennt, einige andere mischen sich ein.

Wie es ausgeht, kriegt Flora leider nicht mit, denn der Zehn-Minuten-Piepser vom Handy erinnert sie an ihre Studenten. Den Rest des Tutoriums ist sie mit Erklären und Ermutigen beschäftigt. Sie läuft von Student zu Student, erläutert einzeln und für die ganze Gruppe, was man beachten muss, und kommt nicht mehr zum Schlossgarten-Gucken.

Schließlich piepst ihr Erinnerungs-Alarm für das Ende des Tutoriums. Die Studenten packen rasch ihre Sachen und verschwinden. Erleichtert tritt auch Flora auf den Gang hinaus –und würde am liebsten gleich wieder in den Raum zurückweichen. Gordon!

„Du bist echt hartnäckiger als ein Fußpilz", zischt sie wütend. Dann fällt ihr wieder ein, dass sie ja gelassener reagieren wollte, sogar auf Gordon. Vor allem auf Gordon.

Ruhiger fragt sie: „Woher wusstest du überhaupt, dass ich jetzt hier bin?"

„Raffinierte Recherche ist eine meiner vielen Fähigkeiten", Gordon lächelt, und die Grübchen um sein Kinn erscheinen. Er sieht sie zärtlich an, und Flora merkt, dass ihr Herz schneller schlägt. Zur Hölle mit ihm, sie sollte langsam immun gegen seinen verdammten irischen Charme sein ...

Schroff kommentiert sie: „Na ja, war vermutlich einfach, steht sicher irgendwo auf der Webseite der Uni." Und sie fügt ärgerlich an: „Echt, Gordon, ich hätte gedacht, dass deine Recherchen für deinen Blog dich beschäftigt halten – und jetzt tanzt du hier an?"

Flora merkt nun, dass außer Basti auch noch Felix dageblieben ist. Das gefällt ihr gar nicht. Felix ist ein intriganter kleiner Stänkerer und macht gerne Ärger, einfach nur um sich zu amüsieren.

Felix starrt jetzt Gordon neugierig an: „Blog? Sag mal, bist du womöglich der Gordon von diesem Blog, *Gordons globale Geheimnisse?*"

Gordon nickt und schaltet sein professionelles Gesicht ein: den Anflug eines charmanten Lächelns, aber ernsthaft kompetent.

„Super", schwärmt Felix, „den Blog finde ich voll geil, und der englische ist noch viel besser. Schon der Titel: *Gordons Gobsmacking Guerilla Facts*, das haut voll rein. Ist auch super interessant."

Basti schaut etwas ratlos, und Flora erklärt kurz: „Gordon ist Wissenschaftsblogger."

Gordon hebt leicht die Augenbrauen: „Ich bevorzuge Wissenschafts*journalist*. Unter anderem benutze ich auch das Medium Blog, aber das ist lange nicht das einzige. Ich arbeite zum Beispiel auch für angesehene Zeitschriften, und für internationale Fernsehproduktionen."

Felix scheint beeindruckt. Basti sieht Gordon feindselig an: „Und was will so ein Wissenschaftsblogger dann in Erlangen? Außer was von Flora?"

Gordon schaut ärgerlich, sagt aber dann nur: „Die Uni, Siemens, Start-ups in Tennenlohe, auch ein paar Firmen in Nürnberg und Fürth – ist ein interessantes Pflaster. Für einen internationalen Wissenschafts*journalisten*."

Flora beschließt genervt, Gordon und Basti auseinanderzubringen. Dann zögert sie kurz – aber wenn Gordon sie eh schon hierher verfolgt hat und nervt, kann sie auch ihre Neugier befriedigen. Sie zieht ihn rasch beiseite, außer Hörweite von Felix und Basti.

Leise fragt sie: „Sag mal, wieso konntest du eigentlich heute Morgen die pinke Glitzerkatze auf meinem Rücken sehen?

Ich habe dir bestimmt nicht den Rücken zugedreht, nicht einen Moment!"

„So sehr misstraust du mir?", sagt er halb ernst, halb spielerisch und sieht ihr tief in die Augen.

Flora bleibt hart: „Also?"

Gordon zuckt die Achseln und grinst: „They do it with mirrors, you know."

Der Spiegel also, das war es. Er hat die Katze in ihrem Flurspiegel gesehen. Nix Geheimnisvolles.

Flora dreht sich weg, und Gordon fragt: „Wollen wir zusammen ein Eis essen gehen?"

„Bestimmt nicht", erwidert Flora ärgerlich.

„Ach komm", Gordon sieht sie bittend an, seine grünen Augen glitzern ...

Basti ist nun nähergekommen und starrt Gordon böse an: „Flora hat deutlich gesagt, dass sie nicht möchte."

Gordon starrt nun wiederum Basti ärgerlich an: „Und was geht das dich an?" Er sieht Flora an: „Ich dachte, dein neuer Freund ist Polizist? Und jetzt der auch noch? Wenn er schon heute Morgen in deine Wohnung gekommen ist, als du noch im Nachthemd warst?"

Flora bekommt mit, wie es in Felix' Augen aufleuchtet. Oh Mann, was dieser intrigante Typ wieder daraus machen wird – angesichts der Tatsache, dass Flora auch ihm persönlich vor Kurzem deutlich klar gemacht hat, dass sie mit ihren Studenten prinzipiell nichts anfängt ... Tut sie ja auch gar nicht! Basti murmelt verwirrt: „Polizist?"

Felix haut nun Gordon an: „Willst du vielleicht mit mir ein Eis essen gehen? Ich hätte nämlich eine Menge Fragen an den gobsmacking Gordon. Wenn ich so einen Star schon mal treffe!"

Gordon zögert kurz und willigt dann ein. Er nickt Flora mit einem extra charmanten Lächeln zu, dann geht er mit Felix weg.

Flora sieht ihnen schweren Herzens hinterher. Wenn Felix jetzt auch noch erfährt, dass Gordon ihr Ex-Mann ist, und die beiden sich womöglich irgendwie zusammentun – oh, zur Hölle mit ihnen allen!

Basti starrt den beiden ebenfalls hinterher und fragt misstrauisch: „Was hattest du denn eben mit dem Gordon Geheimes zu besprechen?"

„Ich stimme Gordon ungern zu, aber das geht dich nichts an."

„Ist ja okay", Basti schaut verkniffen, „ich dachte halt nur, weil du gesagt hattest, dein *Ex*-Mann – sooo ex scheint er ja doch nicht zu sein."

„Ist er doch!" Flora will noch eine Menge sagen, schluckt es aber alles runter und schnaubt nur ärgerlich.

In angespanntem Schweigen laufen sie dann rüber zum Großparkplatz.

# Fluchtplan

Dort ist Gerda wohl gerade fertig geworden.

„Des is gud, dass mei Karrn widder leffd", erklärt Gerda zufrieden. „Heud abnd brauch ich's nämlich, da muss ich zu dera Ü-40-Bardy in Bamberg." Dann hebt sie die Werkzeugkiste, den Karton und die Tüte an: „So, edserd verschdau ich die orndlich hinden drin, damid's ned glabberd."

Basti stichelt: „Als ob das bei deiner alten Kiste einen Unterschied machen würde, da klappert es doch eh dauernd an allen Ecken und Enden."

„Naa, des machd voll an Underschied. Weil ich des Glabbern von maner Kisdn bis ins ledsde Dedail kenn – ich hör soford, wenn da was ned in Ordnung is. Und wenn da was andersch glabberd, des schdörd."

Als sie hinter dem Auto verschwindet, sieht Flora Basti an und sagt leise: „Ü-40-Party? Sie ist doch eigentlich schon deutlich mehr als eineinhalbmal vierzig."

Basti zuckt die Achseln: „Abgesehen davon, dass sie ja auch jünger wirkt – ich glaube, da ist sie altersmäßig gar nicht sooo außen vor. Die Vierzig- bis Sechzigjährigen, die gehen eh auf die Ü-30-Partys, die finden sich viel zu jung für Ü-40. Bei Ü-50-Partys, da gehen vermutlich eher die Achtzig- bis Hundertjährigen hin. Obwohl, die Hundertjährigen wollen sich dann meistens wieder gar nicht mehr jünger machen, die sind stolz auf ihr Alter.

Aber die Oma Gerda geht da sowieso nicht hin, um mitzu-machen – also doch, schon, eigentlich sogar ganz besonders, aber halt nicht mitfeiern, sozusagen."

Flora schüttelt ungeduldig den Kopf: „Was denn nun?"

„Sie macht da DJane, sie ist so ziemlich der Haupt-Act. *Grand Granny Gerda* ist ganz schön angesagt."

Gerda taucht nun wieder auf und bittet Basti: „Ich hab da a boa Gurde, um die Wergzeugkisdn ozuschnalln, könndsd mir die so richdig schdraff oziehn?"

Als Basti hintergeht, sieht Gerda Flora an: „Du schausd a weng gschdressd aus. Is des Dudorium so a Gwerch?"

Flora schüttelt den Kopf. „Das Tutorium ist easy. Aber Gordon, mein Ex-Mann, ist auf einmal aufgetaucht. Und Basti und er zicken sich an, und jetzt will sich da auch noch der Felix einmischen …"

„Ha", Gerda, die Felix kennt, nickt wissend, „der Hunds-gnochng schürd immer sei hinderfodsign Feuerla."

Flora seufzt tief. „Das alles nervt mich total. Ich fühle mich irgendwie – ja, tatsächlich wie ein Hundeknochen, an dem alle zerren." Sie sieht auf einmal Gordon als Windhund, Basti als Golden Retriever, und dazu ein kläffender Pinscher Felix …

„Das Semester hat noch nicht mal angefangen, und ich bin schon urlaubsreif. Am liebsten würde ich abhauen", über-legt sie. „Mein Prof kommt ja erst in zwei Wochen zurück, vorher kann ich eh noch nicht viel machen."

„Is vlleichd a Nummer klaaner, aber ich waaß was, wosd kurzfrisdig hikönnerdsd, wennsd willsd. Mei Nichde Anni, die had a Schdreuobsdwiesn, mit am klaan Häusla dro. Des wär fasd aufm Weg, wenn ich heud Abnd nach Bamberg nauffahr. Da könnerd ich dich midnehm."

Flora überlegt. „Freitag habe ich Tutorium, da müsste ich auf jeden Fall wieder zurück sein."

„Nacherd bleibsd hald zwaa Nächd, und am Freidagmorng hol ich dich wieder ab."

Irgendwie klingt das sehr verlockend.

Flora beschließt: „Ich mach's!"

Mit hochgezogenen Augenbrauen schaut Basti, der gerade wieder dazukommt, zwischen Flora und Gerda hin und her. „Gibt's da etwas, das ich wissen müsste?"

„Na, ebn ned", erklärt Gerda schroff. „Des is brivad, zwischen der Flora und mir." Sie ignoriert seinen erstaunt-beleidigten Blick und kündigt an: „Edserd schaun mer noch amol kurz beim Max vorbei."

# Gefunden

Max schaut ihnen entgegen: „Wir haben ihn gefunden."

„Hey, sehr gut!", ruft Basti – bevor er bemerkt, dass Max überhaupt nicht glücklich darüber aussieht, ganz im Gegenteil. „Aber warum schaust du dann so verhagelt in die Gegend?", fragt er unsicher. „Das ist doch ein schöner Fahndungserfolg."

Gerda sieht Max prüfend an: „Du maansd ned den Lasder, du maansd den Urs?"

Max nickt unglücklich.

„Ist er – tot?", fragt Flora beklommen.

Max nickt wieder.

Basti zögert kurz und fragt dann: „Wurde er umgebracht?"

„Das wissen wir noch nicht. Er wurde erst vor Kurzem gefunden, in einem Waldstück bei Harrlach, das ist südlich von Nürnberg. Sie schicken da jetzt einen Rechtsmediziner hin, dann werden wir hoffentlich mehr wissen."

Flora sieht Max an: „Aber auch ein normaler Polizist, ohne große medizinische Kenntnisse – ich meine, wenn er erschossen wurde oder erschlagen oder was auch immer, dann sieht man doch die Wunden?"

Max hebt hilflos die Schultern: „Es ist wohl äußerlich nichts zu sehen. Der Kollege hat gesagt, der Tote sieht ganz normal aus. Er könnte vergiftet worden sein, oder einfach nur einen Herzinfarkt gehabt haben – keine Ahnung. Ich hoffe, dass ein Mediziner da schnell mehr sagen kann, spätestens nach der Autopsie."

Unerwartet erklärt Gerda: „Lass amol dem Mediziner aus-richdn, dass er bsonders nach Anzeichn von Erfriern schaun soll, oder zumindesd Underkühlung."

Die anderen starren sie an, während ihnen der Hintergrund von Gerdas Aussage dämmert.

„Der Kühllaster war nicht dabei", sagt Max langsam. „Aber das muss ja nichts heißen. Der kann ja trotzdem – sozusagen die Tatwaffe gewesen sein." Er sieht Gerda an: „Aber woher weißt du das?"

Seufzend sagt Gerda: „Gwiss wissn du ich nix. Aber ich hab mer scho dachd, dass da was Schbeziells is mid dem Lasder, kaa einfacher Diebschdahl – als ich erfahrn hab, dass der Lasder da so lang aufm Dschingo seim Bargblads gschdandn war, und dann is er ausgrechned in dem Schdündla ver-schwundn, wo's weg warn."

Flora nickt nachdenklich: „Hätte auch Zufall sein können, aber es stimmt schon: Ein normaler Dieb hätte mit hoher Wahrscheinlichkeit eher in den ganzen Stunden am Nach-mittag zugeschlagen, als der Laster da rumgestanden war."

„Und dass des was mim Urs zu dun had, vermudlich mim Urs als Obfer, des hab ich dann ogfangn zu befürchdn. Und es is edserd ja woascheins auch so."

Basti nickt. „Wenn der Urs keine offensichtlichen Wunden hat, dann könnte er in dem Kühllaster umgekommen sein. Aus Versehen – oder Mord?"

Gerda zuckt die Achseln, sagt dann aber: „Aus Versehn eher ned, warum hädd er denn in an Kühllasder grabbln solln, und dann nimmer nauskomm'. Des woa scho irgndwo

Absichd, deng ich, dass ihn da aaner gloggd had, oder jednfalls eigschberrd."

Basti sieht sie fragend an: „Aber warum?"

„Es gibd zwa Möglichkeidn, oder hald zwa Schdränge von Möglichkeidn. Endweder des had was mid der Miranda ihrm Mord zu dun, oder ned."

„Wahrscheinlich Ersteres", meint Flora.

Max sieht Gerda an: „Deswegen hast du auch getippt, dass der Laster nicht allzu weit weg ist, oder? Weil ein normaler Dieb schleunigst versuchen würde, so weit wie möglich mit seiner Beute wegzukommen. Aber ein Mörder würde versuchen, den Laster und die Leiche möglichst schnell loszuwerden, nur halt nicht gerade direkt in der Gegend. Und da unten bei Harrlach, des is so rund eine Stunde von hier, des würde passen." Dann runzelt er die Stirn: „Aber der Laster war nicht dabei. Wo ist der jetzt?"

Da kommt Wudler hereingeplatzt, ignoriert die Besucher und wendet sich direkt an Max: „Dieser Fisch-Freddie, der den komischen Weiher hat, und der die Leute mit seinem Wasabikarpfen vergiftet hat –"

„Des war doch gar nicht der Karpfen", korrigiert Max, „Sie haben doch den Bericht auch gesehen –"

Wudler wedelt ungeduldig mit der Hand. „Egal, aber jedenfalls den Typen meine ich."

„Also, Freddie Führmann."

„Wie auch immer. Wir haben eine Zeugenaussage reinbekommen, dass der Typ sich am Sonntagmittag massiv mit dem Opfer gestritten hat, wenige Stunden vor dem Mord.

Das rückt ihn in die erste Reihe, als Verdächtigen. Sie müssen den sofort befragen!"

Damit stürmt Wudler wieder davon.

„Ich hädd noch a Fragn an den Dschingo", meldet Gerda nun an.

Max schlägt sich mit der Hand gegen die Stirn: „Mensch, dem müssen wir es ja auch sagen, dass der Urs tot ist."

Da klingelt sein Telefon. Max hebt ab, lauscht kurz und ruft aus: „Allmächt, ja! Ich komm sofort!"

Er sieht sie seufzend an: „Ich hab ganz vergessen, dass wir jetzt Teamsitzung haben, da muss ich hin. Aber dann muss ich ja heute noch den Freddie befragen, und dem Djingo Bescheid sagen, und endlich noch den Bericht von dem Diebstahl neulich fertigschreiben. Und der Konny Küppers nervt uns wegen seiner Versicherung. Ich wünsch mir echt, ich könnte mich klonen!"

Gerda schüttelt den Kopf: „Dann würdsd dich womöglich mid dir selber schdreidn, wer mehr machn muss. Des mid dem Dschingo könn mer dir aber abnehm', dann kann ich ihm gleich mei Fragn schdelln."

Max zögert, nickt dann aber: „Okay. Die Befragung muss ich natürlich selber machen, aber den Djingo informieren, das könnt ihr auch, denk ich. Sagt halt bloß nichts dem Wudler."

„Da brauchsd ka Angsd ham, dem würd ich ned amol die Uhrzeit freiwillig song."

Max überlegt: „Was für eine Frage willst du dem Djingo denn stellen?"

„Ob der Urs a Raucher war."

Etwas verwirrt meint Max: „Aber da dran ist er doch wahrscheinlich nicht gestorben, oder?"

„Naa, so ald is er ja leider nimmer wordn, dass er des noch hädd könna, da war ana schneller als der Lungengrebs."

„Also, warum?"

„Schau, dassd auf dei Diemsidsung kommsd, sonsd meggern die andern."

Sie finden Djingo in der Wurstküche, wo er mehrere Riesenbündel von Kräutern verarbeitet. Auf die Nachricht von Urs' Tod reagiert er traurig, aber gefasst. „Irgendwas Schlimmes hatte ich schon fast erwartet. Obwohl, dass es jetzt gleich der Worst Case ist ... Wurde er umgebracht?"

„Das ist noch nicht klar", meint Basti vorsichtig.

„Er könnd erfrorn sein", kommt es von Gerda.

Djingo denkt kurz nach und starrt sie dann an: „Der Kühllaster?"

Basti erklärt: „Die Polizei weiß das alles echt noch nicht. Der Laster wurde nicht in der Nähe vom Urs gefunden, aber der Urs scheint keine offensichtlichen Wunden zu haben."

Während Djingo das verdaut, stellt Gerda ihre Frage: „War der Urs a Raucher?"

„Ja, und zwar ziemlich heftig. Im Haus durfte er nicht rauchen, im Lokal sowieso nicht, aber wie das die Raucher halt so machen, er ist immer wieder mal raus an die frische Luft. Manchmal ist er richtig weit spazieren gegangen, bis zum Weiher oder zum nächsten Dorf, bloß um draußen ordentlich rauchen zu können."

Es rumpelt an der klemmenden Tür.

„Vielleicht ist das Ben", meint Djingo. „Der will heute Abend noch mit Rockwurst-Kreationen experimentieren – rund um fränkische Bratwürste, aber mit besonderen Teigen. Er ist ja ein begeisterter Fan von fränkischen Spezialitäten." Djingo deutet auf das große Bild an der Wand mit den drei lachenden Kumpels: „Der Ben, der Elias und ich, wir sind ja alle aus Berlin, aber das fränkische Essen hat uns von Anfang an super geschmeckt. Vor allem eben die herzhaften Sachen, wie Bratwurst und Karpfen und Schäuferla, aber wir mögen auch Süßes, zum Beispiel diese Schneeballen."

Die klemmende Tür gibt nun nach, und Max stolpert herein. Mit begeistertem Gesicht erkundigt er sich: „Hab ich da was von Schneeballen gehört?"

Auf Floras fragenden Blick hin erläutert Basti: „Das ist ein Gebäck, aus Mürbeteig, der wird frittiert und mit Puderzucker bestreut – sehr süß und sehr fettig."

„Aber auch sehr gut", sagt Max. „Leider gibt es nicht mehr viele Bäcker, die sowas machen, weil das so eine kniffelige Arbeit ist, mit diesen Streifchen, und dass man das Ding rund bekommt. Aber bei der Gerda sind die immer supergut."

Djingo nickt: „Ich mach die inzwischen auch manchmal. Wenn man ganz kleine Schneebällchen macht und die als Dessert richtig smart anrichtet, mit Beeren und Blüten und einem Fruchtschaum …"

Max starrt ihn verzückt an.

Doch Djingos Gesicht verdüstert sich nun. „Ich weiß aber nicht, ob ich überhaupt noch weitermache. Das mit der Miranda war ein emotionaler Schlag, und der Urs, das reißt auch eine riesige praktische Lücke. Vielleicht höre ich wirklich auf ..."

Max seufzt unglücklich: „Na ja, als Spitzenkoch kann man sich wahrscheinlich schon jung zur Ruhe setzen."

Djingo schüttelt heftig den Kopf: „Die Leute denken immer, als Spitzenkoch verdienst du so in der Größenordnung wie ein Bundesligafußballer, oder ein Top-Model. Aber das ist leider überhaupt nicht so. Koch ist halt generell eher auf einer niedrigeren Gehaltsschiene angesiedelt. Als Sternekoch verdienst du natürlich schon deutlich mehr als in so'nem Billigimbiss. Aber so wirklich zum Reichwerden ist das auch nicht."

Max meint zögernd: „Das Djingos gehört Ihnen ja aber sogar."

Djingo lacht bitter auf. „Genau. Deswegen muss ich ja jeden Cent dreimal umdrehen, damit ich nicht in die roten Zahlen komme, und trotzdem Tag für Tag eine Top-Qualität aufrechterhalte."

Gerda sieht ihn an: „Solln mer Sie edsd bedauern?"

„Nee, das nicht. Sie haben recht, so schlecht geht es mir gar nicht. Aber halt auch nicht so toll. Um weniger Stress zu haben, hab ich mir mit dem Matteo schon einen super Vertreter geleistet, der nimmt mir viel ab. Aber der kostet halt auch entsprechend."

Max nickte trübe. „Immer mehr Sterneköche schmeißen hin, das finde ich verdammt schade."

Djingo meint tröstend: „Dafür gibt es bald ja hoffentlich Rockwurst."

Basti sieht Max an: „Was ist denn eigentlich mit deiner Teamsitzung?"

„Es war nichts dabei, das für mich aktuell wichtig ist, und der Manni ist ein verständnisvoller Chef, der hat mich gehen lassen."

Max besinnt sich nun auf den Zweck seines Kommens: „Die Linda hat gesagt, der Freddie ist vorhin zum Weiher raus, mit ner Menge Gepäck. Er will da wohl was reparieren und hat gesagt, das könnte ein paar Stunden dauern. Und bevor ich ihn tagelang auf die Wache zitiere, und er kommt nicht, fahr ich jetzt da rüber und befrage ihn direkt."

Er zögert kurz. „Der Freddie kann mindestens so glitschig sein wie seine Karpfen, wenn er will, oder eben nicht will –?", bittend sieht Max Gerda an.

Gerda seufzt: „Na schaun mer amol, ob er schweigd wie a Fisch – aber ich glaab's eher ned, beim Freddie."

# U-Boot-Alarm im Weiher

Am Weiher sehen sie sich suchend um. Die große, breite Gestalt von Freddie müsste man eigentlich am Weiherufer gut erkennen können.

Aber weit und breit ist niemand zu sehen.

Max überlegt: „Vielleicht hat er die Linda doch mal wieder angeschwindelt, und ist irgendwo auf Damenbesuch?"

Auf einmal brodelt es unter der Wasseroberfläche, nahe am Ufer. Eine glänzende schwarze Kugel steigt langsam aus dem Wasser auf. Sie entpuppt sich als neopren-umhüllter Kopf, hinter einer Tauchermaske erkennt Flora nun zwei Augen. Jetzt taucht auch der Rest eines Körpers auf, gespickt mit Schläuchen.

Ein schwarzes Monster mit pinken Streifen watschelt an Land, auf breiten schwarzen Schwimmflossen.

Das Monster grinst, und eine bekannte Stimme ertönt etwas dumpf: „Hallo, wollt ihr zuschaun?"

Max schüttelt den Kopf: „Mensch Freddie, du bist schon ein irrer Anblick."

Freddie nimmt die Maske ab, sieht an sich hinunter und erklärt: „Des is der Neoprenanzug von der Linda, mein eigener ist kaputt."

Während er die Tauchflasche vom Rücken wuchtet, fragt Gerda misstrauisch: „Bei was solln mer dir denn zuschaun?"

„Wie ich den Steg wegmach", verkündet Freddie fröhlich.

Leicht vorwurfsvoll sieht er Max an: „Dein Chef hat sich

da ja ziemlich aufgeführt, deswegen hab ich mir gedacht, jetzt mach ich das aber endlich mal, und zwar ordentlich."

Max deutet auf Freddies Taucheroutfit: „Und du sägst da jetzt unter Wasser daran herum, oder wie?"

„Quatsch, sägen bringt ja nichts. Ich mach das jetzt ganz elegant, aber kraftvoll. Mit Sprengstoff."

„Mit Sprengstoff?", japst Basti.

Freddie nickt: „Klar, ich hab jetzt an jedem von den Pfählen eine Ladung dran gemacht, die zünde ich nachher dann zentral mit meiner Steuerung und – bumm: Der Steg ist Geschichte."

Nun sieht Flora auch den schwarzen Kasten auf dem Steg, von dem lauter Drähte abgehen. Wie ganz viele Beine einer riesigen Spinne sieht das aus.

„Bist du jetzt von allen guten Geistern verlassen?", zischt Max Freddie an. Er packt ihn am Arm und zerrt ihn rasch ein gutes Stück vom Weiher weg. Die anderen folgen freiwillig. Von dort aus starren sie geschockt auf den Steg. Dort unten an den Pfählen sitzt jetzt also Sprengstoff ...

Freddie schüttelt Max' Hand ab und sagt unwillig: „Also, auf meinem eigenen Grundstück kann ich ja wohl machen, was ich will! Des ist *mein* Teich und *mein* Steg, und dein Chef hat mich auf die Idee gebracht."

Max schüttelt den Kopf: „Des war doch nicht ernst gemeint!"

„Ist ja auch keine Atombombe, sondern nur so'n paar kleine Päckchen. Mein Vater hat mir damals gesagt, das alles zusammen wirkt bloß wie so ne kleine Handgranate. Ich will ja meine Karpfen nicht erschrecken oder sogar verletzen. Womöglich reicht die Sprengkraft ja nicht mal, und ich muss dann doch noch mit ner Axt nacharbeiten. Obwohl ich schon hoffe, dass es da ordentlich hochsprudelt, damit ich den Steg auch wirklich wegkriege."

Trotzig sieht er Max an: „So'n bisschen private Arbeitserleichterung, das ist ja wohl nicht verboten, oder?"

„Also, ich kenne das Sprengstoffgesetz nicht im Detail, mit sowas hatte ich noch nicht zu tun. Aber ich bin sicher, du hast gegen jede Menge Punkte daraus verstoßen."

„Da gibt es echt ein Gesetz dafür, extra für Sprengstoff?"

Max starrt Freddie ärgerlich an: „Genau, nämlich um die Bürger vor irgendwelchen Irren zu schützen, die mit Sprengstoff herumhantieren. Wo hast du das Zeug überhaupt her?"

Freddie zuckt die Achseln: „Vom Dachboden halt, da hat mein Vater des nach dem Krieg aufbewahrt, des hatte er wohl irgendwo gefunden. Und so ein Zeug soll sich ja ewig halten, wenn es nicht nass wird. Deswegen hab ich es auch gut in Plastik eingepackt."

Seufzend bückt sich Freddie nun, um die Flossen auszuziehen, die ihn beim Herstolpern schon sehr behindert haben.

Max seufzt ebenfalls. „Eigentlich sind wir hier, weil wir mit dir reden wollen. Reden müssen. Über deinen Streit mit der Miranda."

Freddie schaut rasch hoch, sein Gesicht wird schlagartig verschlossen. „Wieso? Welcher Streit?"

„Ein Zeuge hat dich gesehen, und gehört, wie du einen wüsten Streit hattest mit der Miranda, ein paar Stunden vor ihrem Tod."

„Welcher Zeuge?", mauert Freddie.

Max schüttelt ungeduldig den Kopf: „Ist doch egal. Was war das für ein Streit?"

In Freddies immer noch feucht glänzendem Gesicht arbeitet es. Man sieht ihm an, dass er am liebsten alles abstreiten würde.

Doch schließlich gibt er seufzend zu: „Okay, schon irgendwie – aber des war ein totales Missverständnis. Sie hat mich halt belauscht. Gut, ich rede am Handy meistens ziemlich laut, weil das Ding ja so klein ist, sonst hören die mich vermutlich nicht gescheit am anderen Ende."

„Meistens hört man dich auch ohne Telefon bis sonstwo", versichert ihm Max.

„Aber sie hat trotzdem was Falsches gehört. Ich hab vom *Salmoniden-Besatz* geredet, also halt so Lachsfische, für den Anglerverein. Und sie hat wohl verstanden *Salmonellen-Befall* – und hat mir dann gleich unterstellt, dass ich bei meinen Fischen ein Problem mit Salmonellen habe. Was überhaupt nicht stimmt. Aber sie wollte es trotzdem posten."

„Und wie ist der Streit dann ausgegangen?", will Flora wissen.

„Na ja, nachdem wir beide eine Zeit lang geschimpft hatten, hab ich gesagt, ich würde sie verklagen, wenn sie mich verleumdet, und sie hat gesagt, sie würde so lange nachforschen, bis sie Beweise findet. Und dann ist sie gegangen. Und ich auch."

„Und, war des dann des End vo der Sach?"

„Ja, klar, das war's." Aber Freddies Augen driften ab, während er Gerda antwortet.

Gerda denkt kurz nach und fixiert Freddie dann scharf: „Würd mer dei Fingerabdrügg im Haus vo der Miranda findn?"

Freddie wird blass.

„Ich sag jetzt gar nichts mehr", stößt er trotzig hervor. Dann geht er ein Stück beiseite, zu einer Stelle, wo Tüten und Taschen herumliegen. Er holt einen schwarzen Kasten mit Schaltern und Hebeln hervor. Das sieht aus wie die Fernsteuerung eines Fliegers oder Bootes.

Freddie hebt das Ding auf und streckt es Max stolz hin: „Da, das ist meine elektronische Zündung, hab ich selbst gebastelt."

Während Max das Gerät kopfschüttelnd beäugt, taucht neben ihnen auf einmal eine bekannte Gestalt auf – Kommissar Wudler.

„Ich befrage gerade den Herrn Führmann", erklärt Max schnell, und schiebt dann etwas frech nach: „Und Sie?"

Wudler erklärt: „Ich wollte noch mal schauen, ob ich hier irgendwelche Indizien finde, wie die Wehrmachts-Waffe hierhergekommen sein könnte. Das muss doch irgendwie zu klären sein!"

Er schaut auf den Kasten in Max' Händen. „Ach, Sie spielen hier mit einer Drohne oder einem Flugzeug?" Er kneift die Augen zusammen und starrt suchend in den Himmel.

Dann schüttelt er frustriert den Kopf. „Ich kann aber gar nichts sehen – geben Sie mal her."

Ungeduldig nimmt er dem verdatterten Max den Kasten aus der Hand, tritt einen Schritt beiseite und will anfangen, an den Schaltern herumzuprobieren.

Mit einem Aufschrei stürzt sich Max auf ihn und versucht, ihm den Kasten zu entreißen. Schließlich schafft er das auch mit einem wüsten Ruck.

„Güdlein, sind Sie betrunken?!" Wudler schüttelt sich wütend. „Sie springen mich an wie ein wildgewordener Bullterrier, nur weil ich womöglich ein paar unerwartete Kurven mit ihrem Spielzeugflieger drehen könnte? Wo ist das Ding denn überhaupt, ich sehe immer noch nichts?"

„Des ist kein Spielzeugflieger", kommt es schwach von Max. Gerda sagt laut: „Naa, des is a U-Bood, im Weiher."

Der Kommissar schaut verwirrt auf die Wasseroberfläche. „Ein U-Boot? Wo?"

„Des siehd mer hald ned, weil's ebn *U* is, also under Wasser." Wudler starrt sie an: „Sie sind ja alle vollkommen verrückt. Ich komme ein andermal wieder, wenn es hier ruhiger ist." Kopfschüttelnd stapft er davon.

Gerda meint achselzuckend: „Was für a Zirgus, bloß weng dem Käsdla." Sie nimmt das Ding dem überraschten Max aus der Hand, starrt kurz konzentriert darauf und schaltet dann etwas. Im Kasten fängt es an zu piepen und rot zu blinken.

„Zündung!", ruft Freddie aufgeregt.

„Nein!", schreit Max.

Und es passiert – nichts. Der Weiher liegt ruhig und glatt da. Doch auf einmal – ein kurzes Spritzen und Klatschen – Flora zuckt zusammen – aber es war wohl nur ein Fisch. Definitiv keine Explosion.

„Bist du verrückt geworden?!", japst Max. „Wolltest du uns alle in die Luft jagen?"

„Ich waaß doch, dass da nix bassierd."

„Wie kannst du das wissen?"

„Weil mei Mudder mir erzähld had, wie damals nachm Grieg der Ludwig des Zeug heimlich ausdauschd had. Der Ludwig, des war der Bruder von der Helga, die war die Frau vom Alfons, also Freddies Vader, der des Zeug da aufn Schbeicher glagerd had. Des had der ja heimlich gmachd, aber die Helga had's rausgriegd, und dann had's Angsd bekomm'. Und dann had sie's vom Ludwig ausdauschn lassn, der war nämlich a Schbrengschdoffexperde ausm Grieg. Ich waaß ned, was des edsd für Grüml sind, aber nix Gfährlichs hald."

Max atmet heftig aus: „Okay, also ist das kein Sprengstoff mehr. Hättest du uns das nicht vorher sagen können?!"

„Had mich ja kana gfragd." Sie fügt noch an: „Und außerdem had dem Freddie sei Mudder des maner Mudder underm Siegl der Verschwiegnheid erzähld, und mei Mudder mir dann aa. Desweng wolld ich des ned einfach so ohne Nod nausblasn."

„So ein Beschiss", murrt Freddie enttäuscht.

Gerda sieht ihn streng an: „Du solldsd froh sein, dass der Max di edserd ned als an Derrorisdn verhafdn muss. Du hasd doch echd an Fidzer, mid Schbrengschdoff schbield mer ned, hasd des ned kabierd? Edserd sammlsd dei Graffl zamm und gehsd nach Haus."

Max setzt hinterher: „Und bevor du noch aus Versehen ganz Franken auslöschst bei deinem nächsten Versuch, lass den Steg da in Gottesnamen stehen. Der Wudler soll halt schimpfen, das juckt letzten Endes eh keinen. Aber du lässt das Teil jetzt in Ruhe mit deinen merkwürdigen Aktivitäten, verstanden?"

Als Freddie Max' entschlossenes Gesicht sieht, nickt er mürrisch und fängt an, seine Sachen zusammenzusammeln.

„Du kannst ja noch mal eines von deinen schönen Warnschildern aufstellen", meint Basti tröstend.

Freddies Gesicht hellt sich tatsächlich auf. Gut, wenn er dann da seine Kreativität reinsteckt, denkt sich Flora.

Gerda schaut nun auf ihre Armbanduhr: „Also, mir müssn edserd langsam amol. Ich bin zwar ned vor zehne dro, und an langn Saund-Tscheck brauch ich aa ned, ich kenn den Schubbn und die Anlag. Aber ich komm ned so gern aufn ledsn Drügger, also mach mer uns mal vom Agger."

Zu Freddie gewandt droht sie: „Mir schbrechn uns noch, Bürschla. Du überlegsd dir derweil, obsdes ned besser mir erzählsd als der Bolizei, wasd in der Miranda ihrm Haus gmachd hasd." ̄                                  `

Freddie schüttelt trotzig den Kopf, aber in seinen Augen liegt immerhin eine gewisse Unsicherheit.

Als sie zu den Autos zurücklaufen, sagt Basti unglücklich: „Also das mit den Fingerabdrücken vom Freddie, die er offensichtlich in Mirandas Haus hinterlassen hat, das klingt nicht gut." Er sieht Max an: „Wurde denn da nicht schon nach Fingerabdrücken gesucht?"

„Doch, klar, aber sie haben ein paar gefunden, die nicht zuordenbar sind. Der Freddie ist ja nicht aktenkundig bei der Polizei, also haben wir seine Abdrücke nicht. Ich hoffe wirklich, dass er bald bei der Gerda beichtet."

Gerda überlegt besorgt: „Dass der Freddie jemandn aus Bosheid umbringd, des glab ich ned. Aber er had dauernd so schbinnerde Ideen, und dazu is er ned des hellsde Lichd im

Kronleuchder. Des haaßd, dass er immer wieder an Schwach-
sinn machd. Und des kann scho amol dodal schiefgehn."

Basti stimmt zu: „Ja, irgendwie fehlen dem Freddie manchmal
so ein paar Filter, oder Bremsen."

„Du meinst, sowas wie Vernunft oder Vorsicht?", fragt Flora.

Basti nickt und sieht dann wieder Gerda an: „Du meinst, er
hat mal wieder einen von seinen irren Plänen entwickelt, um
der Miranda eins auszuwischen oder sie von irgendwelchen
Veröffentlichungen abzuhalten, oder was weiß ich. Und das
ist dann aus dem Ruder gelaufen, und plötzlich war sie tot?"

„Sie ist ja erstochen worden", wendet Max ein. „Also ich
seh nicht so ganz, wie das quasi aus Versehen hätte passieren
können. Das müsste dann selbst für den Freddie schon eine
sehr irre Story gewesen sein."

„Und da ist ja auch noch der Urs", erinnert Flora. „Warum
hätte Freddie Urs auch noch umbringen sollen? Wenn das
denn ein Mord war."

„Ich check mal, ob sie da schon mehr wissen", Max holt sein
Handy aus der Tasche und geht ein paar Schritte beiseite.
Als er das Handy wieder einsteckt und auf sie zukommt,
schaut er erfreut: „ Sie wissen noch nicht wirklich was, aber
sie sagen, das war ein sehr hilfreicher Tipp mit Unterkühlung
oder Erfrieren, da können die bei der Autopsie gleich in der
richtigen Richtung suchen, das ist bei sowas wohl eh nicht
so einfach."

Gerda grinst ihn an: „Ich sag's doch, mid maane Dibbs wirsd
Misder Subbercobb!"

Sie laufen nun durch ein Wäldchen zu der Stelle zurück,
wo sie ihre Autos geparkt haben. Flora hat plötzlich das

unangenehme Gefühl, dass sie beobachtet werden. Dass da – jemand ist, der beobachtet, lauert. Sie schaut den Weg entlang, späht in die Büsche, zwischen Bäume – nichts. Sie hat sich das wohl nur eingebildet.

Basti fragt nun: „Was war denn jetzt eigentlich mit dem Rauchen vom Urs, Oma Gerda? Wieso ist das wichtig?"

Sie schaut versonnen auf ihr Auto: „Vorhin, als ich Audoradio ghörd hab, da hams an uraldn Song von Denn Sisi gschbield."

„Was?"

Gerda malt mit dem Finger große Zahlen und Buchstaben in die Luft: *1-0-C-C.* „Des is so a Bänd, di sin zu redro für euch, die warn in die Siebziger subber, so Rogg mid a weng Reggä-Rüdmus."

Basti schaut etwas ratlos: „Ja okay, aber was haben 10CC jetzt mit dem Urs zu tun?"

Flora fragt schlauer: „Welchen Song haben die denn gesungen?"

Gerda nickt ihr zu: „Des woa ‚*Bläggmäil*'. Und des had mich auf a Idee brachd."

„*Erpressung*?" Max überlegt. „Du meinst, der Urs wurde erpresst?"

Ungeduldig schüttelt Gerda den Kopf: „Naa, umgekehrd! Die Erbressdn, des sin doch die goldnen Gäns. Aber die Erbresser, des sind die, wo ermorded wern, damid's aufhörn."

Flora spekuliert weiter: „Urs hat vielleicht was gesehen, wegen dem Mord an Miranda, auf einem seiner Raucherspaziergänge?"

Max nickt begeistert: „Dann würden die zwei Fälle tatsächlich echt eng zusammenhängen." Etwas matter meint er dann:

„Aber so wirklich hilft uns das auch nicht weiter. Wenn der Mörder von der Miranda auch der vom Urs ist – müssen wir ihn immer noch finden."

Max ist nun schon dabei, die Türe seines Autos zu öffnen. Er ruft zu Gerda hinüber, die neben ihrem eigenen Auto steht: „Wenn dir noch was einfällt wegen der Morde, dann sagst du mir Bescheid, okay?"

Gerda runzelt die Stirn und ruft zurück: „Ich hab fei a versaude Küchn daham, ich muss dem Hermann amol in' Hindern dredn, und überhaubds. Ich hab fei echd edserd ka Lusd, und a ka Zeid, um viel zu dedegdiviern."

Max zuckt seufzend die Achseln und steigt in sein Auto.

Als Max und Gerda weg sind, steigen auch Flora und Basti ins Auto. Dabei sieht Flora aus den Augenwinkeln eine Gestalt in einer dunkelgrünen Regenjacke. Es sieht so aus, als ob sie sich auf ein Rad schwingt – und dann ist sie schon wieder verschwunden. Flora schüttelt den Kopf über sich selbst. Dieser ganze Stress macht sie wohl irgendwie schreckhaft. Sie braucht wirklich dringend eine Auszeit.

# Raus und weg

Nachdem Flora zu Hause eine große Sporttasche mit ein paar Sachen für ihren „Kurzurlaub" gepackt hat, fährt sie wieder raus zu Gerdas Hof. *Grand Granny Gerda* hat inzwischen wohl auch ihr DJane-Zeug fertig in den Land Rover gepackt, Flora sieht hinten drin diverse Taschen, Plastikboxen und Kartons.

Gerade gibt Gerda Hektor ein letztes Leckerli. Dabei erzählt sie ihm, wo sie hinfährt, und was sie dort machen wird, erklärt ihm, warum sie ihn nicht mitnehmen kann, und ermuntert ihn, gut aufzupassen, bis sie heute Nacht wiederkommt.

Flora hat es ja eigentlich überhaupt nicht eilig, aber es macht sie doch irgendwie ganz zappelig, wie Gerda Hektor ernsthaft informiert, dass sie die Session mit *Smooth* von Santana eröffnen wird. Muss man seinem Hund das wirklich so im Detail erzählen?

Aber sowohl Gerda als auch Hektor scheinen damit sehr happy, also ist es das wohl wert, erkennt Flora etwas beschämt. Und dann geht es auch los.

Gerda erweist sich als eine lautstarke Autofahrerin. Sie selbst fährt sehr gut, zügig, aber sicher und korrekt. Doch von den Fähigkeiten anderer Autofahrer scheint sie nicht viel zu halten und macht ihrem Ärger darüber lautstark Luft. Flora weiß zwar nicht, was die ganzen Worte genau bedeuten, die Gerda im Laufe der Fahrt ausspuckt, aber sie ist sich ziemlich sicher, dass sie da einen saftigen Katalog fränkischer Schimpfwörter präsentiert bekommt. Vermutlich von der

Sorte, die sie am besten nicht gegenüber anderen benutzen sollte. „Doldi" und „Sefdl" kennt sie schon, aber das sind wohl noch die sanfteren Ausdrücke, wobei Gerda sich nicht aufs Fränkische beschränkt: Als gleich zwei Traktoren mit Anhängern hintereinander vor ihnen auftauchen, kommt von Gerda ein französisch-unfeines „Merde!"

Doch schließlich nähern sie sich ihrem Ziel.

Das Häuschen liegt wirklich sehr abgelegen. Sie sind aus einem kleinen Dorf rausgefahren, das Flora auch schon ziemlich abgelegen schien. Dann ging es mehrere Kilometer durch Felder und Wiesen, schließlich einen weiten, baumbestandenen Hang hinauf.

Nun sind sie angekommen und steigen aus.

Das Häuschen ist einfach und einstöckig, aber gar nicht mal so winzig, wie Flora erwartet hatte.

Während Flora ihre Tasche aus dem Auto hievt, drückt Gerda ihr einen kleinen Schlüsselbund in die Hand. „Es is alles drin in dem Häusla, was mer brauchd. Es gibd an großen Wohnraum mid am Küchnegg, a Kämmerla zum Schlafn, an Lagerraum, a Waschbeggn und an Abord."

Auf Floras fragenden Blick hin erklärt Gerda auf Hochdeutsch: „Eine Toilette. Eine Trockentoilette."

Flora setzt die Tasche ab und schaut nicht gerade begeistert. Aber Gerda meint: „Brauchsd kaa Angsd ham, des is kaa so a Blumbsglo mid am Herzla, wie mir des früher ghabd ham, mid Gschdang und ganze Gschwader vo Flieng. Des is a moderne *Bio-Dolädde*."

Flora nickt, nur so halb überzeugt.

Gerda führt aus: „Schdrom hams vor a ba Jahr hier naus verlegd, aber Wasser is hald nur so halberd. Es gibd inzwischn a elegdrische Bumbn, also mussd es nimmer selber ausm Brunnen holen und rüberschlebbn. Aber es gibd hald nur den glaan Brunnen, und mir haddn ja viele droggene Sommer, also mussd a weng schbarsam sein mim Wasser."

Flora bemüht sich, nicht nach einem enttäuschten, verweichlichten Stadtkind auszusehen.

Gerda hebt nun den Finger: „Schau, da drübn, a Neundöder, die sin ganz seldn!"

„Das klingt ja schlimm – Neuntöter?"

„Des is a hübscher Vogl, schau, da drübn aufm Asd hoggd er." Nun sieht Flora ihn auch. Ja, der ist wirklich hübsch, mit seinem rötlichen Rücken und der schwarzen Augenmaske. „Aber der Name ...", meint sie kopfschüttelnd.

Gerda zuckt die Achseln: „Manche sagn auch Rodrüggnwürger."

„Rotrückenwürger? Das ist ja noch schlimmer!"

„Der muss edserd Gas gebn", meint Gerda, „damid er noch in' Südn nunderkommd, is ja scho Ende Sebdember."

Sie wirft einen Blick auf ihre Uhr und kündigt an: „Ich muss edserd aa Gas gebn, is scho fasd sieben." Sie weist auf die vielen Bäume: „Da sin noch viele Äbfl dro, die Anni kummd ned hinderher, weils nur am Wochenend pflüggn kann. Wennsd welche pflüggn willsd, im Schubbn sind Obsdkisdn. Oder du fuddersds gleich auf, aber alle wirsd ned schaffn. Du mussd aa ned nur Äbfl essn, im Schrängla sin Nudeln und Reis und a boa Dosn."

Damit steigt Gerda wieder ins Auto, winkt kurz und braust davon.

Flora schaut ihr mit gemischten Gefühlen hinterher.

Sie fühlt sich auf einmal irgendwie – verlassen. Obwohl – eigentlich ist das hier genau das, was sie wollte: mal so richtig weg und raus. Es ist ja auch nur für eineinhalb Tage. Und es ist wirklich wunderschön hier.

Sie schlendert zwischen den Apfelbäumen herum. Die goldene Abendsonne lässt die Äpfel leuchten, die in den Bäumen hängen. Es sind ganz verschiedene Sorten Äpfel – große, kleine, grüne, rote, gelbe, welche mit rauer und andere mit glatter Schale. Manche sehen schon voll zum Anbeißen aus, andere wirken noch etwas unreif – aber es kann auch sein, dass ihr ungeübtes Auge sie täuscht, vielleicht sind die ja immer so grün.

Sie wählt einen besonders schön und reif wirkenden Apfel aus und rubbelt ihn etwas ab – Pestizide oder sonst welche Gifte verwendet hier sicher niemand. Hofft sie.

Sie schnuppert kurz, es riecht ganz frisch – nach Apfel, und nach überhaupt nichts anderem. Dann beißt sie in die knackige gelbrote Haut.

Himmlisch. So muss Apfel sein.

Schnell hat sie ihn aufgeknabbert. Sie zögert kurz – aber das Kerngehäuse ist ja kein Müll, sondern ein Stück Apfel, das kann sie ins Gras werfen. Da liegen sowieso schon einige angematschte Äpfel, die vom Baum gefallen sind und jetzt Vögeln und Insekten als Nahrung dienen.

Flora pflückt noch einen Apfel, rubbelt ihn ab, beißt hinein und freut sich auf den himmlischen Geschmack.

Und verzieht angeekelt das Gesicht.

Ein Blick auf braun-schwarze Stellen im Inneren zeigt ihr, dass der Apfel wohl bewohnt war.

Sie wirft ihn seufzend beiseite. Das ist halt Natur, Ups und Downs. Oder süße Vögelchen, die Neuntöter oder Rotrückenwürger heißen.

Der bittere Geschmack und das eklige Gefühl erinnern sie auf einmal wieder an Miranda und an Urs – beide tot, ermordet ...

Ernüchtert packt sie ihre Sporttasche und geht zum Haus. Dort will sie den Schlüsselbund, den ihr Gerda gegeben hat, aus der Tasche ziehen – aber da ist er nicht.

Sie wühlt wild alle ihre Taschen durch – Jacke, Hose, vorne, hinten – nichts.

Panik packt sie. Wenn sie jetzt nicht ins Haus reinkommt – Mann, dann steht sie echt bescheuert da! Gerda wird jetzt wahrscheinlich stundenlang ihr Handy abgeschaltet haben, oder es nicht hören. Und wenn sie jemand anderen anruft, dann kann sie dem nicht mal beschreiben, wo sie hier eigentlich genau ist ...

Doch als sie schon verzweifeln will, sieht sie etwas im Gras glitzern: Sie hat den Schlüssel wohl vorhin fallen lassen.

Erleichtert sperrt sie nun die Tür auf und sieht sich um. Das Häuschen wirkt sehr gemütlich, mit viel Holz und einfachen, alten, bunt zusammengewürfelten Möbeln.

Die Toilette ist tatsächlich total okay, und die kleine Küche voll funktionsfähig.

Nachdem Flora sich eine Dose Hühnernudelsuppe auf dem kleinen Kocher warm gemacht hat, setzt sie sich an den Tisch und löffelt die Suppe gleich aus dem Kochtopf. Es gibt zwar Suppenteller, aber so fühlt es sich mehr wie Campingurlaub an, irgendwie. Und sie ist ja hier, um ein bisschen Urlaubsfeeling zu erleben, um sich zu entspannen.

Und sie entspannt sich tatsächlich. Nach dem Essen wird sie total schläfrig. Sie schaut auf die Uhr: Es ist noch nicht mal halb neun.

Eigentlich kann sie so früh noch nicht ins Bett gehen.

Eigentlich kann sie doch. Wer sollte sie dran hindern?

Sie wäscht sich in dem kleinen Waschbecken und streift ihren Pyjama über. Es ist ziemlich kalt in der Schlafkammer, aber das macht nichts, die Bettdecke ist dick und weich.

Bald liegt sie im Bett.

Es ist so viel ruhiger als in der Stadt.

Aber völlig still ist es nicht. Es sind nur ganz andere Geräusche, irgendwie …

Doch plötzlich – ein lautes Rumpeln! Draußen, ganz nahe beim Haus! Das war viel zu laut für eine Maus oder einen Vogel oder ein Eichhörnchen.

Flora sitzt nun aufrecht im Bett und lauscht.

Es klingt so, als ob da irgendwie – jemand herumschleicht.

Schlagartig wird ihr bewusst, wie – ausgeliefert sie ist, wie schutzlos, hier draußen, so ganz alleine …

Sie versucht, sich Mut zu machen: Wer sollte hier draußen um diese Zeit schon sein – nicht mal Wanderer würden hierherkommen, mitten unter der Woche, Ende September, abends, irgendwo in der Botanik, weit weg von allen größeren Orten …

Leider beruhigt sie der Gedanke überhaupt nicht, sondern macht ihr nur noch schmerzhafter bewusst, dass hier im weiten Umkreis überhaupt niemand ist, der ihr helfen könnte. Sie erinnert sich, dass Gerda ihr erklärt hatte: Hier am Häuschen gibt es keinen Empfang, erst wieder oben auf einem Hügel, der ein paar Hundert Meter von der Hütte entfernt liegt. Also kann sie jetzt hier auch niemanden anrufen.

Wer könnte das überhaupt sein, der da rumschleicht? Wer hat denn ein Interesse an so einer abgelegenen Hütte? Ein Einbrecher? Oder ein Obdachloser? Aber Flora hat ja schon lange das Licht an, und überhaupt hat sie ziemlich in der Hütte rumrumort. Wenn also einer eine verlassene Hütte sucht, in die er einbrechen oder eindringen kann, dann hätte der doch schon längst erkannt, dass das hier und heute nichts wird, und wäre schleunigst wieder abgehauen, um eine wirklich verlassene Hütte zu finden.

Ob es Gordon sein könnte? Aber sie sind in Gerdas Auto hierher gefahren, da kann er ihr kaum gefolgt sein. Und das ist auch nicht seine Art, so rumzuschleichen. Wenn er in der Nähe ist, dann macht er das immer deutlich. Gordon ist es sicher nicht.

Und Basti auch nicht, der würde nicht einfach herkommen, wenn er nicht eingeladen ist. Und wenn doch, dann würde auch er nicht heimlich draußen rumhuschen, sondern anklopfen.

Wenn da einer draußen rumschleicht, ohne sich bemerkbar zu machen, dann hat der doch was Düsteres vor, oder?

Und wenn es höchst unwahrscheinlich ist, dass sich ein Dieb oder Obdachloser hier rumtreibt – dann ist es wahrscheinlich, dass dieser Rumschleicher etwas mit ihr zu tun hat. Dass da irgendwer ganz spezifisch Flora Petersen an den Kragen will …

Aber wieso? Sie hat doch niemandem was getan. Jedenfalls nicht bewusst.

Nun ist es wieder still draußen.

Sie springt aus dem Bett und greift nach der Stirnlampe, die sie auf dem kleinen Nachttisch liegen hat.

Eigentlich hatte sie vor, nach draußen zu marschieren und nachzuschauen. Aber das macht sie dann doch lieber nicht. Das Türschloss ist massiv, die Tür ist zu, und das soll auch so bleiben.

Sie stellt sich nur an das Wohnzimmerfenster, knipst die Stirnlampe wieder aus und späht nach draußen. Aber so kann sie nicht wirklich etwas sehen, und so beschließt sie nach kurzem Zögern, das Fenster aufzumachen.

Der Holzrahmen des Fensters knarzt laut beim Öffnen. Aus dem Augenwinkel sieht Flora ganz kurz ein Licht – ist da ein Mensch – ein Mensch mit Lampe, der davonrennt? Doch gleich ist es wieder dunkel, und still.

Und es bleibt dunkel und still, solange Flora auch wartet. Schließlich wird ihr kalt. Sie schließt das Fenster und trottet seufzend zum Bett zurück. Sie hat sich da wohl nur was eingebildet. Das Licht war vielleicht von einem Flugzeug, und das laute Geräusch wahrscheinlich doch bloß eine Maus. Eine große Maus.

Oder eine Ratte? Oder ein Wildschwein?

Immer noch besser als ein menschlicher Eindringling, womöglich mit finsteren Plänen …

Aber das Türschloss ist solide. Und jetzt herrscht ja auch wieder Ruhe.

Sie legt die Stirnlampe weg und klettert ins Bett.

Das Einschlafen fällt ihr nun schwer. Ratten, Wildschweine und schwarze Gestalten huschen durch ihre Gedanken. Aber draußen bleibt alles ruhig, und schließlich schläft sie doch ein.

# Wurm im Streuobst

Am nächsten Morgen steht Flora früh auf, kocht sich einen Kaffee in der kleinen altmodischen Maschine und knabbert an den Keksen, die sie mitgebracht hat. Mit einem Keks in der Hand tritt sie vor die Tür und wischt dabei ein bereiftes Spinnennetz beiseite.

Draußen lässt sie den Blick schweifen. Der Hang mit den vielen Bäumen liegt friedlich in der Morgensonne. Kein Mensch weit und breit. Gestern Nacht, das hat sie sich bestimmt nur irgendwie eingebildet.

Das Wetter ist wirklich schön, und sie beschließt, den Tag damit zu verbringen, ordentlich viele Äpfel zu ernten. Das ist gesunde Bewegung an der frischen Luft, und auch ein Dankeschön an diese Anni, dass sie hier wohnen kann.

Schon nach der dritten großen Kiste Äpfel stellt Flora fest, dass das verdammt harte Arbeit ist. Dabei pflückt sie, mit etwas schlechtem Gewissen, sowieso nur die gut erreichbaren Äpfel. An der Hauswand lehnt eine Leiter, aber die will sie lieber nicht benutzen.

Wenn sie hier runterfällt und sich was tut, kann sie nicht mal per Telefon jemanden zu Hilfe rufen. Empfang gibt es ja nur oben auf diesem Hügel da drüben. Hier am Haus kann sie nicht mal irgendwelche Messages empfangen.

Sie beschließt, ihr Telefon jetzt mal zu checken, und macht sich auf den Weg.

Als sie auf dem höchsten Punkt des Hügels steht, wird ihr Handy wieder lebendig. Flora sieht massenweise Messages von Gordon. Er hat außerdem unzählige Male versucht, sie anzurufen. Nee, also gerade mit dem muss sie nun wirklich nicht sprechen.

Auch einige Anrufe von Basti sieht sie. Muss aber auch nicht sein, schließlich ist sie ja hier, um ein bisschen Ruhe zu haben. Doch die Neugier treibt sie dazu, Gerda anzurufen, um nach dem Stand der Dinge zu fragen. In dem Moment, als sie Gerdas Nummer antippen will, ertönt der Klingelton so plötzlich, dass sie vor Schreck fast das Handy fallen lässt. Ist das schon wieder Gordon?

Nein, es ist Basti. Flora zögert, dann nimmt sie das Gespräch aber doch an. Vielleicht hat er ja wichtige Infos von Max. Bastis Stimme klingt erleichtert: „Schön, dass ich dich erwische, ich hab mir schon Sorgen gemacht. Die Oma Gerda hat mir zwar inzwischen erklärt, du willst einfach nur deine Ruhe, vor uns allen. Kann ich verstehen. Na ja, nicht wirklich, ich finde nicht, dass ich Stress gemacht habe. Dieser Gordon vielleicht, aber ich doch nicht, ich wollte doch nur –" Auf Floras ärgerliches Schnaufen hin sagt er schnell: „Aber okay, okay, jedenfalls akzeptiere ich das."

Nach einer kurzen Pause fügt er an: „Leider hat der Wudler mitgekriegt, wie ich dem Max besorgt erzählt habe, dass du offenbar verschwunden bist, und dein Handy nicht zu erreichen ist. Und jetzt rennt der Wudler rum und behauptet: Dass du verschwunden bist, ist ein deutliches Zeichen, dass du schuldig bist und deswegen abtauchen wolltest."

Flora seufzt. Sie hätte ihr Handy echt nicht checken sollen. Trotzig meint sie: „Er wird mich schon nicht gleich zur Fahndung ausschreiben lassen."

Nachdem sie Basti gefühlte zehn Mal erklärt hat, dass sie ihm nicht sagen wird, wo sie ist, und er wirklich nicht zu Besuch kommen soll, beendet sie das Gespräch. Sie versucht, Gerda anzurufen, aber vergeblich. Also gut. Äpfel pflücken kann sie auch so.

Schließlich kommt Flora langsam in den Rhythmus. Unterbrochen nur von ein paar Pausen, in denen sie ziemlich viel Wasser trinkt, füllt sie eine Kiste nach der anderen.

Die Zeit verfliegt irrsinnig schnell. Die Sonne geht schon unter, als sie schließlich befriedigt im Lagerraum ihr Tagwerk betrachtet: große Stapel von Kisten, gefüllt mit frischgepflückten Äpfeln.

Sie trekkt noch mal auf den Hügel, um Gerda anzurufen. Aber wieder erreicht sie sie nicht. Gerda schaltet ihr Telefon ja wohl öfters mal aus, um ihre Ruhe zu haben. Prinzipiell findet Flora das auch gut, aber jetzt nervt es sie.

Langsam macht sie sich durch die Dämmerung wieder auf den Rückweg, den Hügel hinunter. Telefonieren sorgt hier echt für Fitness: rauf auf den Hügel, runter vom Hügel …

Zurück im Häuschen macht sie sich eine Gulaschsuppe warm. Als Nachtisch gibt es, natürlich, einen Apfel. Schließlich kocht sie eine große Kanne Tee und stöbert durch die bunten Tassen in dem kleinen Hängeschränkchen. Sie wählt eine alte, leicht angeschlagene Tasse mit einem schwarzen Kätzchen und der verblichenen Aufschrift: *Ich kann Krallen und Samtpfote.*

Dann nimmt sie die Tasse und ihr Buch und setzt sich auf den Schaukelstuhl. Das Buch legt sie erst mal neben sich auf den Boden und wärmt sich die Finger an der Tasse.

Draußen ist es jetzt schon völlig dunkel, drinnen verbreitet die kleine Stehlampe neben dem Schaukelstuhl ein warmes Licht. Gemütlich ist es, friedlich.

Doch da – ein lautes Rumpeln.

Flora stellt die Tasse abrupt beiseite. Ist da jemand? Der von gestern – oder jemand anderes? Oder – verdammt, was ist da los?

Diesmal bleibt es nicht bei dem einen Geräusch. Da ist weiteres Rumoren – leiser, aber rund ums Haus, an der Seite, hinten, wieder vorne …

Flora bekommt Angst. Diesmal ist da wirklich jemand. Da draußen in der Dunkelheit, irgendwo am Haus ...

Aber sie kann niemanden zur Hilfe rufen. Es sei denn, sie geht raus auf den Hügel – aber dabei rennt sie dem, der sich da rumtreibt, ja erst recht in die Arme!

Sie muss also im Haus bleiben und hoffen, dass er hier nicht eindringen kann. Sie geht zur Tür. Es ist ja ein Schnappschloss, aber sie dreht sicherheitshalber den Schlüssel noch mal um.

Dann setzt sie sich wieder in den Schaukelstuhl und versucht, sich zu beruhigen. Das Schloss ist wirklich solide, da kommt keiner so leicht rein.

Mit angehaltenem Atem lauscht sie, aber im Moment rührt sich nichts.

Da fällt ihr siedend heiß ein: Die Hintertür! Das Schloss an der Vordertür ist massiv – aber was ist mit dem Lagerraum?

Dahinten gibt es eine kleine Holztür. Die könnte vermutlich sogar ein Kind einfach aufkriegen ...

Sie springt auf, rennt in den Lagerraum hinter und tastet nach dem Lichtschalter. Doch die altmodische Glühbirne, die von der Decke hängt, brennt in dem Moment durch, als sie sie anknipsen will.

Ärgerlich kehrt Flora um. Vielleicht sind Ersatzbirnen in der Küche?

Da – ein Geräusch hinter ihr –

Bevor sie sich umdrehen kann, presst etwas Weiches gegen ihr Gesicht – ein süßlicher Gestank – Schwärze.

Langsam wird Flora wieder wach. Ihr Kopf schmerzt, und ihr ist übel. Um sie herum ist es dunkel, es schwankt, es brummt, es rattert –

Ein Auto, dämmert ihr. Sie ist in einem Auto. Ein geschlossener Transporter, ein Lieferwagen oder sowas. Und irgendwas ist mit ihren Händen – sie kann sie nicht bewegen – schließlich kapiert sie: Ihre Handgelenke sind aneinandergefesselt.

Langsam kriegt ihr Hirn es zusammen: Betäubt – gefesselt – in einem Transporter – jemand hat sie entführt.

Aber warum? Und wo geht es jetzt hin?

Ihre Wange liegt auf etwas eher Hartem, das nach Gummi stinkt, ein Reifen vermutlich. Sie hebt den Kopf mit großer Anstrengung, aber das nützt nichts. Sie kann in der Dunkelheit nichts sehen, und ihr wird noch schlechter. Also lässt sie den Kopf wieder sinken und wartet ab.

Irgendwie scheint um ihren Kopf herum auch etwas gewickelt zu sein – mit den eng gefesselten Händen kann sie es nicht richtig ertasten – es riecht irgendwie nach Krankenhaus – ein Verband? Hat sie eine Kopfverletzung?

Schließlich stoppt das Fahrzeug, der Motor wird ausgemacht. Flora spannt die Muskeln am ganzen Körper an. Was wird passieren?

Nach einigem Gerumpel wird es auf einmal hell. Die Tür hinten öffnet sich, eine Lampe blendet ihr ins Gesicht, das Licht bewegt sich hin und her.

Als das Licht ein Stück von ihrem Gesicht weg wandert, kann Flora gerade so erkennen, dass da ein Typ eine Kapuze überm Kopf und eine FFP2-Maske vorm Gesicht hat.

„Du bist wach? Okay, raus jetzt, ins Haus!", kommt der dumpfe Befehl. Die Gestalt zerrt sie unsanft aus dem Transporter und schubst sie auf ein Haus zu, das noch kleiner ist als Floras Häuschen an der Streuobstwiese. Und, wie ein rascher Blick rundum ihr zeigt, genauso abgelegen – alles dunkel und still. Nur im Haus brennt ein Licht.

Drinnen stößt der Typ sie auf einen Sessel.

„Nicht abhauen!", befiehlt er. Flora hat das gar nicht vor. Der Sessel ist sehr viel bequemer als der Transporter, und sie hat inzwischen vermutlich einige blaue Flecke. Und wirklich wegkommen kann sie sowieso nicht.

Mit rauer Stimme stößt sie hervor: „Wasser! Ich brauch was zu trinken!"

Der Typ zögert. Dann geht er in die Ecke des Wohnraums, zu einem alten weißen Emaille-Waschbecken. Er kommt mit einem Glas Wasser zurück.

Irgendwas kommt Flora ein kleines bisschen bekannt vor, an der Art, wie er sich bewegt, und an seiner Stimme ...

Und als die Kapuze jetzt etwas verrutscht, und sie die Augen über der Maske deutlich sieht, erkennt sie: „Ollie!"

Sie beißt sich auf die Lippe. Das war dumm. Jetzt, wo er weiß, dass sie ihn erkannt hat, wird er sie womöglich umbringen, damit sie ihn nicht verraten kann.?

Hat Ollie also doch seine Freundin getötet? Aber warum hat er dann jetzt Flora entführt? Denkt er, dass sie etwas weiß, und will sie jetzt zum Schweigen bringen? Aber sie weiß doch nichts!

Die Augen über der Maske starren sie grimmig an. Doch dann drückt er ihr das Glas in die immer noch gefesselten Hände: „Da, trink!"

Nach kurzem Zögern nimmt er die Kapuze ab und reißt sich die Maske vom Gesicht. Ja, es ist Ollie.

Unbeholfen, aber gierig trinkt sie aus dem Wasserglas. Dabei denkt sie fieberhaft nach. Warum hat Ollie sie entführt? Und warum hat er sie nicht gleich umgebracht? Was will er noch von ihr?

Plötzlich sagt Ollie rau: „Dass die Miranda ermordet wurde, ist das Schlimmste, was je in meinem Leben passiert ist. Ich merke von Stunde zu Stunde mehr, wie sie mir fehlt … Ich will sie rächen. Und dazu muss ich ihren Mörder finden – oder ihre Mörderin. Der Max sagt, dass es da eine Frau gibt, die die Miranda vor ein paar Tagen in einer Kneipe bedroht hat."

Finster starrt er sie an.

Flora starrt entsetzt zurück.

Also das ist es! Er ist irgendwie draufgekommen, dass das Flora war. Und jetzt – ja, was nun? Warum hat er sie nicht längst schon umgebracht? Will er sie erst foltern, und dann umbringen?

# Entführungs-Erpressung

Flora fühlt sich auf einmal so schwach, dass sie kaum noch das Wasserglas halten kann.

„Was soll das alles", flüstert sie, mehr für sich als für Ollie. Aber er erklärt: „Ich hab das Video schon vor einer Weile abgeschickt, und jetzt müssen wir warten."

„Welches Video?"

„Ich hab ein Video von dir gemacht, im Transporter. Als du bewusstlos warst, wie du da gelegen bist, gefesselt und mit dem Kopfverband."

Floras gefesselte Hände wandern unwillkürlich hoch zu ihrem Kopf.

Ungeduldig schüttelt Ollie den Kopf: „Du hast keine Verletzung, aber mit dem Verband sieht es so aus, als ob. Wirkt dramatischer.

Und ich hab der Gerda gesagt, ich werde dich erst freilassen, wenn sie den Mörder oder die Mörderin präsentieren kann."

„Der Gerda? Aber – wieso –"

„Sie hat ja gesagt, dass sie nicht Detektiv sein will, weil sie zu viel anderes zu tun hat. Da am Weiher."

Diese Gestalt mit dem Fahrrad, die sie da belauscht hat, das war also Ollie.

„Das heißt, ich muss ihr Druck machen, damit sie doch was tut. Ich mag die Gerda nicht besonders, aber clever ist sie schon. Und sie hat das mit dem anderen Mord ja auch aufgeklärt. Also vielleicht schafft sie es, rauszufinden, wer Miranda ermordet hat. Wenn sie sich wirklich anstrengt."

Vorsichtig tastet sich Flora vor: „Also, ich kenne Gerda ja noch nicht lange. Aber eines weiß ich, wenn man sie unter Druck setzen will, dann wird sie bockig und tut erst recht nicht, was sie soll."

Ollie zuckt ungeduldig die Achseln. „So in normalen Situationen stimmt das schon, nehme ich an. Aber wenn jemand entführt wird, an dem man hängt, dann ist das eine Ausnahmesituation, sogar für die Gerda."

„An mir hängt sie überhaupt nicht", Flora schüttelt den Kopf. „Ich bin doch eine Fremde für sie, sie kennt mich kaum. Vielleicht mag sie mich gar nicht."

„Doch, sie mag dich, das merkt man."

Wieder schüttelt Flora den Kopf. „Nee, echt nicht. Wenn du den Basti entführt hättest, an dem hängt sie wirklich, für den würde sie sicher alles tun."

Der Gedanke an seinen Kumpel Basti ist Ollie sichtlich unangenehm.

Flora überlegt, ob sie an dieser Stelle einhaken soll. Wenn sie brutal genug das Thema Basti ausnutzt, kann sie Ollie vielleicht überreden, sie freizulassen.?

Oder er wird dann richtig sauer, oder panisch, oder beides – sie sollte ihn wohl besser nicht reizen, nicht, dass er noch ausflippt und sie schlägt oder so. Erst mal muss sich ihr Kopf an die Situation gewöhnen – indem er aufhört wehzutun, zum Beispiel. Dann kommt sie vielleicht auf eine Idee.

Ob Gerda inzwischen das Video gesehen hat? Vermutlich schon, manchmal hat sie ihr Handy ja auch an. Gerda und Basti machen sich sicher wahnsinnig Sorgen um sie – und haben wahrscheinlich auch schon die Polizei alarmiert.

Und die werden nun mit Hochdruck nach Entführer und Entführungsopfer suchen, mit Hubschrauber und Hunden und allem dramatischen Drum und Dran –

Auf einmal wird ihr ganz mulmig. Einerseits muss sie ja hoffen, dass die zu ihrer Befreiung anrücken. Andererseits kann sie so jetzt mit Ollie reden, von Mensch zu Mensch – aber wenn eine Armee mit Walkie-Talkies und Maschinenpistolen anrückt? Dann würde er bestimmt restlos durchdrehen – und sie womöglich töten? Oder einen Polizisten töten? Oder sich selbst töten?

Nein, so weit darf es nicht kommen.

Langsam wird ihr klar, was das bedeutet: Sie darf nicht irgendwie auf Hilfe von außen hoffen. Sie muss diese Situation selbst entschärfen.

„Du hast die Miranda sehr geliebt?", tastet sie sich vorsichtig heran.

„Ja, die Miranda und ich, das war was Besonderes …", Ollie starrt gedankenversunken ins Leere.

Flora zögert, aber dann sagt sie es doch: „Basti hat gemeint, ihr habt euch aber viel gestritten?"

Ollie seufzt gequält auf: „Ja, wenn ich jetzt daran denke, könnte ich nur noch heulen. Dass wir so die letzte Zeit miteinander verbracht haben … Das mit dem Zusammenziehen, das war halt ein ziemlicher Stress. Wir hatten vorher beide alleine gelebt, und wir waren beide Typen mit festen Gewohnheiten, und festen Ansichten …

Aber letzten Endes – die Miranda war der einzige Mensch, der mich wirklich verstanden hat, und umgekehrt ging es ihr ähnlich mit mir. Hat sie jedenfalls gesagt. Sie war ja

276

fröhlich und neugierig, und alle haben sie immer gleich gemocht. Aber sie war auch sehr – unsicher, irgendwo tief drin, und eigentlich oft am liebsten alleine. Aber mich hat sie meistens doch um sich haben wollen. Und jetzt ist sie nicht mehr da –"

Er dreht sich schnell weg, und Flora sieht Tränen in seinen Augen.

Sanft sagt sie: „Ich verstehe, dass das schlimm für dich ist. Aber so geht es nicht." Sie streckt ihm ihre Hände hin. „Mach das auf!"

Er zögert, nestelt dann aber die Schnüre tatsächlich auf. Erleichtert bewegt Flora ihre Hände und reibt sich die Handgelenke. Zum Glück hatte Ollie die Schnüre nicht extrem fest zugezogen, aber ihre Hände fühlen sich jetzt trotzdem ziemlich taub an.

Flora steht auf. „He!", zischt Ollie alarmiert.

„Ich will mir nur noch etwas Wasser holen."

„Aber hau nicht ab!", sagt er drohend. „Ich kann nicht riskieren, dich freizulassen." Sein Blick flackert unruhig im Raum herum. Flora erkennt verzweifelt, dass das schwierig werden wird. Er darf sich bloß nicht in die Ecke getrieben fühlen – aber wie soll sie hier je wieder rauskommen? Ohne fatales Drama?

Nach ein paar Schlucken Wasser versucht sie erst mal, ein möglichst unverfängliches Thema zu finden, damit er sich entspannt. „Am Dienstag bei dem Event von eurem Bürgermeister – wie heißt der eigentlich? Das habe ich irgendwie überhaupt nicht mitgekriegt an dem Abend."

Ollie grinst boshaft: „Torsten Kriecher heißt das Reptil."

„Echt? Mit dem Namen hat er aber Pech."

„Selbst schuld. Seine Frau hieß Sommerfeld, und die wollte eigentlich ihren Namen nehmen, weil sie damit als Ärztin bekannt war, aber er hat auf seinem *Kriecher* bestanden. Er betont ja auch immer, dass das eigentlich von ‚Krieger' kommt, aber die Suki hat gesagt, sie hält das für unwahrscheinlich." Er erklärt: „Die Suki, das ist Bastis Ex, die ist Sprachwissenschaftlerin, die hat's mit Namen und Herkunft und so. Und die hat spekuliert, das könnte von ‚Grieche' kommen, aber das hat dem Herrn Bürgermeister nicht gepasst, weil er nämlich ziemlich rechts ist. Also nicht ganz offen fremdenfeindlich, aber so am Stammtisch, wenn er glaubt, man ist unter sich, da hab ich schon Sprüche von ihm gehört – jedenfalls, wenn sich rausstellen würde, dass er tatsächlich selber ausländische Wurzeln hat, das wäre ihm sicher arschpeinlich gegenüber seinen Spezln und überhaupt."

„Du meinst, da wäre er dann schon lieber der Abkömmling eines urdeutschen Typen, der vor irgendwelchen Adligen rumgekrochen ist?"

Ollie grinst und nickt. „Vor einer Weile habe ich auf ein Plakat vom Kriecher ein dickes Hakenkreuz auf seine Brust gemalt. Ist leider kaum noch übertrieben, der spuckt immer unverhohlener rechte Sprüche. Bald wird er das Bild von seinem Urgroßvater Anton in seinem Büro öffentlich aushängen. Das war ein strammer Nazi, der dafür damals auch ins Gefängnis musste."

Flora seufzt. „Aber solche Schmierereien nützen doch nichts."

Ärgerlich schüttelt Ollie den Kopf: „Der Typ ist sowas von pervers – der wollte mich dafür doch glatt anzeigen, wegen der Verwendung der Kennzeichen von verfassungswidrigen Organisationen. Mich! Weil ich das angeprangert habe! Aber zum Glück ist die Rechtsprechung da inzwischen anders, früher hat's sowas tatsächlich gegeben, da wurden ausgerechnet die Kritiker angezeigt, das war echt fies. Aber heute wohl nicht mehr, da hat sich Gott sei Dank doch etwas geändert. Das hab ich ihm dann verklickert, dem Herrn Rechtsanwalt", er verzieht höhnisch das Gesicht. „Der Typ ist echt so was von einer Leergurke. Er hat wohl erst beim ungefähr siebten Anlauf überhaupt sein zweites Staatsexamen bestanden. Und das vermutlich auch nur, weil sein Vater ein Herr Landgerichtspräsident ist, mit Beziehungen sonst wohin."

„Aber immerhin ist er Bürgermeister", meint Flora.

Ollie schnaubt verächtlich. „Ja, weil er den Idioten immer genau das verspricht, was sie haben und hören wollen."

Flora zuckt die Achseln: „So funktioniert halt Politik, in einer Demokratie."

„Ja, aber nicht alle Politiker sind so mies wie der Kriecher, und so korrupt."

„Echt korrupt? Also mit Schmiergeldern und so?"

Ollie grinst schief: „Man munkelt, dass gemauschelt wurde. Bei verschiedenen Projekten."

„Aber Beweise gibt es nicht?"

„Wie soll man denn an Beweise kommen?"

Flora muss ihm recht geben, sowas ist notorisch schwierig. Überhaupt ist da vieles an Ollies Gedanken und Argumenten, dem sie durchaus zustimmt. Aber seine Art – nein, die findet sie einfach unmöglich. Und das hier jetzt ist sowieso absolut jenseits von akzeptabel, bei allem Verständnis für verzweifelte Trauer …

Auf einmal – ein Geräusch an der Tür – die Tür fliegt auf – und herein kommt Gerda, gefolgt vom wild wedelnden Hektor.

Ollie springt entsetzt auf – aber dann lässt er sich resigniert wieder auf den Stuhl fallen.

Gerda raunzt ihn an: „Bisd du edsd gar närrsch gwordn? Die Flora endführn?!"

Kleinlaut meint Ollie: „War vielleicht doch keine so tolle Idee …" Seufzend erklärt er dann: „Ich war euch gestern gefolgt, um zu sehen, was ihr macht. Da hab ich mich noch nicht getraut, was zu unternehmen. Aber heute Abend hab ich mir halt den Kummer mit Rotwein betäubt, und der hat mich dann befeuert, sozusagen …"

„Bsuffn bisd aa noch – und so bisd Audo gfahrn, und mid der Flora drin?"

„Ich bin schon wieder ganz nüchtern", sagt Ollie verdrossen. „Und ich wollte der Flora auch nicht wehtun, deswegen habe ich sie ja nicht niedergeschlagen, sondern nur mit Chloroform betäubt, dass sie nichts mitkriegt."

Gerda schüttelt ärgerlich den Kopf: „Was haaßdn hier nur? Und wo haddesd so a Zeugs überhaubds her?"

Ollie murmelt: „Einer meiner Kumpels ist Chemielaborant."

Gerda setzt nach: „Und des war eh a völlig unnödigs Gfregg! Ich hab eh mid dir redn wolln, damidsd vlleichd bei der Aufglärung hilfsd – da hädsd mer helfn könna, aber schdaddessn –"

Ollie hebt die Hände: „Okay, okay! Ich weiß aber wirklich nichts, sonst hätte ich das schon gesagt. Ich war bei einer Feier, zum Fotografieren, die Miranda ist wohl zum Joggen gegangen, wie immer – und dann war sie tot …"

Seine Stimme zittert etwas. Dann fängt er sich wieder und fragt: „Wie hast du uns überhaupt gefunden? Ich hab doch extra aufgepasst, dass es keinen Hinweis auf den Ort gibt. Und auch nicht auf meine Identität, erst mal."

„Also zerschd amol hab ich gleich gwussd, dass des du bisd. Sonst häd's außer dir höchsdns noch der Djingo sein könna, weil der die Miranda so gmochd had. Aber der Ärmel vo deim Hudi is dir amol in die Kamera gradn, und des Hudi is ans vom Niedlasreuther Fußballverein, also wussd ich, des bisd du."

„Und woher wusstest du dann, dass wir hier sind?"

„Wo denn sonsd? Ich wussd ja, dass dei Großdandn dir ledsdes Jahr die Hüddn hier vererbd had. Also bin ich gleich hier nausgfahrn."

Etwas enttäuscht fragt Ollie: „Hast du denn nicht Angst bekommen, als du Floras verbundenen Kopf gesehen hast?"

Gerda sieht ihn kopfschüttelnd an: „Des had kaan Sinn gmachd, dass aana sei Obfer brudal zsammschlägd, um's zu bräsendiern, und dann widder verbinded. Des wussd ich gleich, dass des nur Schou is."

Flora erkundigt sich nun: „Wo sind eigentlich die anderen – Basti, Max?"

„Dena hab ich vorsichdshalber nix gsagd, damid die sich ned aufregn."

Einerseits ist Flora froh, dass es nicht unnötig Aufregung gegeben hat. Aber andererseits – ist es irgendwie ein merkwürdiges Gefühl ...

Sie wurde betäubt, hatte Angst, war mitten in einer Entführung – und der Rest der Welt ist währenddessen fröhlich weitergelaufen und wusste gar nichts davon. Sie fühlt sich *out of synch*, nicht mehr im Einklang mit der Welt.

Sie bemerkt, dass Gerda sie beobachtet. Sie hofft bloß, dass die jetzt nicht anfängt, sie irgendwie zu bequatschen.

Aber Gerda stößt nur einen kurzen Laut aus, macht eine leichte Kopfbewegung und wendet sich dann ab. Sie geht zur Spüle hinüber und holt sich auch ein Glas Wasser.

Auf einmal spürt Flora eine Hundenase an ihrer Hand. Hektor sitzt nun neben ihr und schmiegt seinen warmen Körper an sie. Der riesige, graue Hund sieht zwar struppig aus, aber sein Fell ist überraschend weich und flauschig. Er riecht ein bisschen nach Ziegenstall, und nach Heu. Sehr erdig, sehr beruhigend. Hektor sitzt einfach nur dicht neben Flora und – ist da.

Als Gerda ihr Wasser getrunken hat, sagt sie zu Ollie: „Die Flora wird sich überlegn, obs dich anzeigd bei der Bolizei, wegn Bedäubung und Endführung."

Flora macht den Mund auf, um zu sagen, dass sie Ollie nicht anzeigen wird, aber auf einen Blick von Gerda klappt sie den Mund wieder zu.

Ollie schaut geschockt. Gerda legt nach: „Mit dem Chloroform, da häd's fei schderbn könna, des Madla, des bassiert manchmal mid dem Zeug."

Ollie schaut noch geschockter. „Das hab ich doch nicht gewollt!"

„Aber gmachd. Ich verschdeh, dass du drauersd, aber Gfühle sind kaa Ausredn für alles. Und sicher ned für so an Scheiß."
Ollie nickt stumm.

Gerda sieht ihn intensiv an: „Ich werd der Miranda ihrn Mörder suchn. Ich hab auch scho so a boa Ideen. Aber ich kann des echd ned brauchn, dass du dazwischnfungsd, des häld mich voll auf. Also mach mir ned noch mehr Sorgn, sondern gib a Ruh und lass mich machn. Hasd des verschdandn?"

Ollie nickt schwach. Nach einem prüfenden Blick auf sein Gesicht nickt auch Gerda und wendet sich an Flora: „Ich bring dich edserd ham."

Draußen klettert Flora langsam auf den Beifahrersitz. Hektor trennt sich mit einem leichten Kopfstupser von ihr und springt hinten rein, wo ihm Gerda die Heckklappe aufhält. Bevor Flora die Tür zuzieht, sagt Ollie schnell: „Es tut mir leid, echt leid. Ich wollte nicht – ich wollte dich nicht –", er zuckt hilflos mit den Achseln.

Flora nickt stumm. Sie hat schon auch Mitleid mit ihm, aber Gerda hat recht: Er wollte nicht, hat aber …

Auf der Fahrt erzählt Flora Gerda, was passiert ist. Beklommen schließt sie: „Soll ich Ollie wirklich bei der Polizei anzeigen?"

„Es is ned nur die Bolizei. Da is auch noch der Basdi."

„Mensch, ja – der Ollie ist ja sein Kumpel –"

„Ich deng, der Basdi muss des auf jedn Fall wissn. Aber vlleichd ned soford. In a boa Dag, wenn alles widder normal is und er mergd, dir gehd's gud, dann wärerd's soweid."

Flora nickt.

„Und ich maanerd, es wär besser, wennsd ned du's ihm sagn dädsd, sondern ich."

„Wieso?"

„Weil ich denk, dass er a weng sehr – emodional reagiern däd. Und da is besser, ich bin dabei."

Flora überlegt, ob das bedeutet, dass Gerda sie für emotional ungeschickt hält. Aber egal, sie ist froh, wenn sie das nicht selbst machen muss, sondern Gerda das übernimmt.

„Und mid der Bolizei, des mussd dir in Ruhe überlegn. Erschd amol mussd des alles verdaun."

Flora seufzt. „Eigentlich ist der Ollie, glaube ich, schon ganz okay. Auch wenn er eine sehr – harte Art hat. Das mit den Leichenteilen in den Kotkanälen beim Event vom Bürgermeister, das war schon heftig."

Gerda meint: „Wemmer genauer drüber nachdengd, is Wurschd fei scho irgndwie a egliges Lebensmiddl. Aber wemmer neibeißd, dann is hald saugud."

„Die Franken scheinen sowieso eine Menge Schweinefleisch zu essen", überlegt Flora.

„Aber fei wie", Gerda nickt. „Wenn ich a Schwein wär, ich möcherd ned in Frangn lebn. Oder hald sterbn."

Nach einer Pause sagt sie: „Aber selbsd wenn der Ollie auch gude Gedangn had, sowas wie so a Endführung, des gehd ned. Du solldsd echd überlegn, obsd nan oozeigsd."

Auf Floras erneuten, tiefen Seufzer sagt sie rasch: „Aber ned heud nachd. Edserd erholsd dich erschd mal vo dem Schreggn."

„Ich bin schon wieder okay."

„Naa, bisd du ned. Du hasd an üblen Schogg ghabd."

„Ja, aber es geht schon wieder", sagt Flora automatisch. Obwohl sie sich im Moment wünscht, Hektor wäre wieder dicht bei ihr ...

Gerda schüttelt den Kopf und seufzt: „Ich verschdeh scho, du möchersd hald ka Obfer sein. Kaaner möcherd a Obfer sein."

„Bei uns auf dem Schulhof war das sogar ein Schimpfwort", erinnert sich Flora.

„Ja, aber des is a Gschmarri. Des schbield die Däder in die Händ, und schad' dir selbsd. Du hasd Bech ghabd, da woa a Däder, der had dich zum Obfer gmachd, edserd bisd hald a Obfer, und am besden leffd's, wennsd es offen angehsd und ned so dusd, als ob nix wär."

Dann fragt sie sachlich: „Willsd, dass ich dich goa hamfahr, oder solln mer aufn Hof, und du fährsd mid deim eignen Audo ham?"

Flora entscheidet sich für Letzteres. Auf Gerdas Hof krault sie Hektor noch mal gründlich zum Abschied. Gerda beobachtet sie und sagt plötzlich: „Waaßd was, ich leih der den Heggdor für die Nachd."

Flora starrt sie verblüfft an. Gerda erklärt: „Wennsd edserd noch schnell a boa Minudn mid ihm rumgehsd, dann mussd ersd morgn früh widder mid ihm raus. Des kannsd machn, während ich sei Zeug hol. Ich geb dir Hundekuchn mid, für an halb'n Dag langd des, und sein Wassernabf, und sei Schlafkissn, und die Leine."

Schon ist Gerda auf dem Weg ins Haus.

Flora dreht also noch eine Runde mit Hektor durch die stille, nächtliche Landschaft rund um Gerdas Hof. Friedlich tappt Hektor neben ihr her, bis auf ein, zwei kurze Ausflüge ins Gebüsch, um sein Geschäft zu erledigen.

Als sie zurückkommen, hat Gerda schon Hektors Ausrüstung neben Floras Auto gestellt. Während Flora die Sachen in ihren alten Kombi packt, läuft Gerda noch mal ins Haus und kommt mit ein paar Plastikbeuteln zurück: „Hier draußn is des ka Dema, aber in der Schdad brauchsd nadürlich die Kaggbeuderla."

Liebevoll arrangiert sie Hektors Schlafkissen im Kofferraum, prüft noch mal die Festigkeit des Trennnetzes zum Fahrgastraum, und nickt dann zufrieden. Auf eine Kopfbewegung von ihr springt Hektor hinein, beschnüffelt alles und legt sich schließlich hin.

Ist schon ein bisschen umständlich mit so einem Hund, überlegt Flora. Andererseits war das jetzt genau das Richtige, um sie wieder in den Alltag einzuklinken, sozusagen.

Gerda tätschelt Hektor zärtlich und flüstert ihm liebevolle Abschiedsworte zu. Flora merkt, was für ein großes Opfer es für sie ist, ihren geliebten Hektor aufzugeben, und wenn auch nur für eine Nacht.

Auf einmal wird ihr bewusst, wie hilfsbereit und großzügig Gerda ist – so direkt, kompromisslos und manchmal bärbeißig sie auch sein kann. Sie hat sicher kein weiches Herz, aber eines aus Gold, wie das so schön heißt. Gold ist ja ein Metall, also passt das auch zu *hart*.

Flora könnte, *müsste* so vieles sagen, was ihr nun im Kopf herumwirbelt. Schließlich sieht sie Gerda nur an und sagt: „Danke."

„Des bassd scho", ist Gerdas freundlicher Kommentar. Dann sagt sie nüchtern: „Und am Vormiddag vor deim Dudorium dreff mer uns aufm Großbargblads, da übernehm ich den Heggdor widder."

Ihr Tutorium! Das hatte Flora über all dem ganz vergessen. Aber Gerda natürlich nicht. Die fügt nun noch an: „Und morgn früh hol ich dann noch dei Daschn ausm Häusla und brings dir widder mid." Gerda denkt wirklich immer an alles.

Als Flora schließlich zu Hause ankommt, ist es schon nach Mitternacht. Aber sie setzt sich noch eine Weile in den Sessel, und Hektor streckt sich neben ihr aus. Er legt den Kopf auf ihre Füße, die in Fell-Hausschuhen stecken. Er scheint das gemütlich zu finden, und für Flora ist es irgendwie beruhigend. Aber es wird schnell ziemlich unbequem, weil sie sich nicht mehr traut, ihre Füße zu bewegen. Also beschließt sie schließlich, doch ins Bett zu gehen, spät genug ist es ja. Eigentlich will sie die Schlafzimmertür hinter sich zumachen, aber der große graue Hund trottet dicht auf ihren Fersen einfach zu ihrem Bett. Dann rollt er sich auf dem Bettvorleger zusammen und legt die Schnauze auf die Pfoten.

Flora überlegt, ob das hygienisch ist – und ob ihr Vermieter eigentlich überhaupt Haustiere erlaubt?

Egal. Sie will jetzt schlafen – obwohl sie insgeheim fürchtet, nach all den Ereignissen schlecht zu träumen.

Erstaunlicherweise hat sie, soweit sie es mitbekommt, angenehme Träume: von weiten Landschaften im Sonnenschein, durch die sie langsam auf einem großen grauen Schimmel reitet ...

# Karpfen bei Freddie
# am Freitag

Flora wacht auf, weil Hektor ihr ins Ohr schnauft. Es ist erst kurz vor sieben, aber sie fühlt sich erfrischt und munter. Die Kopfschmerzen sind Gott sei Dank auch weg.
Zuerst geht sie mit Hektor eine Runde raus. Es ist interessant, wie sie so mit Hund ihre Umgebung ganz anders wahrnimmt als sonst, wenn sie nur schnell zum Großparkplatz rennt. Sie könnte ewig mit Hektor herumbummeln, aber sie muss vor dem Tutorium wenigstens noch schnell die Hausaufgaben der Studenten durchschauen.

Auf dem Großparkplatz hält Flora Ausschau nach dem orangen Land Rover. Gerda wartet schon, und es gibt eine begeisterte Begrüßung zwischen Hektor und ihr.
„Konndsd schlafn?", kommt dann die nicht überbesorgt gestellte, aber hörbar ernst gemeinte Frage. Als Gerda feststellt, dass Flora eigentlich ganz gut drauf ist, nickt sie zufrieden. Sie war wohl sehr früh schon Richtung Streuobstwiesen-Häuschen unterwegs, um Floras Sachen dort einzusammeln. Denn nun holt sie Floras Tasche aus dem Kofferraum. Erleichtert fischt Flora gleich ihr Handy heraus.
Gerda sagt: „Horch, der Freddie had ogrufn. Die Linda had ihm woascheins was erzähld, und er möchd sich edserd weng dem Schbrengschdoff bei uns bedangn, dass mir ihn ned

verbedsd ham. Mid am Karbfnessn heud Middag in seiner Budn. Wär des okäi für dich?"

„Ist das nicht Bestechung?", überlegt Flora amüsiert.

„Höchsdns fürn Max. Aber für an Karbfn vom Freddie drüggd er scho amol sei Hühneraugn zu. Kommsd mid?"

„Wo ist das denn?"

„Der Basdi zeigd's dir dann."


Das Tutorium läuft erfreulich glatt. Hinterher lauert auch kein Gordon vor der Tür, und so laufen Basti und Flora friedlich zu ihrem Auto auf dem Großparkplatz.

Basti lotst sie nach Niedlasreuth zu Freddies kleinem Fischlokal, wo Max und Gerda schon warten. Es ist einiges los, aber sie haben einen großen Tisch für sich, in einer durch eine Garderobe abgeteilten Ecke.

Flora sieht Max an: „Verdächtigt der Wudler mich immer noch, weil ich ein Weilchen abgetaucht war?"

Max lacht kurz auf: „Nee, du bist draußen. Sie haben jetzt die Daten von dem Fitness-Tracker auswerten können, und wissen damit den genauen Todeszeitpunkt von der Miranda. Und der war am Sonntagabend zu der Zeit, als wir wegen dem Mord von letzter Woche auf der Wache waren. Das heißt, der Wudler höchstpersönlich ist dein Alibi, weil du zur Tatzeit mit ihm zusammenwarst."

Erleichtert lacht nun auch Flora: „Seine eigene Aussage wird ja wohl selbst der Wudler nicht anzweifeln."

Als Freddie an den Tisch kommt, um ihre Bestellungen aufzunehmen, meint Gerda kopfschüttelnd: „Heudzudag hasd an Bfefferkarbfn, oder an mid Chili, oder mid Wasabi. Gibd's vlleicht bald welche mit Zugger und Zimd?"

Freddie meint ernsthaft: „Nee, das wollen die Leute glaube ich nicht. Aber ich finde schon auch, früher war das einfacher. Da haben wir bloß gefragt: Gebacken oder blau? Aber jetzt gibt es halt die ganzen Möglichkeiten, und dann ja immer noch ganzer Fisch oder Filet, oder sogar nur Nuggets – aber die Leute wollen's halt so. Die wollen eine Mordsauswahl haben, sonst sind sie nicht zufrieden. Aber dann können sie sich immer nicht entscheiden und jammern rum, was sie denn nehmen sollen."

Flora meint: „Für mich ist es heute einfach. Ich kenne gebackenen Karpfen überhaupt nicht, also nehme ich so einen pur."

„Also einmal Karpfen klassisch gebacken", notiert Freddie geschäftsmäßig. Die anderen nehmen alle Wasabi-Karpfen. Als der gebackene Karpfen dann vor Flora steht, riecht er verführerisch. Auf Beratung der anderen hin knabbert sie erst die Flossen, und löst das zarte Wangenstückchen aus. Dann macht sie sich an den Rest des Karpfens. Das ist eine Menge Gefummel, es dauert und ist etwas mühselig, aber es lohnt sich. Und schließlich liegen nur noch die Gräten und der Kopf auf dem Teller.

Freddie kommt wieder an ihren Tisch. Er will sich wohl nur erkundigen, ob es geschmeckt hat, aber Gerda schießt ihn gleich an: „Was hasd du in der Miranda ihrm Haus gemacht?"

„Wer sagt denn –"

„Spugg's aus, Freddie!"

Freddie lässt sich schwer auf den leeren Stuhl an der Seite des Tisches fallen. „Eigentlich hab ich nur – gesucht. Wegen der Salmonidensache halt. Ich bin hin, weil ich wissen wollte, was die Miranda sich da zusammengereimt hat, ob sie wirklich was posten will.

Dabei hab ich vor dem Haus den Ollie getroffen, der ist weggegangen, und er hat gesagt, die Miranda ist auch grad nicht da. Das war super, weil ich weiß, dass der Ollie meistens vergisst, die Terrassentür zu verriegeln. War auch so. Also dachte ich, ich schau mal direkt auf Mirandas Laptop nach."

Basti starrt ihn an: „Hast du denn ihr Passwort gekannt?"

Freddie schüttelt den Kopf: „Ich hätte es halt erst mal mit 1234 versucht und so. War aber eh egal, weil ich ja den Laptop gar nicht gefunden habe. Also, schließlich dann doch, der war unter einem Stapel Papiere, aber da war es schon zu spät."

„Wieso?"

„Weil da die Miranda zurückgekommen ist, also musste ich abhauen. Sie hat zum Glück ziemlich laut in ihr Handy gesprochen, als sie beim Aufsperren war, und das hat gedauert, und während der Zeit konnte ich hinten wieder raus."

„Was hads denn am Händi gsagt, die Miranda?"

„Sie hat gesagt", Freddie kneift die Augen zusammen im Bemühen um Konzentration und Erinnerung, „etwas von Freundschaft, und dass man sowas nicht macht, und dass das fies wäre oder so. Dann hat eine Weile wohl der am anderen Ende geredet, und dann hat sie laut und ärgerlich gesagt: *Doch, das sollte er wissen. Entweder du sagst es ihm selber, oder ich mach das.*"

Gerda nickt nachdenklich. „Also häddmer a Modiv."

Max sieht Freddie verärgert an: „Mann, Freddie, warum hast du das nicht früher gesagt? Das könnte doch wichtig sein!"

Trotzig meint Freddie: „Zugeben, dass ich in der Miranda ihrem Haus war, nach dem Streit, vor ihrem Tod? Da hättet ihr mich doch sofort hopsgenommen!"

Bevor Max antworten kann, meldet sich sein Handy. Sein Gesicht verdüstert sich während des Gesprächs, dann steht er seufzend auf. „Ein Einbruch nördlich von Forchheim, da muss ich mich akut drum kümmern. Schade, kein Nachtisch mehr. Die Linda macht so eine tolle Bayerische Creme mit Waldbeeren."

„Ich pack dir was ein", erklärt Freddie und verschwindet in Richtung Küche.

Max sieht Gerda an: „Aber du hältst mich auf dem Laufenden, ja? Des mit dem Einbruch geht hoffentlich schnell."

Gerade ist Max mit seinem Nachtischpaket gegangen, da öffnet sich die Tür und herein kommt – Gordon.

Flora erstarrt. Das kann ja wohl kein Zufall sein!

Er macht eine große Show daraus, wie überrascht er ist. „Was für ein toller Zufall, dass ich dich hier treffe!"

Flora sagt kühl: „Manchmal glaube ich einfach nicht an Zufälle."

Er lächelt sie gewinnend an: „Wie hätte ich denn wissen sollen, dass du ausgerechnet hier bist?"

Das kann Flora tatsächlich nicht beantworten. Und während dieser Punkt noch aktuell zu seinen Gunsten spricht, fragt er: „Kann ich mich zu euch setzen?"

Und schon sitzt Gordon auf dem Stuhl, der durch Max'
Wegruf frei geworden ist. Er schenkt Gerda sein allerchar-
mantestes Lächeln, als er sich kurz vorstellt.

Flora hofft, dass Gerda ihn vielleicht mit ihrer gewohnt rüden
Art vertreiben wird. Aber sie schaut ihn nur neugierig an und
macht keine Anstalten, ihn zu vergraulen. Ist er womöglich
dabei, sogar Gerda einzuwickeln?

Basti sitzt mit finsterem Gesicht da. Aber auf einmal schnipst
er mit den Fingern und sagt: „Ich weiß – das war der Felix!
Der hat mich gefragt, ob wir mittags zusammen in der
Mensa essen, und ich hab gesagt: Nein, wir gehen heute
zum Freddie, Karpfen essen." Er sieht Flora an: „Dass du da
auch dabei sein würdest, hat er wahrscheinlich geahnt. Und
dann hat er das irgendwie an den Gordon weitergegeben!"

„Super kombiniert", gibt Gordon mit einem offenen, ge-
winnenden Lächeln zu.

Genervt verzieht sich Flora auf die Toilette. Dort lässt sie
kaltes Wasser über ihre Handgelenke laufen und starrt ärgerlich in den Spiegel. Das werden vier lange Wochen, die
Gordon in Erlangen ist …

Als sie wiederkommt, sieht sie, dass auch Basti sich momentan verzogen hat. Am Tisch sitzen nur noch Gerda und
Gordon, in ein eifriges Gespräch vertieft. Sie bekommt mit,
dass Gordon lachend von dem vollgekotzten Waschbecken
auf dem Nürnberger Flughafen erzählt. Er ist darin ja ein
echter Ire, dass er immerzu Storys erzählt und ausschmückt.
Aber es hat Flora schon immer gestört, dass er meistens
ausgerechnet die unappetitlichsten aussucht, um sie breit-
zutreten. Und das auch noch in einem Lokal …

Gerda scheint es nicht zu stören. Sie hat aufmerksam zugehört, jetzt schaut sie nachdenklich und sagt: „Weil mir vorhin von Zufälln gred ham – alle Dag kodsd ja aa ned ana so wüsd rum aufm Flughafn. War des zufällig der?"
Gespannt schaut sie Gordon an, als sie ihm nun ein Bild auf ihrem Handy zeigt. Er starrt auf das Bild und nickt. Erstaunt sieht er Gerda an: „Ja, doch, ich denke, der könnte das gewesen sein. Kennen Sie den?"
Gerda scheint ihn nicht zu hören. In ihrem Gesicht arbeitet es. Dann sagt sie zu Flora: „Ich geh edserd zum Dscharlie, da is der Dschingo, der hängd edserd viel bei dem rum. Da hab ich noch a Fragn, aber ich glab, dann hammer's."
Damit steht sie auf und schickt sich an zu gehen. Mit einer Handbewegung bedeutet sie Flora zu bleiben: „Am besdn wardsd hier midm Basdi und deim irischen Schdohger. Ich meld mich, wenn ich mehr waaß."
Sie verschwindet, und Gordon schaut konsterniert: *„Irischer Stalker*?!"
Flora grinst schadenfroh. Auf Gerdas scharfe Zunge ist also doch Verlass.
Basti kommt nun auch aus den Waschräumen zurück. Erstaunt fragt er: „Wo ist denn Oma Gerda?"
„Beim Charlie. Sie hat noch eine Frage, und gibt uns dann Bescheid."
Basti zuckt die Achseln. „Dann gehen wir am besten auch. Der Herr Wissenschaftsblogger kann ja hierbleiben und essen", er wirft einen feindseligen Blick auf Gordon.
Doch Flora schüttelt den Kopf und setzt sich noch mal zu Gordon. Sie will wissen, was Gerda umtreibt.

„Dieses Bild, das Gerda dir gezeigt hat, was war das für ein Bild? Und du hast darauf den Flughafen-Kotzer wiedererkannt?"

Basti starrt sie verständnislos an, aber Gordon nickt. „Das war so ein Gruppenbild, da warst du auch drauf, und die Gerda und der Basti."

„Wie sah der aus, den du erkannt hast?"

Gordon zuckt die Achseln: „Halt so ein Typ, ungefähr Mitte dreißig, mit Dutt und Bärtchen und blauer Brille –"

„Ben!", kommt es gleichzeitig von Flora und Basti.

Doch dann schüttelt Flora stirnrunzelnd den Kopf: „Aber – das war doch am Montagnachmittag, als du angekommen bist, oder?"

Gordon nickt.

Flora überlegt: „Montagnachmittag auf dem Nürnberger Flughafen? Ich denke, da war Ben in Niedlasreuth und hat dann den Djingo bei der Polizei rausgepaukt?" Sie sieht Gordon an: „Hast du Gerda auch erzählt, dass das am Montagnachmittag war?"

Wieder nickt Gordon. „Sie hatte sogar extra danach gefragt, wann das war."

Basti meint: „Dann ist der Oma Gerda auch klar, dass das nicht der Ben gewesen sein kann."

Ratlos starren Basti und Flora sich an.

Gordon schaut verwirrt, erkennt aber wohl, dass er nicht erfahren wird, worum es hier geht. Er erhebt sich und sagt etwas missmutig: „Also, ich geh jetzt wieder. Und du kannst Gerda einen schönen Gruß sagen, ich bin kein Stalker. Aber vielleicht sehn wir uns ja noch, in den nächsten Wochen."

Mit dieser leicht widersprüchlichen Aussage verzieht er sich.

# SOS von Charlie

Während sie noch überlegen, was das alles bedeuten könnte, kriegt Basti einen Anruf von Charlie und stellt ihn laut. Charlies Stimme klingt besorgt: „Die Gerda war eben hier."

„War?"

„Ja, sie ist grade weg. Sie ist vorhin hier reingeplatzt, der Djingo ist ja bei mir, und sie hat ihn wegen Geo-Caching gefragt."

„Geo-Caching?"

„Ja, ob das dem Ben sein Hobby wäre."

„Und?"

„Nee, ist es laut Djingo nicht. Ein Freund von ihnen, der Elias, ist da wohl kürzlich draufgekommen, aber der Djingo und der Ben sind da wohl nicht mit aufgesprungen. Als Gerda das gehört hat, hat sie triumphierend *Hah*! gesagt. Dann hat der Djingo noch erzählt, dass dieser Elias zurzeit im Urlaub ist, in einem Wellnesshotel irgendwo am Altmühlsee, und ihn der Ben gerade heute besuchen will. Daraufhin hat die Gerda besorgt geschaut und hat irgendwas gemurmelt, dass sie womöglich dran schuld ist. Und dann ist sie raus zum Telefonieren."

Nach einer Weile bin ich ihr hinterher, auf den Hof raus. Da ist gerade ein Motorrad davongerast, und Gerda hat gesagt, sie fürchtet, dass das der Ollie ist. Das wäre extrem blöd gelaufen, der Ollie hätte sie belauscht, und bevor sie das bemerkt hat, hat er wohl alles mitgekriegt – dass der Ben vermutlich die Miranda umgebracht hat, und jetzt womöglich hinterm Elias her ist, und in welchem Hotel der Elias ist. Und Gerda fürchtet, dass der Ollie jetzt dem Ben was antun will, aus Rache. Aber außerdem fürchtet sie eben, der Ben will den Elias umbringen, wegen seines Alibis – also, ich habs nicht alles voll kapiert, aber es ist wohl übel, und sie hat gesagt, sie muss das verhindern. Und dann ist sie abgehauen. Ich hab versucht, sie aufzuhalten – aber ihr wisst ja, wie sie ist. Also heiz ich jetzt da auch runter zum Altmühlsee, und dann schau ich genauer, ich kann ihr Handy tracken, hoffe ich, aber jetzt muss ich da erst mal mit Volltempo runter, das dauert ja schon so ne Dreiviertelstunde.

Sorry, ich muss mich jetzt aufs Fahren konzentrieren."

Das Gespräch endet.

Während sie rausrennen, versucht Basti, Max anzurufen. Aber er erreicht ihn nicht. „Er antwortet einfach nicht!"

„Wir wissen sowieso nicht wirklich, wo es hingeht", gibt Flora zu bedenken, während sie ins Auto steigt. „Der Altmühlsee ist ja ein ganzes Gebiet, oder? Im Südosten von hier, jenseits von Nürnberg?"

Basti nickt unglücklich. „Wenn ich jetzt Max' Kollegen anrufe – was soll ich ihnen da sagen? Wenn ich gar nicht weiß, wo das eigentlich ist?"

Während Flora aus der Ortschaft rausfährt, fasst sie noch mal zusammen: „Also, wir jagen jetzt Charlie hinterher, der Gerda hinterherjagt, die Ollie hinterherjagt, der Ben hinterherjagt, der Elias hinterherjagt?"

Sie haben das Ortsschild erreicht, und Flora tritt aufs Gaspedal – sie braucht jetzt alles, was die alte Kiste hergibt.

Besorgt erkennt sie: „Und am Ende der Kette wird es dann gefährlich, weil sich da womöglich welche was antun wollen. Also, der Ollie dem Ben und der Ben dem Elias. Es kommt jetzt darauf an ..."

„Wer wen zuerst erwischt?"

„Genau. Wenn Ollie Ben außer Gefecht setzt, kann der den Elias nicht umbringen."

Basti spekuliert stirnrunzelnd weiter, während er sich an den Haltegriff über seinem Kopf klammert, als Flora eine Kurve mit gut hundert Sachen nimmt. „Es sei denn, Ben hat Elias schon vorher umgebracht, er ist ja als Erstes los, also hat er einen Vorsprung. Und wenn Ollie dann noch Mist macht ..." Unglücklich schüttelt Basti den Kopf: „Obwohl ich das vom Ollie irgendwie einfach nicht glauben kann. Aber wenn Oma Gerda das vermutet ..."

Flora nimmt die nächste Kurve im Grenzbereich und seufzt dann tief auf: „Aber schneller geht echt nicht, ich hebe so schon fast ab. Wir schaffen das nie rechtzeitig, wir sind viel zu weit hinten dran. Eigentlich muss es Gerda richten, die ist ganz vorne bei dieser Jagd."

„Sie fährt ihren Land Rover auch wie Michael Schuhmacher", meint Basti trübe, „also werden wir ihren Vorsprung kaum aufholen."

Angespannt fragt Flora: „Aber was will sie dann machen? Alleine gegen Ben, oder Ollie, oder zwischen beiden? Ohne dass sie selbst dabei umgebracht wird?"

Basti ballt die Fäuste: „Fahr schneller!"

Nach ein paar adrenalinbefeuerten Kilometern beschließt Flora, dass sie jetzt nicht weiter Rennfahrerin spielen wird. „Es hat sowieso keinen Sinn", gibt sie zu bedenken, „selbst wenn wir die Ersten unten am Altmühlsee wären, dann müssten wir ja doch wieder auf Charlie warten, dass der uns seine Trackinginfos gibt, sonst finden wir Gerda und Ben und Ollie und Elias ja gar nicht."

„Trotzdem", beharrt Basti, „je eher wir da sind, umso besser. Umso schneller geht es weiter."

Flora seufzt. „Ja, klar, es ist wichtig, dass wir möglichst schnell ankommen. Aber noch wichtiger ist es, dass wir überhaupt ankommen!"

Basti nickt unglücklich. Dann meint er: „Ich versuch's noch mal – Max, oder seine Kollegen, wen ich halt erwische. *Altmühlsee* ist ja wenigstens schon ein Hinweis."

Er tippt auf sein Handy, und noch mal, und noch mal. Dann fängt er an, wild zu fluchen – solche Schimpfworte hätte Flora ihm gar nicht zugetraut.

„Das Ding tut nichts! Der Akku oder ein Elektronikfehler oder – ach, hat jetzt keinen Sinn. Wo ist deins?"

Flora stößt einen bestürzten Laut aus. „Das hab ich in der Eile beim Freddie liegengelassen!"

Mehr Flüche von Basti.

Flora schüttelt ungeduldig den Kopf: „Sag mir lieber den Weg! Mein Navi funktioniert ja nicht. Wir fahren Richtung Südosten, kann erst mal nicht ganz falsch sein, aber dann musst du mir sagen, wie ich fahren soll."

Basti überlegt: „Theoretisch ist es am kürzesten quer durch Nürnberg – aber wir haben Freitagnachmittag – andererseits ist es auch außenrum jetzt wahrscheinlich voll – vielleicht sogar noch voller ...“

Auf dem Rest der Fahrt stößt Basti hektische Richtungsanweisungen aus, nimmt sie manchmal sehr plötzlich wieder zurück, versucht, den Verkehr zu erahnen, plant rapide um – und Flora versucht, dem allem möglichst hinterherzukommen, ohne einen Unfall zu bauen.

Beide sind schon ziemlich erschöpft, als Basti schließlich sagt: „Wir sind jetzt schon relativ nah am See – nur, was machen wir jetzt? Ohne Handy können wir uns ja keine Info von Charlie holen.“

Nun flucht auch Flora. „Damit sind wir aufgeschmissen“, seufzt sie dann müde. „Ich kann einfach kreuz und quer durch die Gegend fahren, voll auf gut Glück, aber ob wir Gerda so je finden, rechtzeitig ...“

Sie fährt nun deutlich langsamer, sie starren angespannt möglichst nach allen Seiten, ob sie irgendwo ein Zeichen sehen, einen Hinweis, irgendwo, irgendwie – aber wonach sollen sie überhaupt suchen?

Wieder seufzt Flora müde. „Vielleicht sollten wir –“

„Dahinten!“, schreit Basti plötzlich. „Wenden! Du musst wenden, sofort! Da in der Seitenstraße, wo wir gerade vorbei sind – da war ein Polizeiauto!“

Als Flora das Manöver geschafft hat, begleitet von einem wütenden Hupkonzert anderer Autofahrer, biegen sie in die Seitenstraße ein.

Und tatsächlich: Hier steht in der Einfahrt vor dem Eingang eines Hotels nicht nur *ein* Polizeiauto, sondern sogar vier, und ein Krankenwagen.

Und vor allem: ein quietschoranger Land Rover.

Dahinter ein alter blauer Ford Mustang, neben dem Charlie steht.

Als sie ausgestiegen sind, erkennt Flora, dass in einem der Polizeiautos Ben sitzt, in einem anderen Ollie. Die beiden Autos starten gerade und fahren weg.

Hinten im offenen Krankenwagen sitzt einer, der wohl Elias ist: Er sieht wirklich ganz ähnlich aus wie Ben, ist nur im Moment ohne Brille. Er wirkt benommen und fasst sich an den Kopf, aber sonst scheint er halbwegs okay zu sein.

Aus dem Hoteleingang kommt nun Gerda.

Basti rennt auf sie zu und umarmt sie: „Mensch, Oma Gerda, wir haben uns solche Sorgen gemacht! Dass du da eingreifst, und dich dabei jemand verletzt – oder sogar umbringt!"

„Naa, ich bin doch ned lebnsmüd, dass ich mich zwischn zwaa solche Irrn schmeiß, die voll aufm Griegspfad sin."

„Aber – was denn dann?", fragt Basti verwirrt.

Gerda erklärt: „Ich hadd mir dem Elias sei Nummer scho vorher amol vom Dschingo gebn lassn. Na hab ich den Elias oogrufn und gfragd, wo er denn is. Er had's mir gsagd, und ich hab ihn gwarnd und ihm gsagd, dass er sich einschließn muss, und niemand neilassn derf, vor allem ned den Ben, weil der womöglich die Miranda umbrachd had. Er war a weng verwunderd und had gmeind, der Ben wär scho dogwesn, aber wieder gangn."

„Also hat er ihn doch nicht umbringen wollen?", fragt Basti verwirrt.

Gerda hebt die Hand: „Momenderla. Der Elias had dann noch gähnd und gsagd, er is echd müd, drum lcgd er sich edserd a weng hin – und des had mich schdudsig gmachd. So müd, midden am Nachmiddag, so a junger Kerl in die Dreißger? Und dann hab ich bei der Bolizei ogrufn. Der Max woa ned da, aber dann hab ich's hald seim Kollegn gsagd, sie müssen mid ihre Leud schleunigsd hierherkumma, oder hald die zuschdändign Kollegn alarmiern, und an Sani brauch mer aa. Also war des arrangschierd."

Basti lässt sich stöhnend gegen das Auto sinken. „Mensch, Oma Gerda, hättest du uns das nicht vorher sagen können?! Das hätte uns echt ne Menge Nerven gespart …"

*„Vorher sagn* – vor *was* hädd ich's denn sagn solln? Ich wussd doch ned, dass ihr mir hinderherjagd wie die wildgwordnen Dschungläffla."

Sie sehen Charlie an, der nun neben ihnen steht. Bastis Blick ist etwas vorwurfsvoll, und irgendwie erwartet Flora, dass Charlie sich jetzt rechtfertigen wird, weil er die wilde Hatz ja angeleiert hat.

Aber Charlie sieht nur mit großen, ernsten Augen Gerda an und legt ihr die Hand auf den Arm: „Wir haben uns Sorgen um dich gemacht, Gerda, echte Sorgen."

„Um mich brauchd sich kana Sorgn zu machn, ich komm allans zurechd", erklärt Gerda. Aber sie sieht doch irgendwie ganz erfreut aus.

Charlie fragt nun stirnrunzelnd: „Aber warum hattest du mir eigentlich vorhin gesagt, dass du womöglich daran schuld bist? Du kannst doch wirklich nichts für das alles."

Gerda seufzt. „Aber dass der Ben heud los is, des woa woascheins ich. Ich hab ihm nämlich die Fragn gmessädschd, ob er was von dem Reis gessn had, bei der Gifd-Bardy. Und ich deng, des had ihn unruhig gmachd, und des hadn dann dazu brachd, dass er den Elias endgüldig ausm Weg räuma wolld."

„Das hätte er doch letzten Endes eh gemacht, oder?", meint Basti.

Gerda nickt. „Aber vlleichd ned heud." Dann zuckt sie seufzend die Achseln. „Aber wennsd in am Wesbnnesd schdöbersd, scheuchsd aa welche auf. Dedegdiviern had hald Folgn, da hädd ich mehr dran dengn solln."

„Dem Elias ist aber nichts passiert", Basti zeigt auf den jungen Mann, der gerade langsam in das Hotel hineingeht. „Und wenn du nicht gewesen wärst, hätte der Ben den Elias vermutlich demnächst ungestört umgebracht."

Nun kommt Max aus dem Haus, und Basti fragt ihn: „Was ist denn nun hier passiert?"

„Das war erst mal ein ziemliches Chaos", seufzt Max. „Da ist in den Kommunikationslinien wohl einiges suboptimal gelaufen."

„Red hald Deudsch, Max."

„Also, ein Durcheinander hat's halt gegeben, weil deine Infos die Leute wohl verwirrt haben. Das war ja doch ziemlich kompliziert, und wahrscheinlich hast du auch schnell gesprochen –"

Als Gerda zum Sprechen ansetzt, glaubt Flora, sie will Max beleidigt widersprechen. Doch sie sagt: „Es woa hald wergli ned einfach, so am fremdn Bolizisdn des alles zu erglärn, der den Fall überhaubds ned kennd. Mid der Miranda und dem Urs und dem Elias und dem Ben und dem Ollie, und des ganz schnell … Und so gwiss hab ich's ja aa ned gwussd, was genau bassiern wird." Sie sieht Max an: „Wie häddsd denn du des so am Dübbn auf die Schnelle am Delefon erglärd?" Max denkt kurz nach und streckt dann die Waffen. „Keine Ahnung. War ja auch nicht als Vorwurf gemeint, weder an dich noch an die Kollegen. Es war halt Pech, dass ich da gerade nicht verfügbar war. Ich war zwar von dem Einbruch schon zurück, da hatte ich mich extra beeilt, aber ich musste mich mit dem Werner und dem Konny Küppner rumschlagen. Die Versicherung zahlt nämlich jetzt doch nicht für den Laster, oder jedenfalls nur sehr wenig, weil da irgendwas nicht ganz sauber angemeldet war. Und jetzt beschuldigen und beschimpfen der Werner und sein Chef sich gegenseitig. Na ja, ich hab den ganzen Ärger meinen Kollegen überlassen, als ich gehört hab, dass die Gerda angerufen hatte, und bin dann sofort los, runter zum Altmühlsee.

Aber es ist halt einfach eine Tatsache, dass eben ein Teil der Info irgendwie auf der Strecke geblieben ist. Deswegen haben die Kollegen erst mal rumdiskutiert, und gezögert, und erst, als ich schon fast da war und mich vom Auto aus eingemischt habe, sind sie endlich in die Puschen gekommen und ausgerückt.

Der einzige Vorteil davon war, dass ich dann dabei war, beim Zugriff. War auch gut so, wäre sonst verwirrend für die Kollegen gewesen, was wir da vorgefunden haben."

„Und du warsd ned verwirrd?", fragt Gerda leicht belustigt.

„Jedenfalls weniger als die hiesigen Kollegen, schon weil ich die Beteiligten kenne. Ich hab gesehen: Des war der Elias, der da bewusstlos auf dem Bett lag; es war der Ben, der über ihm ein Kissen gehalten hat – aber des Kissen war nur in der Luft überm Elias geschwebt, weil der Ollie dem Ben nämlich ein Springmesser an den Hals gehalten hat, des hat ihn ausgebremst."

Max seufzt. „Der Ben hat dann erst mal behauptet, er wollte nur dem Elias das Kissen unterlegen. Aber der Ollie hatte so ne Kamera um den Kopf geschnallt, er wollte nämlich seine Rache filmen und auf Mirandas Webseite stellen. Eigentlich eine Schnapsidee, aber deswegen hatten wir dann den Beweis von dem, was der Ollie gesehen hat: Dass der Ben dem Elias das Kissen aufs Gesicht gedrückt hatte. Aber nur einen Moment lang, denn als der Ben nochmal ausholen wollte, hat der Ollie ihm das Messer an die Kehle gehalten." Er sieht Gerda an: „Und dann kam die Gerda, die hat noch ein paar Dinge aufgeklärt. Zum Beispiel, dass der Ben schon vorher da war und dem Elias wohl heimlich Schlaftabletten verabreicht hat."

„Warum hat er ihn dann nicht gleich mit Schlaftabletten umgebracht?", fragt Flora erstaunt. „Wozu das Kissen?"

Max erklärt: „Der Ben wollte ja nicht, dass des nach Mord aussieht, sonst wäre er vermutlich verdächtigt worden. Und Tod mit einer Überdosis, da schaut die Rechtsmedizin schon genauer hin. Aber wenn sie dann gemerkt hätten: Der hat ja nur ein oder zwei Tabletten genommen, dann hätten sie das wahrscheinlich einfach für einen Herzanfall oder sowas gehalten. So ein Kissen kann man ja ganz schlecht nachweisen, wenn einer des vorsichtig macht."

Basti fragt: „Hat der Ben denn gestanden?"

Max zuckt die Achseln: „Des eine oder andere hat er zugegeben, bei anderen Sachen mauert er noch. Aber des kriegen wir schon noch, vor allem mit Gerdas Hilfe."

Doch dann wirft Max Gerda einen vorwurfsvollen Blick zu: „Aber dass du gleich nach mir angekommen bist, obwohl ich ja mit Blaulicht und Sirene gefahren bin – da möchte ich gar nicht wissen, wie irre du gerast bist!"

„Ich kenn hald die Schbezialschdreggn, und ich hadd an Vorschbrung. Und ich hab a subber Audo", liebevoll klopft Gerda auf das Blech ihres alten Land Rovers.

Max wirft einen verstohlenen Blick auf seine Kollegen und sagt leise: „Ein illegal aufgebohrtes Auto, meinst du. Wie du das immer durch den TÜV kriegst, ist mir echt ein Rätsel. Nicht nur wegen dem Tuning, überhaupt."

Gerda tätschelt noch mal das Blech: „So a alde Dame brauchd hald aweng a sanfde Underschdüdsung."

„Feuer unterm Hintern", korrigiert Max.

„Meisdns kannsd des ja eh goa ned fahrn, auf die volln Schdrassn."

„Aber du fährst es trotzdem", sagt Max vorwurfsvoll, „und genau das ist das Schlimme."

„Naa, normalerweise fahr ich dodal anschdändig. Deswegn bin ich aa noch nie blidsd wordn."

„Stimmt", muss Max zugeben.

„Des flodde Fahrn, des mach ich nur in Nodfälln."

„Das war ja auch wirklich ein echter Notfall", nickt Basti.

„Aber trotzdem bin ich froh, dass du weder dich noch jemanden anderen totgefahren hast. Oder sonst was Schlimmes passiert ist."

Sein Gesicht wird düster, als er Max fragt: „Was passiert denn jetzt mit dem Ollie? Also, er hat ja dem Elias vermutlich das Leben gerettet, aber dass er da jemandem ein Springmesser an die Kehle gehalten hat, kam wahrscheinlich letzten Endes doch nicht so gut bei deinen Kollegen?"

Max seufzt: „Ja, und er hat auch noch offen zugegeben, dass er den Ben umbringen wollte, aus Rache – aber dann hat er auch gesagt, er hat gemerkt, dass er das nicht könnte, wirklich zustechen. Da gibt es ja des, dass einer erkennbar von der Tat zurücktritt oder wie das heißt. Aber ich bin kein Jurist, Gott sei Dank, die müssen das jetzt auseinanderdividieren."

Basti meint erleichtert: „Für mich ist es aber auch einfach gut, zu wissen, dass er es schließlich doch nicht getan hätte. Letzten Endes ist er ein anständiger Kerl."

Gerda und Flora wechseln einen Blick. Flora hebt ganz leicht die Schultern, Gerda nickt nachdenklich.

Da braust ein grünbrauner Lexus heran und bremst brutal. Heraus springt Kommissar Wudler.

Vorwurfsvoll sieht er Gerda an: „Wo Sie sind, ist irgendwie immer Chaos und Verbrechen!"

„Die Frau Obmüller hat den Fall aufgeklärt", sagt Max ärgerlich. „Und sie wird uns auch weiter unterstützen, an den Stellen, wo der Verdächtige nichts dazu sagen will. Sie hat das Ganze nämlich durchschaut, und kann uns deswegen Tipps geben, wie und wo wir im Zweifelsfall Beweise finden können."

Wudler runzelt die Stirn. Doch ihm ist wohl auch klar, dass Gerda noch nützlich sein wird, und er sich das besser nicht verscherzt. Plötzlich hellt sich seine Miene auf: „Wenn Sie so schlau sind, dann können Sie mir doch sicher auch helfen wegen dieser Wehrmachtpistole, die wir im Weiher gefunden haben. Sie kennen sich doch aus in Niedlasreuth, und leben da ja auch schon seit vielen Jahrzehnten. Sie könnten doch bestimmt rauskriegen, was es damit auf sich hat?"

Gerda zuckt die Achseln. „Könnerd ich woascheins, aber ich hab ka Lusd dazu."

Wudler seufzt und meint mit ungewohnter Klarsichtigkeit: „Sie mögen mich nicht, stimmt's?"

Gerda zuckt die Achseln. „Des indressierd mich einfach ned, irgndso a Bisdoln. Also verschwend ich da kaane Gedangn dro. Ich muss mich eh um mei Wildsau-Küchn kümmern."

Wudler schüttelt leicht verwirrt den Kopf und klinkt sich aus. Er dreht sich weg, mit einem für seine Verhältnisse schon fast unpassend freundschaftlichen „Man sieht sich". Wahrscheinlich hofft er, dass Gerda ihm wegen der Pistole doch noch helfen wird.

Nun packt er erst mal Max an der Schulter und zieht ihn mit sich: „Sie werden mich jetzt updaten, Güdlein."

Gerda öffnet die Tür des Land Rovers: „Der Hermann wolld ja heud feddich wern in der Küchn, also muss ich mir des noch amol gridisch oschaun." Sie seufzt. „Und dann kommd die nächsde garschdige Gschichdn: Wenn's dann bassd, muss ich des ganze Gwerch zahln. Nacherd muss ich amol widder an' Kombjuder und a weng zoggn."

Gerda fährt nun ab, und Flora sieht ihr erstaunt hinterher: „Zocken? Gerda macht Online-Spiele?"

„Nee, also was sie meint, das ist online an der Börse spekulieren. Ist ja genau genommen auch nicht wirklich was anderes als Zocken. Aber jedenfalls ist Oma Gerda da immer erstaunlich erfolgreich."

„Meinst du, sie schummelt?"

„Keine Ahnung. Eigentlich denke ich, dass man das nicht kann, also jedenfalls nicht als Normalmensch."

„Gerda ist ja auch nicht normal."

„Stimmt auch wieder. Na ja, wenn sie das Geld für die Küche so zusammenkriegt, ist das auf jeden Fall gut."

Charlie sagt nun zögernd: „Also, ich hab nicht hundertpro kapiert, was da genau gelaufen ist, die Gerda hat mir ja nur Brocken hingeschmissen. Aber wenn ich es recht verstehe, betrifft das den Djingo alles ziemlich stark – die Miranda, der Ben, der Elias ..."

Max, der auch gerade wieder dazugekommen ist, nickt bedrückt: „Wir müssen dem Djingo möglichst schonend beibringen, dass es der Ben war, der die Miranda umgebracht hat, und dass der den Elias auch noch umbringen wollte. Das wird ihn ganz schön umhauen, fürchte ich, also halt emotional. Deswegen wäre es übel, wenn er das aus der Zeitung erfährt oder so. Das sollten wir so schnell wie möglich erledigen."

Charlie meint: „Der Djingo ist wahrscheinlich immer noch bei mir. Er hat erstaunt geschaut, als ich abgehauen bin, und ich hab ihm schnell gesagt, er kann sich Videos anschauen oder was lesen, ich bin in ein, zwei Stunden zurück. Er ist ziemlich antriebslos im Moment, wahrscheinlich hängt er immer noch da rum."

Basti schaut Max an: „Ich hab da noch einige Fragen, also Sachen, die mir nicht klar sind."

Max nickt, sagt aber: „Das erklär ich euch später, oder besser, die Gerda tut des. Aber jetzt müssen wir erst mal den Djingo informieren."

Also machen sie sich auf den Weg zurück nach Niedlasreuth.

# Djingos Ende – Häppi

In Charlies Wohnküche sitzt tatsächlich noch Djingo. Und Gerda.

„Du wolltest doch nach deiner Küche schauen?", meint Basti erstaunt.

„Des hier is erschd amol wichdiger. Ich hab aber noch nix Genauers erzähld. Ich hab mir dachd, dass ihr kommd, und dass ich besser auf euch ward."

Djingo seufzt. „Sie hat gesagt, ich soll mich wappnen, es gibt sehr unangenehme Nachrichten, richtig schlimm. Und als ich gefragt habe, wie schlimm, hat sie gesagt: So schlimm, wie ich es mir irgendwie vorstellen kann. Da war ich natürlich erst mal geschockt – aber dann hab ich Sahnekakao gekocht." Er deutet auf die dampfenden Tassen, die vor ihm und Gerda stehen, und steht auf. „Am besten koche ich noch eine große Runde Kakao?"

Alle nicken und er geht an den Herd. Entschuldigend sieht er Charlie an: „Ich brauche so ziemlich deine ganzen Vorräte an Milch, Schlagsahne und Schokolade auf."

Charlie nimmt es gelassen: „Das ist vermutlich die beste Verwendung, die das Zeug bei mir finden kann."

Alle schauen nun schweigend Djingo zu, wie er Zutaten zusammensucht, Schokolade reibt, Milch und Sahne in den Topf schüttet, Zimt und ein paar Tropfen Vanilleessenz dazugibt, den Schneebesen wirbelt. Ein bisschen ist das wie ein eleganter Tanz.

Als er fertig ist, meint er: „Am besten schmeckt so eine Trinkschokolade, wenn man sie über Nacht kaltstellt, da reift sie irgendwie noch nach, aber die Zeit ist halt jetzt nicht." Dann schöpft er den Kakao in die von Charlie hingestellten Tassen und lässt sich auf die Sitzbank sinken. „Also, ich bin jetzt so bereit, wie es halt geht, für schlechte Nachrichten." Max zögert. Man sieht ihm an, dass er immer noch fieberhaft überlegt, wie er das nun am schonendsten formulieren könnte.

Da kommt es eher leise, aber deutlich von Gerda: „Des war der Ben, der die Miranda ermorded had."

Djingo starrt sie geschockt an: „Was? Aber warum? Warum soll Ben die Miranda umgebracht haben? Er hatte doch gar kein Motiv!"

Max sieht Gerda an, die nickt ihm zu. Also fängt er an zu erklären: „Doch, hatte er leider, nämlich das Video."

„Das Video von mir, mit dem Hundefutter und so?"

Max nickt: „Genau. Das hatte nämlich der Ben gemacht, und dann der Miranda zugesteckt, damit sie es veröffentlichen soll."

Total entgeistert schüttelt Djingo den Kopf: „Ben? Aber warum denn? Warum wollte er mir schaden?"

Gerda erklärt: „Eingndlich wolld er ned *Ihnen* schadn, sondern dem Dschingos. Er wolld, dass Sie des Logal aufgebn und bloß noch sei Roggwurschd machn. Da had er hald die Glegnheid gsehn und des gfilmd, wo sie so vom Leder zogn ham."

Djingo schüttelt immer wieder den Kopf. Nach einer Weile sieht er Gerda fragend an: „Aber warum hat er dann Miranda umgebracht? Bloß weil sie es nicht veröffentlichen wollte? Ist er wirklich so brutal rachsüchtig?"

„Naa, des ned. Aber des Broblem war, dass die Miranda wohl irgndwie rausgriegd had, dass des Video vom Ben war, auch wenn er's anonym hieglegd hadd. Und sie fand des echd fies und had dachd, Sie müssdn des wissn. Deswegng hads den Ben vor die Wahl gschdelld: Endweder er beichded's Ihnen selbsd, oder sie sagd's Ihnen."

Max führt aus: „Und das wollte er nicht riskieren, denn Sie hätten ihm dann die Rockwurst-Partnerschaft vermutlich sofort aufgekündigt. Der Schuss wäre voll nach hinten losgegangen. Also wollte er mit der Miranda reden, und hat sie beim Joggen am Weiher abgepasst. Aber sie hat wohl nicht nachgegeben – und da hat er sie erstochen."

Djingo fragt mit etwas Hoffnung in der Stimme: „War es dann – so eine Art Unfall?"

Düster schüttelt Max den Kopf: „Er muss das Messer dabei gehabt haben, ein mittelgroßes Küchenmesser – das hat er übrigens tatsächlich im Weiher versenkt, sagt er, aber des steckt wohl so tief im Schlamm, dass der Wudler da mindestens noch ein Dutzend Teams durchschicken muss. Aber jedenfalls, so ein Messer trägt man nicht zum Spaß beim Spazieren mit herum, also hat er diesen Fall wohl von vorneherein einkalkuliert. Er hat ja dann auch brutal weitergemacht."

Wieder schaut Max zu Gerda; schließlich war sie es ja, die das meiste rausgefunden hatte.

Auf Gerdas Nicken hin erzählt Max weiter: „Der Urs hatte den Ben wahrscheinlich an dem Abend vom Mord gesehen, als er draußen geraucht hat. Vielleicht hat er ihn vor der Hexenküche gesehen, oder auf dem Parkplatz, oder wo auch immer, halt irgendwo ums Djingos herum. Auf jeden Fall nicht nördlich von Bamberg in den *Kornblumenblüten*. Und dann hat er Genaueres über den Fall gehört, und auch mitgekriegt, dass der Ben behauptet hat, er war an dem Abend nicht in Niedlasreuth, sondern eben bei diesem Business-Event. Und da hat der Urs angefangen, sich zu wundern, und Verdacht zu schöpfen. Womöglich hatte er am Sonntagabend sogar Ben mit dem Messer gesehen. Auf jeden Fall ist er schließlich wohl auf die fatale Idee gekommen, Ben zu erpressen.

Der Ben hat also überlegt, wie er ihn beseitigen kann. Er hatte mitgekriegt, dass der Kühllaster da unverschlossen und unbeaufsichtigt auf dem Parkplatz stand. Er hat den Urs irgendwie aus seinem Zimmer in den Kühllaster gelockt, wahrscheinlich hat er so getan, als ob er ihm schnell noch was ausladen helfen sollte. Dann hat er ihn eingesperrt und ist mit dem Laster abgehauen.

Den hat er dann an einem abgelegenen Ort abgestellt und ist wieder zurückgetrekkt, wahrscheinlich zu Fuß und mit dem Zug oder so.

Zuerst wollte er wohl den Laster samt Urs da auch lassen, aber dann ist ihm wahrscheinlich eingefallen, dass in dem Fahrzeug eine Menge Spuren von ihm waren, die er nicht so leicht wegmachen konnte. Also ist er Mittwochmorgen noch mal hin, um den Laster verschwinden zu lassen. Erst hat er wohl den Urs an die Stelle nach Harrlach gebracht, wo wir ihn gefunden haben. Dann hat er den Laster vermutlich noch weiter weg gefahren – wohin genau, hat er noch nicht rausgerückt. Ich denke, er wollte irgendwie den Laster und den Urs trennen, sozusagen. Und den Urs konnten wir aus Bens Sicht ruhig finden, an dem waren keine Spuren, weil er ihn nur reingelockt hatte in den Laster. Dazu musste er ihn ja nicht anfassen."

„Das ist sowas von heimtückisch und brutal", sagt Djingo erstickt, „den Urs da einfach in dem Kühllaster erfrieren zu lassen ..."

Eine Weile schweigen alle bedrückt.

Dann sagt Max zaghaft: „Leider – ist das noch nicht alles." Er zögert noch mal kurz und fragt Djingo: „Dieser Elias, das ist ja auch ein guter Freund von Ihnen, oder?"

Als Djingo nickt, fährt Max langsam fort: „Das Alibi vom Ben war ja der Elias, sozusagen."

Verwirrt fragt Djingo: „Wieso, war Elias auch bei diesem Business-Event?"

„*Nur* der Elias war bei dem Event", erklärt Max. „Statt Ben, quasi als sein Ersatzmann. Die beiden sehen sich ja sehr ähnlich, inklusive Dutt und Bärtchen. Und der Elias hat auch so ne auffällige blaue Brille, wie der Ben sie trägt. Keiner da auf dem Event hat den Ben wirklich gekannt, da war das kein Problem, die haben alle gedacht, der Elias *ist* der Ben."

„Und der Elias hat da mitgemacht?", fragt Djingo entsetzt. Max zuckt die Achseln: „Er dachte ja, er tut dem Ben damit einfach einen kleinen Gefallen. Dem Ben war die Sache zu langweilig, aber ein potenzieller Rockwurst-Sponsor wollte, dass er solche Gelegenheiten wahrnimmt. Also ist halt der Elias für ihn hingegangen, der hat das dann gleich noch ausnutzen können, um die Leute für Versicherungen zu interessieren."

Djingo schüttelt ungläubig den Kopf: „Und der Ben hatte den Mord derart vorausschauend geplant?"

Max meint: „Das glaube ich eigentlich nicht. Am Anfang hat er sich wahrscheinlich einfach nur ein bisschen Langeweile ersparen wollen. Aber dann hat er halt gemerkt, dass er damit das ideale Alibi hat."

Gerda merkt an: „Nur ganz so ideal war's dann hald auch widder ned, wegn dera Vergifdung."

Max nickt. „Als die Kollegen am Montagvormittag deswegen bei ihm angerufen haben, da haben die ihm erzählt, dass es praktisch jeden erwischt hat. Die haben sich schon fast gewundert, dass er des ganze Magen-Darm-Zeugs noch nicht hatte. Den Ben hat des natürlich nicht gewundert, aber er hat sich gedacht, den Elias wird's bald erwischen, der muss auf jeden Fall erst mal aus dem Weg. Damit das keinem auffällt, und auch damit der Elias selber möglichst nichts mitkriegt von dem Mord, damit er nicht vielleicht misstrauisch wird. Also hat der Ben dem Elias einen Last-Minute-Flug von Nürnberg nach Mallorca spendiert – damit er mal für ein paar Tage rauskommt, angeblich. Da der Elias keine dringenden Termine hatte, hat er das gerne angenommen. Aber am Flughafen, da hat es ihn dann so richtig erwischt."

Ja, denkt Flora, da hat er neben Gordon den Waschraum vollgekotzt ... Aber im Gegensatz zu Gordon muss sie solche Storys nicht breittreten. Obwohl es in dem Fall ja gut war, weil es Gerda auf die richtige Spur gebracht hatte, wie Ben sein Alibi fälschen konnte.

Max fährt fort: „Also ist der Elias wieder nach Hause. Aber der Ben hat nicht lockergelassen, und hat ihn dann in dieses Wellnesshotel am Altmühlsee gebracht, angeblich, damit er sich da erholt."

Max macht eine Pause und denkt offensichtlich darüber nach, wie er das jetzt möglichst schonend formulieren könnte – dass Djingos Freund nach den beiden anderen Morden auch noch den gemeinsamen Freund eiskalt zum Schweigen bringen wollte.

Gerda kommt ihm wieder zuvor: „Und des Risigo Elias wolld der Ben edserd wohl endgüldig ausschaldn. Ewig wär des ja ned gud gangn, und er hadde ja scho zwa Morde aufm Kondo."

Djingo braucht eine Weile, um das voll zu kapieren, dann wird er blass: „Er wollte den Elias auch noch umbringen?" Max nickt stumm.

Gerda sagt rasch: „Aber dem Elias gehd's gud, der had an Schogg, wie Sie edsd aa, und is a weng groggy, aber mehr is ned."

Eine Weile herrscht Stille.

Djingo zieht sein Handy heran und scrollt sich ein Bild her. Flora, die neben ihm sitzt, sieht: Es zeigt Miranda.

Djingo starrt darauf und seufzt dann: „Miranda hatte eine echte Leidenschaft für die Wahrheit. Nur hat sie das mit der Wahrheit halt immer gar so rücksichtslos ernst genommen ..."

„Des gehd aa ned anderschd", sagt Gerda bestimmt. „Woaheid derfsd eben ned so hibieng, wie's grad lusdig bisd. Weil aus ana halbn Woaheid, oder meinsweng aus ana dreivierdelden, da wird ganz schnell a richdig fiese Lüge."

Traurig meint Djingo: „Aber weil ihr die Wahrheit so wichtig war, und Fairness, musste sie sterben …"

„Naa, schderbn hads desweng müssn, weil der Ben so übel ghandeld had, dem warn Wahrheid und Färness hald ned wichdig. Und die Miranda had des Bech ghabd, da neizugeradn."

Djingo sagt nun traurig: „Ich steh auf diese schmalzigen alten Country-Oldies, ich hab eine tolle alte Plattensammlung von meinem Großvater geerbt. Da gibt es ja viele Songs, wo einer seine große Liebe und seinen besten Freund gleichzeitig verliert. So geht es mir jetzt irgendwie auch ein bisschen, wenn auch – anders. Und Miranda war ja eigentlich mit Ollie zusammen, aber trotzdem …"

Er sieht Gerda an: „Wie sind Sie denn dann darauf gekommen, dass es der Ben gewesen sein könnte?"

Gerda zuckt die Achseln. „Da had hald manches ned zammbassd.

Als des mid der Vergifdung aufkam, had er behaubded, er mag kan Fisch – aber Sie ham gsagd, dass er Karbfn liebd. Und dann war's ja eh ned der Fisch, er had also umsonsd glogn. Und ich hab mich gfragd, warum had er des gmachd? Und had der wergli kaan Reis gessn? Oder des mid dem Geo-Käsching und den Versicherungen, was angeblich der Ben beim Business-Evend erzähld had. Des war hald dem Elias sei Sach, aber des hädd der Ben nie gmachd, der häd die Leud dauernd mid seiner Roggwurschd zuglaberd."

Gerda trinkt die letzten Schlucke ihres Kakaos. „Edserd kondrollier ich mei Küchn, und dann muss ich drüber nachdengn, wie ich morgen die Bomba nüberkrieg hierher."

Basti schaut erstaunt: „Was meinst du, die Bomba hierher rüberkriegen?"

„Midm Auto nüberfahrn, des gehd ja ned. Die passd ned amol in mei Karrn, und es wärerd aa ka gude Idee, glaub ich." Basti stimmt ihr aus vollem Herzen zu: „Ein Wildschwein im Auto wäre selbst bei deiner Kiste fatal. Aber warum willst du denn die Bomba überhaupt zum Charlie bringen?"

„Bei mir kanns auf die Dauer ned bleibn, des siehd mer an der Küchn. Eigndlich wolld ich ja, dass die Bomba ins Wildschweingehege kommd, aber die ham sich zierd, von wegn Schweinebesd und so. Also hab ich midm Dscharlie verhandeld, ob ers ned nimmd, der had viel bessere Zäun, und der had ja auch schon den Osgar. Da ko er die Bomba gleich mid ausbildn."

„Ausbilden? Ein Schwein?", wundert sich Flora.

Charlie nickt. „Ich möchte den Oskar zum Trüffelschwein ausbilden, und die Bomba dann halt gleich mit. Ich will in den nächsten Jahren die normale Landwirtschaft runterfahren, aber dafür noch mal was mit Trüffeln aufbauen, das interessiert mich einfach."

„Prima, da kann der Charlie Sie dann ja mit frischen Trüffeln beliefern", sagt Max begeistert zu Djingo.

Der Koch schüttelt den Kopf: „Für sowas wie Trüffel habe ich in Zukunft wahrscheinlich nicht mehr so den Bedarf. Ich habe endgültig beschlossen, dass ich das Djingos aufgebe."

Auf Max' bestürzten Ausruf hin beschwichtigt er: „Der Matteo wird es übernehmen, halt als Matteos, der macht das bestimmt sehr gut. Ich selber werde zwar nicht mit dem Kochen aufhören, aber ich will es ruhiger angehen, informell, einfachere Sachen. Ich muss noch eine Location hier in der Gegend finden und dann mache ich mein ‚Häppi' auf. Das macht mich hoffentlich irgendwann wieder – happy. Und da gibt's dann Häppchen: Tapas, Meze, Pinchos, Dim Sum …"

„Und frängische Häbbla?"

„Ja, klar, sogar ganz besonders. Alles, was klein und gut ist." Max schaut nun auch wieder happy. Doch dann fällt ihm ein: „Und Rockwurst?"

Djingo schüttelt düster den Kopf, und Max seufzt: „Schade. Ich hatte mir des echt lecker vorgestellt. Aber dann ist das wohl gestorben mit der Rockwurst, bevor es überhaupt angefangen hat."

„Nacherd gild hald: Die Roggwurschd is dod, es lebe des Häbbi!"

## Ein paar Wörter Fränkisch

| | |
|---|---|
| Ärberd | Arbeit |
| Blädderer | Rausch |
| Doldi, Sefdl | Blödmann |
| Dolln | blöde Frau |
| edsd, edserd, edserdla | jetzt |
| fei | ein verstärkendes Füllwort |
| Fregger | dummer Kerl |
| Gaggerla | Ei(er) |
| Gfregg | Schwierigkeiten, Zirkus |
| Giecher | Huhn, Hahn |
| Goschn | Mund(werk) |
| Greinmeicherla, Wimmerlaswäi | Jammerlappen, Heulsuse |
| Gschmarri | Blödsinn |
| Kerng | Kirche |
| waafn | reden, quatschen |
| Waggerla | kleines Kind oder Tier |
| a weng | ein bisschen |
| wergli | wirklich |